巧讀
東周列國志

(明)馮夢龍◆原著
高欣◆改寫
余秋雨推薦

經典著作優秀改寫，全白話無障礙讀本，
內含精美手繪插圖，人物、典故、成語、知識點隨文注釋，
是一本適合青少年閱讀的國學入門書。

我们也许逃不过这样的荒诞：閱讀极其泛滥又极其荒凉，文化极其壅塞又极其贫乏。

这里倒有一条安静的自救小路：趁年轻，放松心情讀一些经过选择的经典。

余秋雨

目錄

第一回　周幽王烽火戲諸侯／011
第二回　鄭莊公放縱共叔段／018
第三回　石碏大義滅親／025
第四回　鄭國奪位之爭／031
第五回　管仲、鮑叔牙各為其主／037
第六回　宋閔公因玩笑喪命／043
第七回　鄭厲公復國／049
第八回　齊桓公伐山戎／054
第九回　慶父禍亂魯國／060
第十回　荀息借道滅虢國／066
第十一回　百里奚謀求官位／072
第十二回　驪姬設計殺申生／079
第十三回　里克兩次殺君主／085
第十四回　秦晉大戰龍門山／090
第十五回　晉惠公追殺重耳／096
第十六回　齊桓公受困餓死／102
第十七回　宋襄公假仁假義／108
第十八回　重耳周遊列國／114
第十九回　呂省、郤芮火燒公宮／120
第二十回　晉文公大賞群臣／126

第二十一回　周襄王避禍／132
第二十二回　晉文公解宋國之圍／139
第二十三回　衛成公復國／144
第二十四回　弦高犒勞秦軍／150
第二十五回　先軫解甲殉職／156
第二十六回　趙盾立晉靈公／162
第二十七回　壽餘召士會回晉／168
第二十八回　趙盾桃園進諫／174
第二十九回　鬭越椒謀反／181
第三十回　夏姬引起禍亂／188
第三十一回　華元退楚軍／194
第三十二回　趙氏孤兒／200
第三十三回　養叔獻藝／207
第三十四回　胥童亂晉國／214
第三十五回　孫林父驅逐衛獻公／221
第三十六回　諸侯共圍齊國／228
第三十七回　崔杼、慶封弒齊君／234
第三十八回　盧蒲癸設計逐慶封／241
第三十九回　楚靈王滅陳、蔡／247
第四十回　楚平王弒兄即位／253

第四十一回　晏嬰二桃殺三士／259
第四十二回　伍子胥過昭關／266
第四十三回　專諸刺王僚／272
第四十四回　要離貪名刺慶忌／279
第四十五回　夫差伐越國／285
第四十六回　勾踐滅吳／291
第四十七回　三家分晉／297
第四十八回　衛鞅變法／303
第四十九回　孫臏敗龐涓／309
第五十回　蘇秦掛六國相印／315
第五十一回　張儀破壞合縱／321
第五十二回　孟嘗君偷過函谷關／327
第五十三回　田單退燕／333
第五十四回　范雎詐死逃生／339
第五十五回　呂不韋結交異人／345
第五十六回　樊於期討伐秦王／351
第五十七回　荊軻刺秦王／357
第五十八回　秦王政兼併六國／363

經典

梅子涵

成年人文化多，知道得多，上下五千年，心裡著急，恨不得把一切有價值的書都搬來給小小的孩子看。

成年人關懷多，責任多，總想著未來幾千年的事，恨不得小小的孩子們都能閱讀著幾千年的經典，讓未來因為他們的經典記憶風平浪靜、盛世不斷，給人類一個經久的大指望。

我們要說，這簡直是一個經典的好心腸、好意願，唯有稱頌。

可是一部《資治通鑑》，如何能讓青少年閱讀？即使是《紅樓夢》，那裡面也是有多少敘述和細節，是不能讓孩子有興致的，孩子總是孩子，他們不能深，只能淺，恰是他們的可愛；他們不能沉湎厚度，而只可薄薄地一口氣讀完，也恰是他們蹦蹦跳跳的生命的優點，絕不是缺點！

這樣，那好心腸、好意願便又生出了好靈感、好方式，把很長的故事變短，很繁複的敘述變簡單，很滔滔的教誨變乾脆，很不明白的哲學變明白，於是一本很厚很重的書就變薄變輕了。是的，它們已經不是原來的那一本那一部，不是原來的偉岸和高大，但是它們讓孩子們靠近了，捧得起來了，沒讀幾句已經願意讀完了。於是，一種原本是成年後正襟危坐讀的書，還在小時候沒有學會把玩耍的手洗得乾乾淨淨的時候，已經讀將起來，知道了大概，知道了有這樣的經典和高山，留在他們的記憶裡當個「存目」，等他們長大了以後再去正襟危坐地讀，探到深度，走到高度，弄出一個變本加厲的新亮度來，當成教授和專家。而如果，長大了，實在忙得不可開交，養家糊口，建設世界，沒有機會和情境再閱讀，那麼那小時候的閱讀和記憶也已經為他的生命塗過了顏色，再簡單的經典味道總還是經典的味道，你說，一個人在童年時讀過經典改寫本，還會是一種羞恥嗎？還會沒有經典的痕跡留給了一生嗎？

所以經典縮寫本改寫本的誕生，的確也是一個經典。

它也許不是在中國發明，但是中國人也想到這樣做，是對一種經典做法的經典繼承。經典著作的優秀改寫，在世界文化先進、關懷兒童閱讀的國家，是一個不停止的現代做法，是一個很成熟的出版方式，今天的世界說起這件事，已經絕不只是舉英國蘭姆姐弟的莎士比亞戲劇的例子了，而是非常多，極為豐盛。

所以，我們也可以很信任地讓我們的孩子們來欣賞中國的這一套「新經典」，給他們一個簡易走近經典的機會；而出版者，也不要一勞永逸，可以邊出版邊修訂，等到第五版第十版時簡直沒有缺點，於是這個品種和你的出版，也成長得沒有缺點。那時，這一切也就真的經典了。連同我在前面寫下的這些叫做「序言」的文字。

為孩子做事，為人生做事，是應該經典的。

導讀

關於東周各諸侯國的故事，很早就已經開始流行。明朝嘉靖、隆慶時期，福建人余邵魚把之前流傳的《武王伐紂平話》《七國春秋平話》《秦併六國平話》等平話故事糅合在一起，編成了一部《列國志傳》。這部書的優點是語言通俗易懂，但是書中線索凌亂，文字粗糙，後來明末文學家馮夢龍對其進行了改編。

馮夢龍，字猶龍，長洲（今江蘇蘇州）人，明末文學家、戲曲家。馮夢龍出身於官宦家庭，從小就很有文才，為人也豁達，經常和其他文人往來結交。少年時，馮夢龍曾把精力全都放在科舉考試上，但是屢試不中，後來為生活所迫成為教書先生。天啟六年，馮夢龍遭受閹黨迫害，從此對仕途心灰意冷，轉而發憤著書。

由於當時流行的《列國志傳》水準不高，馮夢龍在其基礎上，搜集其他資料對其進行了擴充改編，並更名為《新列國志》。《新列國志》釐清了《列國志傳》中繁雜的線索，在文字、情節和人物刻畫方面均有很大提升，原書中有遺漏或錯誤的地方，馮夢龍也進行了考核和校對。

清朝乾隆年間，文學家蔡元放又對馮夢龍的《新列國志》進行了一番修訂，加上了序、評語、讀法和一些簡單的注釋，並將書名改為《東周列國志》。

《東周列國志》共一百零八回，起自周宣王輕殺大臣，終於秦始皇兼併六國，跨越五百多年歷史，講述了春秋各諸侯國之間的吞併及稱霸，戰國七雄之間的爭戰，以及在這樣的時代中人物的悲歡離合。興衰榮辱是這部書一以貫之的主題，在對國家興亡的敘述中，作者的善惡是非觀自然而然地流露出來。小說通過豐富而生動的故事情節，讚揚了從善如流、賞罰嚴明、胸懷大度的王侯和忠貞不二、有勇有謀的將相，也讚揚了那些見義勇為、機智果敢的豪俠；對昏聵、殘暴、荒淫無恥的帝王和貪婪、奸詐、陰險的佞臣小人進行了揭露與鞭撻。這種是非觀念，對後世為人處世的準則產生了很大的影響。

書中事件雖多，但是並不凌亂，各國之間的交叉敘述有條不紊，把五百多年歷史興衰清晰地展現在我們面前。人物雖多且各具特色，從帝王將相、士族大夫，到販夫走卒、市井百姓，個個特色鮮明，讓人印象深刻。在同時代的作品中，這部書無論從思想性還是藝術性上來說，都稱得上是上乘之作。

第一回　周幽王烽火戲諸侯

武王伐紂❶成功，建立了西周王朝，之後西周繼位的幾個君主全都是有道明君，把國家治理得井井有條。到了周厲王這一代，他為人殘暴，導致西周國勢衰弱，後來被人們驅逐了。繼任的周宣王是位賢明的君主，他使原本走向衰落的西周王朝又出現了中興的跡象。周宣王死後，周幽王即位，他的作風與宣王完全相反，暴虐無道，貪戀聲色，沒有絲毫治國之心。

幽王即位之後，根本不理朝政，整天飲酒作樂，大臣們的進諫全然不聽，而當年輔佐宣王的那些大臣也差不多都去世了，沒有人能管得了他。他任命虢❷石父、祭（ㄓㄞˋ）公易和尹

---

❶【武王伐紂（ㄓㄡˋ）】武王即周武王姬發，周文王姬昌的二兒子，西周的開國君主。紂是商朝的最後一個君主帝辛，後世稱爲紂王，被周武王推翻。

❷【虢（ㄍㄨㄛˊ）】西周時諸侯國名，當時以「虢」爲名的諸侯國有三個，分別爲東虢、西虢和北虢，這裡指的是西虢。

球為三公[3]，這三個人全都是善於阿諛奉承的小人，朝中的賢臣卻沒有得到重用。

一天，有人報告，涇河、黃河、洛水在同一天發生了地震，幽王笑著說：「地震是很平常的事情，何必向我報告呢。」退朝之後，太史[4]伯陽父對大夫趙叔帶說：「這三條河發源於岐山，怎麼能發生地震呢。當年伊洛河枯竭，夏朝就滅亡了；黃河枯竭，商朝就滅亡了。現在這三條河都地震了，河的源頭肯定會被堵塞，那岐山肯定會崩塌的。岐山是武王發跡的地方，如果崩塌了，周朝怎麼還能平安呢？」趙叔帶說：「天子不理朝政，任用奸佞（ㄋㄧㄥˋ）小人，我擔任諫言的職務，一定要直言進諫以盡職責。」伯陽父說：「就怕說再多也沒用啊。」兩個人私下裡聊了很長時間，沒想到這些話卻傳到了石父那裡。石父怕趙叔帶在進諫的時候說自己是奸臣，於是搶先去找幽王，把伯陽父和趙叔帶說的話都告訴了幽王，並誣告他們毀謗君王和朝廷。幽王說：「那都是愚蠢的人瞎說的，不用聽那些話。」

過了一段時間，岐山的官員又上奏說：「三條河都已經枯竭了，岐山也崩塌了，壓死了很多居民。」幽王絲毫不放在心上，依然命人四處尋訪美女。趙叔帶看不下去了，向幽王進諫，問他為什麼不尋訪賢人反而尋訪美女。石父卻在旁邊說：「岐山就像一隻已經被拋棄的鞋子，塌了又有什麼關係。趙叔帶向來都對大王很輕慢，這次是找藉口來毀謗大王。」幽王覺得石父說得很有理，將趙叔帶貶職為民。大夫褒珦（ㄒㄧㄤˋ）得知趙叔帶被貶，就去幽王那裡為趙叔帶求情，結果被幽王關到了監獄裡。

褒珦有個兒子叫洪德，有一天，洪德在鄉下偶遇一名女子，容貌傾國傾城。洪德想，自己的父親被關在監獄裡三年了，如果把這名女子獻給幽王，幽王好色，肯定會放了自己的父親。洪德徵得母親同意之後，用三百匹布把那名女子買回了家，仔細打扮一番，又教了她一些歌舞，獻給了幽王。這名女子名叫褒姒，雖然只有十四歲，但是身材和容貌已經有十六七歲的樣子。幽王見褒姒長得如此美麗非常高興，當即釋放了褒珦，並且讓他官復原職。

自從得到褒姒之後，幽王整天和她待在瓊臺，一連十天都沒有上朝，大臣們根本見不著他。王后聽說幽王迷戀褒姒非常生氣，逕直來到瓊臺，大罵褒姒禍亂後宮。幽王怕王后傷害褒姒，連忙說：「這是我新納的妃子，位子還沒有確定，所以沒有去拜見你，不要生氣。」王后罵了一通之後就走了，褒姒問幽王這人是誰，幽王說：「這是王后，你明天去拜見一下吧。」但是到了第二天，褒姒依然沒有去朝拜王后。

王后回到寢宮之後悶悶不樂，太子宜臼（ㄐㄧˋㄡ）見母親不高興，問是怎麼回事，王后就把褒姒的事情講給他聽。太子說：「這好辦，明天是朔日[5]，父王一定會去朝見大臣。母

---

❸【三公】三公是古代朝廷中最尊貴的三個官職合稱，不同的朝代指代的官職也不一樣。周朝指的是太師、太傅、太保。三公負責輔佐君王，位置尊貴但是沒有實際職權。

❹【太史】古代官職，主要掌管天文曆法和卜算。在周朝的地位很高，後來地位逐漸變低。

親可以讓宮女去瓊臺採摘花朵，把褒姒引出來，我就把她狠狠打一頓為母親出氣。就算父王問起來，也與母親沒關係，都是我的責任。」王后勸他不要衝動，太子嘴上不說，心裡卻已經打定了主意。

第二天早上，幽王果然去朝見大臣了，太子就讓幾十個宮女到瓊臺採摘花朵。這時候，瓊臺裡走出來一群宮人阻攔採花的宮女，雙方互不相讓，於是爭吵起來。褒姒聽到爭吵的聲音就出來查看，太子見褒姒出來，上去一把揪住她，邊打邊罵。一旁的宮人見褒姒被打，連忙向太子求情。太子也怕把褒姒打死，於是打了幾拳之後就離開了。

幽王回來之後，見褒姒痛哭流涕，頭髮凌亂，就問是怎麼回事。褒姒見到幽王大哭起來，把太子剛才打她的事情說了一遍。幽王說這都是王后的意思，跟太子沒關係。褒姒哭著說：「太子就是為了給王后出氣才這麼幹的。我死了沒關係，但是我已經懷有身孕了，打死了我就是打死了大王的孩子啊！」幽王安慰了褒姒一番，然後下旨把太子流放到申國，讓申侯去教育他。

褒姒懷胎十月，生下了一個兒子。幽王非常喜愛這個兒子，起名為伯服。有了這個兒子之後，幽王打算把宜臼廢了，立伯服為太子，但是一直找不到藉口。石父揣摩到了幽王的意思，於是和尹球商量這件事，兩人暗中通知褒姒，說明想立伯服為太子的意思。褒姒知道後很高興，命令手下人時刻注意著王后的動靜，好抓住她的把柄。

王后獨居在宮中，非常思念太子。一名年長的宮人看出了王后的心思，就勸王后給太子寫信，正好這名宮人的母親溫媼❻精通醫術，可以藉給王后看病的名義把信帶出宮去。王后聽後很高興，立即寫信給太子，讓他假裝向幽王認錯，再從長計議。準備妥當之後，王后叫人傳溫媼進宮給自己看病。褒姒從眼線那裡得知有人進宮給王后看病，認為王后肯定會往宮外傳遞消息，於是命人在溫媼出宮的時候搜她的身。果不其然，守衛在她身上搜出了王后寫給太子的信。褒姒看到信之後很生氣，等幽王一回來就去哭訴，說王后和太子要合謀害自己，有書信為證。這也讓幽王找到了藉口，於是第二天上朝的時候，幽王就跟大臣們說王后心有怨恨、詛咒君王，不配當一國之母，自己打算廢掉王后和太子，改立褒姒為正宮，立伯服為太子。石父和尹球為了討好幽王，極力贊成這個建議。朝中大臣們知道多說只會引火焚身，於是都沉默不語。

褒姒雖然坐上了正宮王后的位置，但從進宮以來一直沒露出過笑臉。幽王極力討她的歡心，想博她一笑，結果嘗試了各種辦法，褒姒始終沒有一絲笑意。幽王傳令下去，凡是能博褒姒一笑的人，賞黃金千兩。石父想到了一個主意，就對幽王說：「當年先王在驪山設置二十

---

❺【朔日】陰曆每個月的初一叫做朔日，根據周朝朝廷禮儀，每月的朔日君王一定要朝見大臣。

❻【媼（ㄠˇ）】對老婦人的通稱。

多個烽火臺，還有幾十個大鼓，以防備西戎[7]的入侵。只要有人入侵，就會在烽火臺點燃狼煙[8]，敲響大鼓，附近的諸侯就會領兵前來相救。大王可以帶王后去驪山遊玩，點燃烽火，諸侯領兵來了之後卻見不到敵人，王后一定會發笑的。」幽王覺得這個主意很好，就帶褒姒來到驪山，下令點燃了烽火，並擂起大鼓。

附近的諸侯看到狼煙以為鎬京[9]遭到進攻，連忙領兵前來相救。但到了驪山之後卻沒有見到敵人，只看到幽王和褒姒在飲酒作樂。幽王命人向諸侯解釋沒有敵人入侵，辛苦諸位王侯了。諸侯面面相覷[10]，只得領兵回去。褒姒在樓上看到諸侯一臉茫然的樣子，當即大笑起

幽王終於見到了褒姒的笑容，非常開心，賞了石父一千兩黃金。

來。幽王終於見到了褒姒的笑容，非常開心，賞了石父一千兩黃金。「千金買笑」一詞就是從這裡傳下來的。

申侯本來就對幽王廢掉王后和太子的做法感到氣憤，這次驪山烽火戲諸侯更讓他怒不可遏，於是他決定聯合西戎攻打鎬京，推翻幽王。幽王聽說申侯和西戎進攻鎬京非常害怕，連忙命人點燃烽火臺。鎬京附近的諸侯雖然看到了狼煙，但是有了上一次的教訓，誰也不肯發兵。幽王沒有等來救兵，卻等來了西戎的兵馬。最終鎬京被攻破，幽王和伯服被殺，褒姒被西戎首領擄走了。至此西周滅亡。

❼【西戎】中國古代對西方少數民族的統稱。
❽【狼煙】把狼糞曬乾之後點燃，冒出的煙可以沖很高，而且風吹不散，很遠的地方都可以看到，古代常用點燃狼煙的辦法來傳遞軍情。
❾【鎬（ㄏㄠˋ）京】西周的國都，地址在現在的西安市長安區西北。
❿【面面相覷（ㄑㄩˋ）】指人們你看著我，我看著你，不知道怎麼辦好。形容人們因爲驚恐或無可奈何而相互望著。

第二回　鄭莊公放縱共叔段

周幽王被殺之後，申侯犒賞了西戎首領一番，希望他即刻撤兵。但是西戎首領並沒有撤兵的打算，看樣子是想佔領鎬京。申侯看情況不對，就給附近的幾個諸侯寫了密信，希望他們發兵救援。同時申侯還寫信給鄭國的掘突，希望他能發兵，因為他的父親司徒❶鄭伯友在西戎圍攻鎬京的時候被殺死了，現在正是報殺父之仇的時候。幾位諸侯和掘突接到密信之後立刻就發兵了，不久打敗西戎，迎立宜臼為王，為周平王。在這次戰鬥中，掘突表現出色，深得申侯賞識，申侯就把自己的女兒姜氏嫁給了掘突。

周平王怕西戎隨時可能打過來，於是決定遷都洛陽。遷都之後到周朝滅亡的這段時期，歷史上稱為東周。掘突因為在保護周王室的戰鬥中表現突出，周平王讓他承襲父親的爵位，稱鄭武公，並賞賜給他封地。鄭武公看周王室統治還不穩定，趁機吞併了東虢和鄶❷等諸侯國，把新的封地改名為新鄭，建都滎（ㄒㄧㄥˊ）陽。

鄭武公的妻子姜氏生了兩個兒子，大兒子叫寤❸生，小兒子叫段。在生寤生的時候，姜

氏正在睡覺，等到睡醒才發現孩子已經生出來了，於是起名為寤生。姜氏因此受到了驚嚇，便不太喜歡寤生。小兒子段相貌英俊，精通武藝，很得姜氏的歡心。姜氏經常向鄭武公提小兒子的好處，想讓鄭武公把段立為世子❹。但是鄭武公執意遵從曆法，把寤生立為世子，把共城分給了段作為他的封地，後人們把段稱為共叔。姜氏為此很不高興。

鄭武公逝世之後，寤生繼位，為鄭莊公。姜氏見小兒子段沒有任何權勢，就跟鄭莊公說：「你繼承了你父親的王位，享有數百里的封地，可憐你弟弟棲身在那麼小的一個地方，你於心何忍啊！」莊公說：「那母親說怎麼辦？」姜氏說：「不如把制邑封給他。」莊公說：「制邑十分險要，先王有命不許分封。除了制邑，其他地方都可以。」姜氏說：「如果制邑不行，那就京城❺吧。」莊公默然不語，姜氏裝作不高興的樣子說：「要是再不答應，只好讓他到別的國家去謀求出路了。」莊公連忙說：「不敢，不敢。」

---

❶【司徒】古代官職名稱，主要掌管民眾教化和土地。
❷【鄶（ㄎㄨㄞ）】周朝時諸侯國國名，在現在的河南省密縣東北。
❸【寤（ㄨˋ）】睡醒的意思。
❹【世子】指將來可以繼承封號或爵位的兒子。
❺【京城】指的是春秋時鄭國一個叫「京」的城邑，位址在現在的河南滎陽縣東南二十多里的地方。

第二天上朝，鄭莊公告訴大臣們要把京城封給共叔段。大夫祭足說：「不可。京城地廣人多，且共叔是夫人的愛子，如果把大邑分封給他，那就相當於國家有兩個君王，恐怕會後患無窮啊。」莊公說：「這是我母親的命令，我怎麼敢拒絕呢？」於是莊公把京城封給了共叔。共叔謝完恩，到後宮來辭別姜氏，姜氏命侍者退下，悄悄對共叔說：「你的哥哥不念兄弟情義，對你很刻薄，今天把京城封給你是我再三懇求的，雖然他勉強答應了，但心裡未必願意。你到了京城之後就暗地裡招兵買馬做好準備。等有機會了我會聯絡你，我們裡應外合，鄭國就是你的了。如果你取代了寤生的位子，那我死也瞑目了。」共叔點頭答應，然後就去封地京城了。從此之後，人們就都改稱他為京

周平王怕西戎隨時可能打過來，於是決定遷都洛陽。

城太叔。

太叔段到了京城之後開始招兵買馬，擴大自己的勢力。他把西鄙和北鄙的賦稅收入自己囊中，太叔段有姜氏的支持，兩個地方的官員不敢得罪，只好依命行事。太叔段越發驕縱，派兵攻佔了鄢（ㄧㄢ）和廩（ㄌㄧㄣˇ）延兩地。鄢和廩延的長官逃到鄭國，把這件事情告訴了鄭莊公。莊公只是笑了笑，並沒有說什麼。上卿❻公子❼呂建議誅殺太叔段，莊公說：「現在段所做的錯事還沒有到那種地步，怎麼能說殺就殺呢？況且他是母親最喜歡的兒子，又是我的弟弟，我寧肯失去土地，也不願失去兄弟之情讓母親傷心。你就不要再說了，這件事情我會考慮的。」

公子呂出來之後遇到了祭足，就對祭足說莊公只顧私情不顧國家大計。祭足說：「主公才智過人，不會這麼糊塗的，只不過是人多嘴雜，不方便說出來。如果你私下去見他，他一定會跟你說實話的。」公子呂於是私下求見莊公，莊公果然對他說了實話。公子呂說：「國

---

❻【上卿】古代官職名稱。周朝時各諸侯國都設有卿，分爲上卿、中卿、下卿，上卿的位置相當於後來的宰相。中卿又稱爲亞卿。

❼【公子】周朝時將諸侯的兒子稱爲公子，通常放在名字前面，有時也簡稱「子」。天子的兒子則稱爲王子。

母本來就不願您做國君，如果她和段裡應外合，那就不妙了啊。」莊公說：「其實這件事我已經想了很久了。段雖然有些逾越了臣子的本分，但是並沒有明顯表現出反叛的意圖，如果我去誅殺他，恐怕會遭到國母的阻撓，也會讓旁人說三道四。現在我放縱他的行為，等到他真的造反時，我再治他的罪，到那時候就沒人能說什麼了。」公子呂說：「怕的是等到他的勢力強大了，反而制不住他了啊。如果主公想讓他先露出破綻，那就應該讓他盡快反叛。」莊公說：「那該怎麼辦呢？」公子呂說：「主公可以假裝去朝見周天子，太叔段肯定會認為鄭國國內空虛領兵來攻。我先領兵埋伏在京城附近，等他出城之後我就佔領京城。主公從廩延向他進攻，前後夾擊，他就算插翅也難逃了。」莊公點頭贊許。

第二天莊公假傳命令，說自己要去輔佐周天子。姜氏聽說後認為時機已到，於是給太叔段寫信，讓他領兵攻打鄭國。公子呂派人截住送信的人把信交給莊公，莊公看完之後又重新封上，派人假借姜氏的名義給段送去。太叔段看完之後回信約定了起事的日子。

到了約定的那天，太叔段領兵向國都進發。公子呂見太叔段已經出城，率兵攻佔了京城，派人散播太叔段謀反的消息。太叔段聽說京城被佔領，連忙帶兵往回趕。這時段的軍營中有人接到了家裡的來信，說太叔段謀反，大逆不道。消息流傳開，士卒們都覺得段有違正道。太叔段檢閱兵馬時，發現多數士兵已經離開了。太叔段知道自己已經失去了人心，於是想逃往鄢，誰知莊公已經佔據了鄢，段只好逃到了共城。但是共城太小，抵擋不住莊公大軍的攻擊，段在絕望之下自殺了。
戰事結束之後，莊公下令把姜氏安置到潁地，發誓說：「不到黃泉[8]不相見！」姜氏也自知沒臉見莊公，立刻收拾行李到潁地去了。莊公回到宮中見不到姜氏，又覺得良心難安，歎息道：「我不得已殺死了弟弟，怎麼能再離開母親呢？我真是有違天倫啊！」

潁地的長官名叫潁考叔，他為人正直無私、非常孝順。他覺得莊公的做法有傷教化，於是帶著幾隻鴞[9]鳥去覲見莊公。莊公問這是什麼鳥，潁考叔說：「此鳥名為鴞，白天視力很差，就算高大的泰山它也看不到，但到了晚上，它卻能看到非常細微的東西，小處明白大處卻糊塗。它小的時候由母親餵養，大了之後卻恩將仇報，殘忍地吃掉自己的母親，這是一種不孝的鳥，所以我才捕來吃。」莊公聽了之後心裡很不是滋味。

這時下人送上來一隻蒸熟的羔羊，莊公讓人給潁考叔切了一條羊腿。潁考叔把好肉揀出來，用紙包好藏在袖子裡。莊公很納悶，問他為什麼要這樣做。潁考叔說：「我家裡有位老母親，因為家裡窮，從來沒有吃過這麼好的東西，我要帶回去給母親享用。」莊公說：「你

---

❽【黃泉】黃泉有兩個意思，一個是指地下的泉水，另一個是指人死後居住的地方。這裡的黃泉用的是第二個意思，後面潁考叔的計策則是故意用黃泉的第一個意思。
❾【鴞（ㄒㄧㄠ）】中國古代對貓頭鷹一類夜行性鳥的統稱。

真是個孝子啊。」說完長歎了一聲。潁考叔問：「主公為什麼歎氣呢？」莊公說：「你還有母親可以奉養，以盡孝道。我雖然貴為諸侯，卻不如你。」潁考叔假裝不知，說：「姜夫人還健在呢，怎麼能說沒有母親呢？」莊公就把黃泉之誓告訴了他。潁考叔說：「太叔已經死了，姜夫人只有您一個兒子了，如果您不盡孝道，那跟鴞鳥有什麼區別呢？如果是因為黃泉之誓才不能相見，我倒有一個主意。可以在地下挖一個很深的洞穴，見到泉水為止，然後您和姜夫人在地穴中相見，這樣就不算違背誓言了。」莊公覺得這個主意很好，安排潁考叔馬上去辦。

潁考叔召集了五百人，挖了一個十餘丈深的洞穴，見到有泉水湧出，就在泉水旁建了一間屋子。潁考叔把莊公的意思告訴了姜氏，姜氏非常高興，跟著潁考叔來到了地穴的屋子裡。莊公見到姜氏，跪在地上說：「寤生不孝，讓母親受苦了。」姜氏說：「都是我的錯，跟你沒有關係。」母子兩個抱頭痛哭。之後莊公就把姜氏接回宮中居住。國人聽說了這件事，無不交口稱讚莊公的孝心。

第三回　石碏大義滅親

在迎歸和護衛周平王的事件中，衛武公立下了大功，被周平王封為司徒。武公死後，衛莊公繼位。莊公的夫人是齊國得臣之妹，名叫莊姜，長得非常美麗，但是不能生育。莊公還有兩個妃子是姐妹倆，姐姐名叫厲嬀（ㄍㄨㄟ），也不能生育，妹妹名叫戴嬀，是跟隨姐姐出嫁的，為莊公生下了兩個兒子，一個叫完，一個叫晉。莊姜並不嫉妒戴嬀，還把完當作自己的兒子撫養。後來衛莊公又娶了一名宮女，宮女為他生下一個兒子，取名為州吁。

州吁性格暴躁，喜好武力，經常與人談論兵法。莊公很溺愛州吁，對他的行為很放縱，絲毫不加管制。衛國大夫石碏（ㄑㄩㄝˋ）曾經勸諫莊公：「如果愛自己的兒子，就應該教他做人的道理，不要讓他走上邪路。如果過分寵愛，就會讓他變得驕奢，驕奢了必然會生出禍亂。如果主公想把王位傳給州吁，就應該把他立為世子，如果不想傳位給他，就應該對他稍加管制，這樣才不會生出禍端。」但是衛莊公根本不聽，石碏也無可奈何。

石碏的兒子名叫石厚，和州吁十分要好，他們經常一起出去打獵，騷擾百姓。石碏曾經嚴厲責罰過石厚，打了他五十鞭子，還把他鎖在屋子裡不准他出去。但後來石厚跳牆逃跑了，逃到了州吁的府裡，吃住都在那裡，連家都不回了，石碏對此也沒有辦法。

衛莊公死後，公子完繼位為君，稱衛桓公。石碏知道桓公生性懦弱不會有大的作為，就告老還鄉了。這下州吁沒有了任何節制，整天和石厚商量如何篡奪王位。正好這時周平王駕崩，周桓王繼位的消息傳來，衛桓公要去憑弔平王，同時恭賀新王即位。石厚對州吁說：「機會來了。明天主公要去朝見天子，您可以在西門設宴為他餞行，袖子裡藏一把短劍，在外面埋伏五百個士兵。等喝幾杯酒之後，就用短劍把他刺死。他手下的人如果有敢反抗的，就立刻讓士兵將其斬首。到時候諸侯的位子就手到擒來了。」州吁聽了這個主意非常高興，命令石厚立即去準備。

到了第二天，州吁親自駕車把桓公迎到了自己設宴的地方要為桓公餞行。桓公也沒有懷疑，就放心地跟州吁喝起酒來。州吁起身給桓公倒滿酒，敬了桓公一杯。桓公一飲而盡，然後也給州吁倒滿酒回敬。州吁在接酒杯的時候假裝失手，把酒杯掉到了地上。他連忙把酒杯撿起來作勢要去洗杯子，桓公不知其中有詐，就轉身讓人再拿一個杯子過來。這時州吁快步走到桓公背後，抽出藏在袖子裡的短劍向桓公後背刺去，刀尖從前胸透了出來，桓公當場就斃命了。當時桓公的隨從被石厚帶來的士兵圍住了，再加上州吁勇武有力，他們也不敢反抗。州吁用一輛空車載著桓公的屍體回去了，假稱桓公是暴病而死的，自己繼位為君，把石厚封為上大夫。桓公的弟弟晉知道消息後連忙逃到了邢國。

即位之後，州吁覺得國人並不是很支持自己，問石厚應該怎麼辦。石厚說：「我的父親石碏曾經貴為上卿，很得民心，主公如果能把他召到朝廷輔佐朝政，那這個位置就能坐穩了。」州吁聽後立刻命人帶上厚禮去拜見石碏，請他入朝議政。石碏藉口自己病得很重，沒有答應。州吁問石厚：「你父親不肯入朝，我去向他請教怎麼樣？」石厚說：「就算主公去了他也未必肯見，不如我奉您的命令前去相見。」

石厚奉命回家去見父親，並說明了州吁的意思。石碏說：「新君為什麼要召見我呢？」石厚說：「因為人心不定，怕君位不穩，所以求父親幫忙出個好主意。」石碏說：「得到天子認可的諸侯就是合乎禮法的，如果新君能朝見天子，得到天子的賞賜，就會名正言順，人們還有什麼話好說。」石厚說：「主意是好，但沒什麼理由就去朝見，恐怕天子會起疑心啊。」石碏說：「陳桓公向來對天子忠心，經常去朝見，天子對他也很好。我們國家和陳國關係不錯，如果新君親自拜見陳桓公，請求陳桓公代為轉達朝見之意，然後再去覲見，這也不是難事啊。」石厚回朝後把石碏的話告訴州吁，州吁很高興，立即讓人準備厚禮，然後帶著石厚往陳國去了。

石碏和陳國大夫子鍼（ㄓㄣ）關係很好，他割破手指，寫了一封血書，讓心腹送到子鍼手裡。石碏在信裡說明了州吁和石厚篡位的事情，同時表明自己的能力不足以懲治篡逆的人，只好設計讓州吁和石厚前去陳國，請求陳國把這兩個人抓起來。子鍼把信交給陳桓公，他們都覺得應該將這兩個人正法，於是定下了擒拿兩人的計策。

州吁和石厚來到陳國之後，陳桓公命人先把他們安頓到館舍之中，等第二天在太廟裡相見，州吁看陳桓公禮節這麼周到非常高興。到了第二天，石厚先來到太廟，見太廟門口豎著一塊白色的牌子，上面寫著：「為臣而不忠心，為子而不孝順的人，不許進入太廟。」石厚嚇了一跳，問大夫子鍼這是怎麼回事。子鍼說：「這是先王的祖訓。」石厚覺得合理，就未加懷疑。過了一會兒州吁到了，石厚把州吁引下車，站在了賓客的位置上。禮儀人員帶著州吁和石厚進入太廟，州吁剛要向陳桓公鞠躬行禮，子鍼站在陳桓公旁邊大聲喊道：「周天子有命：『只擒拿弒殺君主的州吁和石厚兩個人，其餘人都不追究。』」話還沒說完，就有人把州吁拿下了。石厚急忙拔劍反抗，但是一時情急劍沒有拔出鞘，只好徒手與人格鬥。剛打倒兩個人，太廟兩邊湧出大批士兵把石厚捉住了。州吁的隨從這時還都在太廟外面，子鍼把石碏的信當眾宣讀了一番，他們才知道擒拿州吁和石厚是石碏的主意，也認為這是應當的，於是都散去了。

陳桓公打算把州吁和石厚就地正法，有大臣勸諫說：「石厚是石碏的兒子，不知道石碏是怎麼想的，還是請衛國自己來定他們的罪吧，日後我們也不會被人非議。」陳桓公覺得很對，於是命人連夜去衛國報信，並把州吁囚禁在濮（ㄆㄨˊ）邑，把石厚囚禁在陳國都城。

石碏接到陳國的消息後，命人把大夫們都請到朝中，然後把求助陳國擒拿州吁、石厚的事情說了一遍，請大夫們共同議定兩人的罪行。大夫們都說：「這是關乎社稷❶的大事，都由國老❷作主好了。」石碏說：「這兩人都犯有不可饒恕的罪過，應該正法以謝祖先。誰願意執行這件事？」右宰❸醜說：「這種亂臣賊子，人人得而誅之，我願意前往。」眾臣都說：「右宰可以擔此重任。首犯州吁應當正法，從犯石厚可以從輕發落。」石碏大怒說：「州吁的罪惡都是那個逆子促成的，你們想從輕發落他，是懷疑我會徇私嗎？那我就親自去一趟，親手殺了他。」石碏的屬下獳（ㄖㄨˊ）羊肩說：「國老不用生氣，我願意代您前去。」於是石碏讓兩人分別前往誅殺州吁和石厚，同時整理儀仗，打算迎接逃到邢國的公子晉。

右宰醜來到陳國，拜謝陳桓公後到了濮邑，命人把州吁押到了刑場。州吁一看來行刑的是他，大聲喊道：「你是我的臣子，怎麼能殺我？」右宰醜說：「衛國已經有了臣殺君的先例，我只是效仿而已。」說完把州吁斬首了。獳羊肩來到陳國國都要誅殺石厚，石厚說：「我該死，但我想見父親最後一面。」獳羊肩說：「我是奉你父親的命令來殺你的。如果你

---

❶【社稷（ㄐㄧˋ）】社，指土地之神，稷，指五穀之神。社稷用來指代國家。
❷【國老】古代把告老退隱的卿大夫稱作國老。
❸【右宰】春秋時衛國的官職名稱，醜是人名。

想念他，我會把你的頭帶去給他的。」說完斬殺了石厚。

公子晉被迎歸衛國，即位為王，稱衛宣公，石碏被尊為國老。從此以後，衛國和陳國的關係愈加親近了。

第四回　鄭國奪位之爭

周桓王十九年夏天，鄭莊公得了病，他把祭足召到自己床邊，說：「我有十一個兒子，除了世子忽以外，子突、子亹（ㄨㄟˇ）、子儀三個人也都有貴人之相，而子突的才智和富貴又高於其他三人。那三個兒子的面相都是不得善終的，我想把王位傳給子突，你認為怎麼樣？」祭足說：「子忽是嫡長子[1]，已經當很長時間的儲君了，而且建立了不少功勳，國人們對他比較信服。現在如果要廢掉嫡子而立庶子，恕我不敢從命。」莊公說：「子突並不是甘居人下的人，如果把忽立為國君，只能把子突送到其他國家。」祭足說：「只有父親最了解兒子，就按您說的辦吧。」莊公歎息著說：「鄭國從此要多生事端了。」之後就把子突送

[1]【嫡長子】古代實行一夫多妻制，一個男人可以有一個正室妻子和多個妾，正室妻子生的兒子叫嫡子，大兒子則叫做嫡長子，妾所生的兒子叫做庶子，嫡子比庶子的地位要高。嫡長子繼承君位的制度是從周朝開始的。

到了宋國。

到了這一年的五月，鄭莊公去世，世子忽即位，稱為鄭昭公。昭公讓大夫們到各個國家去送信，祭足被派往了宋國，順便查探一下子突的情況。子突的母親是宋國人，叫做雍姞（ㄐㄧˊ）。雍氏家族有很多人都在宋國做官，很得宋莊公的信任。子突在宋國非常思念自己的母親，就託雍家的人向宋莊公轉達自己的思母之情，宋莊公答應幫他想辦法。正趕上祭足來宋國傳達鄭昭公即位的消息，宋莊公於是打算在祭足身上想辦法。

宋莊公派一隊士兵埋伏在朝堂上等著祭足前來。祭足到來之後，剛行完禮就被兩邊的士兵抓住了。宋莊公讓人把祭足押到了軍械庫，到了晚上，太宰[2]華督帶著酒來看祭足。祭足說：「不知道哪裡得罪了貴國？」華督說：「沒有，是因為子突屈居宋國，我們國君很憐憫他。況且子忽生性懦弱，不是當國君的材料。如果您能廢掉子忽，立子突為君，那麼我們國君願意與您結為姻親。希望您考慮一下。」祭足說：「立子忽為君奉的是先王的命令，我身為臣子如果廢掉君王，諸侯會認為我有罪的。」華督說：「篡逆的事哪個國家沒有，誰敢怪罪！如果您真不同意，那我們國君就會發兵攻打鄭國，發兵的那天就用你的人頭來祭軍。」祭足非常害怕只好答應了。宋莊公向子突提出，如果事情成功，子突要送給鄭國三座城池和大量財物作為回報，還要把雍氏家族的雍糾立為鄭國大夫，並且讓祭足的女兒嫁給雍糾。子突因為急於回國，全部都答應了。

之後子突扮作商人跟隨祭足回到了鄭國，藏在祭足的家裡，祭足則宣稱自己有病不能上朝。朝中的諸位大夫聽說祭足病了都來探望。祭足讓一百名武士事先埋伏好，然後讓人把大夫們都請進屋子裡。大夫們進屋之後，見祭足臉色正常、穿戴整齊都很驚訝。祭足說：「先王非常寵愛子突，把子突託付給了宋國。現在宋國國君要發兵攻打鄭國，鄭國目前還不安穩，該怎麼抵擋？」大夫們都不知道如何應對，祭足說：「唯一的辦法就是廢掉子忽，立子突為君。現在子突就在這裡，希望你們趕快做決定。」大將高渠彌本來就與子忽有矛盾，於是表示願意擁立子突。大夫們懷疑高渠彌和祭足是商量好的，又看到簾子後面好像埋伏有人，只能表示贊同。

祭足寫了一封奏章，說明當下的形勢，讓人呈給了鄭昭公忽。子忽見自己孤立無援，只好逃到衛國。子突被擁立為君，稱為鄭厲公。子亹和子儀怕子突加害自己，分別逃到了蔡國和陳國。鄭厲公把雍糾封為大夫，祭足也把自己的女兒嫁給了雍糾。

鄭厲公登上王位之後不久，宋莊公就命人前來索要當初承諾的報酬。厲公不想給那麼多，於是根據祭足的建議，回覆說鄭國現在還不穩定，先給一部分，剩下的以後再說。宋莊公收到答覆之後很生氣，讓鄭國一定要如數交納。厲公又加了一些財物，宋莊公還是不滿意，讓

---

❷【太宰】周朝時的官職名，職位相當於後來的宰相或丞相，周朝之後停止使用。

祭足親自到宋國解釋。無奈之下，厲公只好派使者到魯國和齊國求助，希望兩國可以為自己說說好話。魯桓公聽到使者的訴說之後，很爽快地答應了，齊僖（ㄒㄧ）公卻質問使者為什麼要廢掉子忽而立子突為君。

魯桓公為鄭厲公求情，宋莊公雖然表面上答應了，但還是接連不斷地向鄭厲公索要財物和那三座城池。鄭厲公又去求魯桓公，魯桓公想約宋莊公商量一下，結果宋莊公不赴會。魯桓公非常生氣，決定和鄭厲公聯合起來攻打宋國。宋國得到消息後，想聯合齊國一起對抗魯國和鄭國，不過當時齊國正在攻打紀國，於是提出要宋國幫忙攻打紀國。宋國為了爭得齊國的支持，就聯合衛國和燕國一起攻打紀國。鄭國和魯國經過一番權衡之後，決定去救援紀國。這樣，就變成了鄭、魯、紀三國聯軍對抗齊、宋、衛、燕四國聯軍。結果四國聯軍敗給了三國聯軍。

宋莊公戰敗之後，對鄭國更是恨得咬牙切齒，於是又聯合了齊國、衛國、蔡國和陳國一起攻打鄭國。鄭厲公打算正面迎戰，祭足卻不同意這種做法。結果還沒等鄭厲公做決定，祭足就已經下令誰敢請戰就把誰斬首。鄭厲公受到祭足的限制，心裡對祭足產生了排斥。後來周桓王病逝，鄭厲公想派人去弔喪，祭足則認為鄭國與周王室有嫌隙，不可以去。從此鄭厲公對祭足的怨恨又更深了一層。之後鄭厲公和雍糾商量殺掉祭足，許諾祭足死後就讓雍糾接替祭足的位置。兩人謀劃好用毒酒毒死祭足，誰知雍糾回家後把這件事告訴了妻子祭氏，祭氏連忙跑去通知了祭足。祭足有了準備，在酒宴上假裝失手把酒杯掉到地上，酒水流過的地方迸出了火光，祭足立即命人把雍糾殺死。鄭厲公聽到消息，連忙逃到蔡國去了。

祭足聽說厲公逃跑了，就把鄭昭公迎接回來，重新立為國君。但由於當年祭足驅逐過昭公，昭公對他沒有以前那麼好了。而高渠彌因為原本就和昭公有矛盾，再加上驅逐昭公也有他的份，他就更害怕會遭到昭公的報復。為了保全自己，高渠彌決定推翻昭公，把子亹扶上王位。而此時鄭厲公也不甘心失敗，在蔡國招兵買馬，佔據了櫟（ㄌㄧˋ）城，時時刻刻準備打回鄭國。昭公聽到消息後，就在厲公的必經之路上駐紮了大批兵馬。厲公見光靠自己的力量無法取勝，就通過賄賂的方式聯合了宋、蔡、魯、衛四個國家一起攻打鄭國。祭足見敵人很強大，就親自帶領鄭國的主力軍前去迎戰。祭足也很有軍事才能，四個國家的聯軍看短時間內無法取勝，就都各自回國了。

祭足寫了一封奏章，說明當下的形勢，讓人呈給了鄭昭公忽。

為了鄭國以後的穩定，祭足建議昭公聯合齊國和魯國一起對抗鄭國和宋國，於是昭公派祭足前去齊國結盟。祭足走後，高渠彌也就沒有顧忌了，立刻準備實施自己的計畫。他先派人把子亹接到自己家裡，然後在昭公舉行祭祀的時候派人埋伏在半路把昭公殺死。子亹當上國君的時候，祭足已經和齊國達成了協定。齊襄公得到鄭昭公被殺的消息之後非常氣憤，打算替昭公報仇，但是又怕貿然出兵不能取勝，於是想出了一個計謀。

齊襄公派人給子亹送去一封信，約他到首止❸結盟。子亹見齊襄公肯與自己結盟非常高興，打算帶高渠彌和祭足一同前去，祭足稱自己有病沒有一起去。到了首止，齊襄公讓事先埋伏好的人把子亹殺死，將高渠彌處以「五牛分屍❹」的刑罰。

子亹死後，鄭國大夫商量立新國君的事情，有人建議把鄭厲公迎接回來。祭足說：「出逃的君主有辱宗廟，不如把子儀立為國君吧。」子儀被迎接回鄭國，當上了國君，他把所有的國事都交給祭足處理，然後答應向楚國進貢，成了楚國的附屬國。鄭國有了楚國做靠山，厲公再也沒有什麼機會，從此鄭國變得安穩了。

---

❸【首止】春秋時地名，位於衛國境內，在鄭國和齊國中間，現在的河南睢縣東南。

❹【五牛分屍】古代的一種嚴酷刑罰：用繩子綁住人的四肢和頭部，另一邊分別繫在五輛牛車上，牛車往五個不同的方向走，把人撕裂。

第五回　管仲、鮑叔牙各為其主

齊國有個人叫管夷吾，字仲，長得相貌堂堂，身材魁梧，而且博覽群書，有經世治國的才能。他和鮑叔牙是好朋友，兩個人一起做生意。在分利潤的時候，管仲總是拿比鮑叔牙多一倍的錢，鮑叔牙的僕人認為這很不公平，鮑叔牙說：「管仲並不是貪圖這點錢，他家裡困難，我自願讓給他的。」在跟隨軍隊打仗的時候，管仲總是待在隊伍後面，而到了回家的時候，他又總是走在前面。很多人都嘲笑管仲膽子小，鮑叔牙說：「管仲並不是怕打仗，而是因為家裡還有老母親，自己要活下來奉養母親。」在商量事情的時候，管仲好幾次都和鮑叔牙產生分歧，鮑叔牙說：「每個人都有自己的機遇，如果管仲得到機遇，一定會算計得無比周到。」管仲聽到鮑叔牙的這些話，說道：「生我者父母，知我者鮑叔牙啊！」之後兩個人就成為生死至交。

當時齊襄公剛剛即位，他有兩個兒子，大兒子名叫糾，二兒子名叫小白，都已經長大成人，齊襄公想請老師教導他們。管仲和鮑叔牙商量說：「現在國君只有這兩個兒子，將來不

是糾即位就是小白即位。我們兩個各教授一個人，將來不管誰即位，我們兩個都要互相舉薦。」鮑叔牙覺得這個主意不錯就同意了。之後管仲和召忽做了公子糾的老師，鮑叔牙做了公子小白的老師。

齊襄公當政的時候朝政一片混亂，他還和妹妹亂倫惹得國人恥笑，公子小白勸諫也不聽。鮑叔牙就對公子小白說，齊國肯定會有禍事，不如先到別的國家去。小白的母親是莒（ㄐㄩˇ）國人，而且莒國離齊國很近，有什麼情況馬上就可以回到齊國，於是公子小白和鮑叔牙來到了莒國。後來齊國大臣公孫無知殺了齊襄公，自立為王，想召管仲為臣。管仲知道這個人不能長久，就和公子糾逃到了魯國。糾的母親是魯國人，所以魯莊公對公子糾很好。

過了一個多月，齊國的一些舊臣設謀殺了公孫無知，並派人到魯國去接公子糾回國即位。魯莊公親自帶兵護送公子糾回齊國，管仲說：「公子小白現在在莒國，那裡更靠近齊國。如果讓公子小白先回到齊國，君主的位置就是他的了。希望您能借我一些好馬讓我阻擊公子小白。」魯莊公聽聞後給了管仲三十匹馬和一些士兵。公子小白聽說齊國沒有了國君，和鮑叔牙商量了一下，然後向莒國國君借了一百輛戰車護送自己回齊國。

半路上，公子小白的隊伍正在做飯，管仲帶人追上來了。管仲見到公子小白，鞠了一躬說道：「公子別來無恙，現在打算去哪裡啊？」小白說：「父親死了，我要回去奔喪。」管仲說：「糾是長子，理應由他主持喪事。公子請稍作停留，不要這麼辛苦了。」鮑叔牙對管仲說：「你先走吧，我們各為其主，你不要再多說了。」管仲見莒國士兵臉上有憤怒的神色，怕自己人少吃虧就假裝要走，突然間舉起弓箭射向小白，小白大叫一聲，倒在車上，嘴裡吐出一口鮮血。鮑叔牙等人驚慌失措，管仲以為小白死了，帶著手下跑了。

管仲回去向公子糾報告，公子糾於是放下心來慢慢前進。但管仲並不知道那一箭只射中了小白的帶鉤，並沒有傷到他。小白知道管仲箭術好，怕他再射一箭，於是咬破舌頭，吐了一口鮮血，假裝倒在車上，連鮑叔牙都沒有識破。鮑叔牙怕管仲再追來，就讓小白換了衣服，坐在有帳篷的車子裡，從小道加速前進。

快到臨淄[1]城的時候，鮑叔牙自己先進城，到處宣揚公子小白的賢能。眾位大夫對他說：「公子糾也要回來了，該怎麼辦呢？」鮑叔牙說：「齊國兩位君王連續被殺，只有賢明的人才能讓齊國安定下來。況且迎公子糾而小白先到了，這不是天意嗎？魯莊公幫助公子糾一定會索要很高的報酬，當初宋國幫助子突之後，為了索要報酬連年爭戰，我們國家正是多難的時候，哪還能負擔魯國的索求？」眾位大夫都覺得很對，於是迎立公子小白為君，稱齊桓公。

---

❶【臨淄】春秋時齊國都城，原名營丘，因爲東臨淄河，被齊獻公改名爲臨淄，即現在的山東省淄博市臨淄區。

齊桓公即位後，派人去通知魯莊公齊國已經有了國君。魯莊公知道小白沒有死非常生氣，認為自己不能白來一趟，堅持不退軍。齊桓公命鮑叔牙率兵迎戰魯軍，結果魯軍大敗而歸，公子糾和管仲也逃回了魯國。齊桓公戰勝魯軍本想慶賀一番，鮑叔牙說：「現在還不是慶祝的時候，公子糾還在魯國，身邊有管仲和召忽輔佐，始終是塊心病啊。」齊桓公問他怎麼辦才好，鮑叔牙說：「魯國剛剛戰敗，對我們已經有了畏懼心理。我們不妨再發兵逼魯國交出公子糾，魯國怕被攻打，一定會答應的。」齊桓公覺得這個主意不錯，於是命鮑叔牙帶兵直逼魯國邊境，同時派人給魯莊公送去一封信，要魯莊公殺死公子糾，同時交出管仲和召忽。

鮑叔牙說：「管仲是天下奇才，我已經把他活著帶回來了，您得到一名賢臣，當然要恭賀了。」

負責送信的人叫公孫隰（ㄒㄧˊ）朋，鮑叔牙告訴他說：「管仲是一名奇才，我會讓主公重用他，你一定不能讓他死。」公孫隰朋說：「如果魯莊公堅持要殺他怎麼辦？」鮑叔牙說：「你就說管仲曾經用箭射過桓公，桓公要親自在太廟殺他，魯國一定會信的。」魯莊公接到信後知道齊國大軍壓境，與大臣們商議之後殺了公子糾，並把管仲和召忽抓了起來。召忽見公子糾死了於是自殺，管仲則束手就擒。魯莊公認為管仲是齊桓公的仇人，如果不殺他就會惹怒齊桓公，於是決定把管仲殺掉，把屍體送還給齊桓公。公孫隰朋聽說要殺管仲，連忙跑去見魯莊公，說：「管仲曾經射過我們主公一箭，主公想要親手殺了他。如果你們送還的是屍體，那和沒殺是一樣的。」魯莊公果然相信了他的話，把管仲押在囚車裡讓公孫隰朋帶走了。

管仲知道這是鮑叔牙的計策，他怕魯莊公反悔追來，於是寫了一首歌詞，讓押運的僕役邊唱歌邊走，結果那些僕役唱得忘了疲倦，速度也加快了，一天就走了兩天的路程。後來魯莊公果然反悔，立刻派人去追，結果沒有追上。

管仲回到齊國，鮑叔牙大喜過望，把他迎到館舍裡安頓好，然後去見齊桓公。鮑叔牙見到桓公，先弔唁然後又祝賀。桓公很奇怪，問他為什麼弔唁。鮑叔牙說：「公子糾是您的哥哥，他死了不應該弔唁嗎？」桓公說：「那又為什麼祝賀呢？」鮑叔牙說：「管仲是天下奇才，我已經把他活著帶回來了，您得到一名賢臣，當然要恭賀了。」桓公說：「管仲當初射了我一箭，我恨不得殺了他，怎麼還能用他？」鮑叔牙說：「當初他射您是因為公子糾是他的君主，如果您用他，那他可以成為為您射天下的人。」桓公說：「那就暫且聽你的吧，先不殺他。」

齊桓公論功行賞打算把鮑叔牙封為上卿，鮑叔牙不接受，說自己並不擅長治理國家。齊桓公讓他不要推辭，鮑叔牙說：「我所能做到的只不過是遵守臣子的禮節而已。如果治理國家，則內要安撫百姓，外要應對各國，要能夠安定王室，施惠於諸侯。我怎麼擔當得起這麼重的責任呢？」桓公不覺有些心動，說：「那按你說的，現在有合適的人選嗎？」鮑叔牙說：「您如果想用這樣的人，非管仲莫屬。我有五點不如管仲：對子民寬厚，我不如他；治理國家不失分寸，我不如他；取信於百姓，我不如他；制定四方都服從的禮儀，我不如他；激勵百姓為國家戰鬥，我不如他。」齊桓公聽了非常高興，讓鮑叔牙把管仲請來，自己要好好請教一下。鮑叔牙說：「如果要用管仲，一定要給他高官厚祿，用隆重的禮節對待他。應該挑選一個好日子，您親自去迎接他。這樣四方的賢人聽說您禮賢下士，也都會來投奔的。」

齊桓公聽從鮑叔牙的建議，用重禮把管仲迎接到了朝堂，拜他為相。之後桓公想聽聽管仲對治理國家的意見，管仲從經濟、軍事等各個方面提出對策，桓公聽了非常高興，兩個人連續談了三天三夜。後來桓公把所有的國家大事都交給管仲來處理，並把他尊為仲父，對他的禮遇在所有人之上。

第六回　宋閔公因玩笑喪命

魯莊公聽說齊桓公拜管仲為相，覺得自己受了欺騙非常生氣，便開始積蓄力量打算出兵伐齊。齊桓公對管仲說：「我剛剛即位，不想經常受到征伐的困擾，不如先發制人征討魯國吧。」管仲說：「現在國家還不穩定，不能用兵。」桓公不聽，派鮑叔牙前去征討魯國，結果在長勺❶一戰，魯軍大敗齊軍。

齊軍戰敗之後，齊桓公非常生氣，鮑叔牙建議聯合宋國一起攻打魯國。當時宋國君主是宋閔（ㄇㄧㄣˇ）公，他聽說齊桓公即位，本來就想和齊桓公搞好關係，現在齊桓公主動和他聯盟正是求之不得的事情。於是兩國約定日期一起攻打魯國。齊國派鮑叔牙為將，宋國派南宮長萬為將。南宮長萬是一員猛將，力大無窮，很少遇到敵手。兩國集結大軍逼近魯國邊境，魯莊公問大臣們應該怎麼辦，大夫公子偃說：「我去觀望一下他們的陣勢。」公子偃查

❶【長勺】春秋時魯國境內，現在的山東萊蕪東北。

看一番之後說：「鮑叔牙的軍隊警戒很嚴，軍容整齊。南宮長萬的軍隊因為輕敵則雜亂無章。如果用偷襲的方式可以打敗宋軍，宋軍敗了，齊軍也不會獨自留下作戰的。」魯莊公聽後派公子偃去偷襲宋軍。

公子偃讓人準備了一百多張虎皮，然後把這些虎皮蒙在馬身上，趁著夜色偷偷出了營。來到宋營的時候，宋軍毫無察覺，公子偃讓手下士兵點起火把、敲響鑼鼓衝向宋營。宋軍以為是一隊猛虎衝了過來爭相逃跑，南宮長萬見軍隊已經散了只好後撤。這時魯莊公也率軍趕到，和公子偃一起追趕宋軍。逃了一段距離後，南宮長萬把軍隊集結起來，下令和魯軍死戰。魯軍追上來後，雙方廝殺起來。南宮長萬拿著兵器左衝右突，無人可擋。魯莊公派歂（ㄔㄨㄢˇ）孫生與南宮長萬交戰，見歂孫生無法取勝，於是命人拿來弓箭，一箭射中了南宮長萬右肩。南宮長萬用手去拔箭，歂孫生趁機刺傷南宮長萬的左腿。長萬跌倒在地，一群士兵上前把他擒住了。魯莊公很愛惜南宮長萬的勇猛，對他以禮相待。鮑叔牙見宋軍失敗，只得退軍了。

就在那一年，齊桓公派人去周王室告知齊桓公即位的消息，同時向周王室求婚。第二年，周天子把王室的一名女子嫁給了齊桓公，魯莊公為其主婚，從此以後齊國和魯國又恢復了友好。秋天的時候宋國發了大水，魯莊公覺得既然和齊國和好了，也不必記恨宋國，於是派人前去慰問。宋國非常感激，派人來答謝，同時請求釋放南宮長萬，魯莊公就把南宮長萬釋放回了宋國。

南宮長萬回到宋國後，宋閔公跟他開玩笑說：「當初我很敬重你，現在你做了魯國的囚犯，我已經不尊敬你了。」南宮長萬羞愧難當就告退了。大夫仇牧私下裡跟宋閔公說：「君臣之間應該注重禮節，如果經常開玩笑就會使人輕慢，發生叛逆的事情。」宋閔公說：「沒關係的，我和長萬經常開玩笑。」

一次宋閔公帶宮人出去遊玩，讓南宮長萬表演扔戟❷。南宮長萬有一項本領，就是把戟扔到幾丈高的空中然後再用手接住，從來不會失手。這次是因為宮人想看，所以宋閔公才讓南宮長萬隨行。長萬表演了一回之後，宮人都非常高興，嘖嘖稱讚。宋閔公有些嫉妒，就叫人拿賭具來和長萬賭博，用金斗❸裝滿酒，誰輸了就喝一斗酒。宋閔公非常擅長這個遊戲，連贏五局，南宮長萬也就連喝了五斗酒，已經有七八分醉了。長萬還想接著玩，宋閔公說：「你是個經常打敗仗的囚徒，還敢再跟我玩嗎？」長萬心裡漸漸有些恨意，但也不說話。

正在這時有人來報告，說周王的使者來了。原來周莊王剛剛去世，太子胡齊即位，所以讓使者來通報。宋閔公說：「既然立了新王，就該派人前去恭賀。」南宮長萬說：「我還沒有見過

---

❷【戟（ㄐㄧˇ）】古代結合戈與矛的一種兵器，頭部呈「十」字或「卜」字形狀，兼具鉤、刺、割等多種作用，殺傷力比戈和矛要強，在戰國和漢晉時期比較盛行。

❸【斗（ㄉㄡˇ）】是古代的一種器皿，也是一種容積單位。

王都的興盛，希望能作為使者前去。」宋閔公笑著說：「難道宋國沒人了嗎，怎麼能派一名囚徒前去？」旁邊的宮人聽了之後都大笑起來。南宮長萬面紅耳赤，漸漸產生了怒意，趁著酒勁大罵道：「無道的昏君，你知道囚徒能殺人嗎？」宋閔公也大怒道：「死囚徒，你竟敢如此無禮？」說完就去搶長萬的長戟，長萬也不爭奪，用賭具把宋閔公打倒在地，一拳把宋閔公打死了。宮人們大驚失色，四散奔逃。

南宮長萬依然怒氣未消，提著長戟來到了宮門前，正好遇到大夫仇牧。仇牧問他：「主公去哪裡了？」長萬說：「昏君絲毫不顧君臣之禮，已經被我殺了。」仇牧笑著說：「將軍是不是喝醉了？」長萬說：「我沒醉，我說的是實話。」然後讓仇牧看了看手掌上的鮮血。仇牧大罵道：「亂臣賊子，天理難容。」說著用手裡的笏板❹去打長萬，長萬把戟扔到地上用手去擋，左手把笏板打落，右手一拳把仇牧的頭打爛了，仇牧的牙齒飛了出

長萬也不爭奪，用賭具把宋閔公打倒在地，一拳把宋閔公打死了。

去，嵌進門裡三寸。長萬拾起自己的長戟慢慢走到車上，眼中根本沒有旁人。

太宰華督聽說發生內亂，連忙過去查看情況，走到東宮西面的時候正好遇到長萬。長萬二話不說，一戟將華督刺到車下，接著又一戟殺死華督。之後長萬把宋閔公的堂弟公子立為國君，其他公子都逃到其他國家，公子禦說逃到了亳❺，其他的公子逃到了蕭❻。長萬覺得公子禦說是個有才能的人，讓他活著以後會成為心腹大患，於是讓自己的兒子南宮牛去圍攻亳。結果南宮牛兵敗被殺，公子禦說讓人散布假消息，說南宮牛已經得勝，抓到了公子禦說。禦說則跟其他公子率兵扮成南宮牛的人回到宋國。南宮長萬聽信了假消息毫無準備，結果禦說帶兵衝進了城要擒拿長萬。長萬想帶公子游一起逃跑，結果發現公子游已經被人殺死了。長萬正要逃往陳國，想起家裡還有八十多歲的老母親，於是回去用車推著母親逃了出來。一路上長萬推著車飛奔，無人敢阻攔他，一天就逃到了陳國。

眾公子把公子禦說奉為國君，稱宋桓公。之後桓公派人去陳國，請求陳國幫忙捉拿南

❹【笏（ㄏㄨˋ）板】古代大臣上朝時用的工具，主要用來記錄君王的旨意或者命令，也可以把自己想要上奏的事情記在上面防止忘記。

❺【亳（ㄅㄛˊ）】中國古代都城名，位於現在的河南商丘。現在的亳則指安徽亳州。

❻【蕭】古代國名，春秋時是宋國的附屬國，後來被楚國滅掉。

宮長萬。當時公子目夷❼只有五歲，在宋桓公旁邊笑著說：「肯定捉不到長萬的。」宋桓公問：「你一個小孩怎麼知道？」目夷說：「勇猛的人很受人敬佩，現在宋國拋棄了長萬，陳國肯定會保護他，空著手去要人，人家怎麼會願意呢？」宋桓公立刻明白過來，讓去陳國的使者帶上了厚禮。

陳宣公收到宋國的禮物後答應幫忙擒拿南宮長萬，但是憑武力很難制住長萬，只能用計。陳宣公讓公子結去結交長萬，表示陳國願意容留長萬，長萬很高興，和公子結結拜為兄弟。第二天長萬來到公子結家裡致謝，公子結留他喝酒，然後讓自己的妻妾和奴婢都來勸酒，把長萬灌得大醉。公子結讓人用犀革把長萬包裹起來，然後用牛筋捆綁，與長萬的母親一起押到宋國。

走到半路，長萬醒了過來，他奮力掙扎但無法掙脫。到了宋國都城，他的手腳已經露在了外邊，押送的人就把他的腿和胳膊都砸斷了。宋桓公讓人把南宮長萬剁成肉泥賜給所有大臣，說：「有不能忠君的臣子，這就是下場。」長萬那八十多歲的老母親也一道被殺了。

---

❼【公子目夷】字子魚，宋桓公的庶長子，以賢能著稱，宋襄公曾主動讓位給他，他沒有接受，後來成為宋國司馬。

第七回　鄭厲公復國

齊桓公即位以後很想稱霸諸侯，就問管仲該怎麼辦。管仲說：「自從東遷以後，鄭國最為強大，它前有嵩山，後有黃河，右鄰洛水，左鄰濟水，還有聞名天下的要塞虎牢關❶。當初鄭莊公正是憑藉著這些優勢和周王室相抗衡。現在鄭國又和楚國結成了聯盟，楚國地廣兵強，憑藉強大實力和周王室對抗。您如果想保護周王室而稱霸諸侯，就一定要和楚國對抗，要和楚國對抗，就一定要先征服鄭國。」桓公說：「我知道鄭國是中原的中心，很早就想征服它了，只是想不出辦法啊。」大夫甯戚說：「鄭國的子突剛做了兩年國君就被祭足驅逐，子忽成為了國君。後來高渠彌又殺了子忽，擁立子亹，我國先王殺了子亹，祭足又擁立了子儀。祭足以臣子的身分驅逐國君，子儀以弟弟的身分篡奪兄長的位置，都有違禮法，該

---

❶【虎牢關】又叫汜水關，在現在的河南滎陽市汜水鎮，因周穆王曾經在這裡關過老虎而得名，地勢險要，易守難攻，是一處軍事要塞。

加以聲討。子突在櫟城每天都謀劃著襲擊鄭國。現在祭足已經死了，鄭國沒有什麼有能力的人，主公可以命人去櫟城把子突送歸鄭國繼承王位，子突肯定會感激主公的恩德而臣服於我國。」齊桓公覺得這個主意很好，於是讓大將賓須無帶兵駐紮在櫟城二十里外的地方。

賓須無讓人向鄭厲公（子突）轉達了齊桓公的意思。鄭厲公之前得到了祭足去世的消息，讓人到鄭國去打探消息。現在突然聽說齊國要送自己回國非常高興，親自出城遠迎，盛宴招待。鄭厲公和賓須無正在說話的時候，之前派去鄭國打探消息的人回來了，說祭足已經死了，現在叔詹是上大夫。賓須無問道：「叔詹是什麼人？」鄭厲公說：「治理國家倒是有些本事，但不是打仗的人才。」

正說著，又有人來稟報說：「鄭國都城發生了一件奇怪的事情。在南門出現了兩條蛇，門內的蛇有八尺長，青頭黃尾；門外的蛇有一丈多長，紅頭綠尾。兩條蛇在那裡爭鬥，三天三夜都沒有分出勝負。旁邊有很多人觀看，但沒有人敢靠近。十七天以後，門內的蛇被門外邊的蛇咬死了，門外的蛇跑到城裡，到了太廟之後就不見了。」賓須無向鄭厲公一躬身說：「您這個君主當定了。」鄭厲公說：「你怎麼知道呢？」賓須無說：「門外的那條蛇就是您，您是兄長，所以長一丈多；門內的蛇是子儀，他是弟弟，所以長八尺。外邊的蛇用了十七天把裡面的蛇咬死，您從鄭國逃亡到現在也正好十七年了。裡邊的蛇死掉，表示子儀要失去王位了，外邊的蛇進入太廟，表示您要繼承君位了。兩條蛇的爭鬥正好預示了您登上王位，這不是天意嗎？」鄭厲公說：「如果真如將軍所言，我一輩子都不會忘記您的恩德。」

鄭厲公和賓須無制定了進攻的計畫，晚上夜襲大陵。大陵守將傅瑕領兵出戰，兩邊正在交戰，不料賓須無從背後繞過去率先攻破了大陵，傅瑕知道自己無法取勝只好投降。鄭厲公恨傅瑕把自己擋在鄭國外面十七年，咬著牙說：「把他斬首！」傅瑕大聲喊道：「您不想進入鄭國了嗎，幹嗎要殺我？」鄭厲公問他為什麼這麼說，傅瑕說：「您如果能饒我一命，我願意把子儀的頭割下來。」鄭厲公說：「你有什麼辦法能殺子儀？不過是用好話哄騙我，想脫身而已。」傅瑕說：「現在鄭國的政權都掌握在叔詹手裡，我與叔詹向來很有交情。如果您能赦免我，我就和叔詹謀劃這件事，一定把子儀的頭獻給您。」鄭厲公大罵道：「你老奸巨猾，敢用這種大話誆我，我現在放你進城，你一定會和叔詹一起起兵對抗我的。」賓須無說：「傅瑕的妻子和孩子都在大陵，可以關在大陵作為人質。」傅瑕磕頭懇求：「如果我做不到，您可以殺了我的妻子和孩子。」鄭厲公這才允許他回到鄭國。

傅瑕回到鄭國都城，連夜去見叔詹。叔詹見到傅瑕大吃一驚，問他：「你不是在駐守大陵嗎，怎麼跑到這裡來了？」傅瑕說：「齊桓公想更換鄭國的國君，讓大將賓須無帶兵送子突回國。大陵已經失守了，我連夜逃到了這裡。齊國軍隊很快就要來了，現在情況非常危急。您如果能殺掉子儀，開城迎接齊國軍隊，那就可以保全榮華富貴，也能避免戰爭。不然後悔也來不及了。」叔詹沉默了很久才說：「我原來就建議迎立子突，可惜被祭足阻止了。

現在祭足已經死了，是上天在幫助子突，違背天意肯定不會有好下場的。只不過怎麼才能殺掉子儀呢？」傅瑕說：「可以給子突送信，讓他加速進兵，你出城假裝和敵人作戰，子儀一定會到城頭去觀戰的。我找機會把子突引到城裡，那就可以成功了。」叔詹同意了這個計畫，寫了封信讓人秘密送給子突。然後傅瑕去參見子儀，說齊軍幫助子突進攻，大陵已經失陷了。

子儀聽到這個消息之後大吃一驚，說：「現在應該用重禮去請求楚國的幫助，等楚軍到了之後，兩面夾擊就可以打退齊軍了。」叔詹故意把這件事延緩了，過了兩天都沒有派人去楚國求援。有人來稟報說，櫟城的軍隊已經到了城下了。叔詹說：「我領兵出去作戰，主公和傅瑕可以一起在城頭堅守。」子儀絲毫沒有懷疑。

有人來稟報說，櫟城的軍隊已經到了城下了。

鄭厲公帶兵先到，和叔詹打了幾個回合，賓須無就帶著齊兵衝了過來，叔詹回頭就走。傅瑕在城頭上大聲喊：「鄭軍敗啦！」子儀本來膽子就小，急忙往城下跑，傅瑕從後面刺了子儀一劍，把他殺死。城門打開之後，鄭厲公和賓須無一起進入城內。傅瑕先到了宮裡殺死了子儀的兩個兒子。鄭國的人本來就比較喜歡鄭厲公，鄭厲公復位之後，到處都是歡呼聲。

鄭厲公賞賜了賓須無很多禮物，並約定十月的時候親自到齊國去結盟，賓須無便回齊國了。幾天之後，鄭國的人心安定下來，鄭厲公對傅瑕說：「你守了十七年大陵，竭盡全力抗拒我，可算是對原來的君主很忠心的。現在卻貪生怕死，為了我而殺掉原來的君主，你的心真的是很難看透啊。我要為子儀報仇！」說完就下令把傅瑕推出去斬首了，但赦免了他的家人。

大夫原繁原來贊成立子儀為君，現在鄭厲公復國了，怕他怪罪自己就宣稱有病告老還鄉。鄭厲公派人指責他，他知道自己難逃罪責就上吊自殺了。厲公對當初驅逐自己的那些人一一治罪，殺死了公子閼；強鉏躲到了叔詹家，叔詹為他求情，於是厲公免了他的死罪，砍掉了他的雙腳；公父定叔❷逃到了衛國，三年以後厲公把他召了回來，說：「不能讓共叔沒有後人。」祭足已經死了，就不再追究了。

---

❷【公父定叔】公父定叔是共叔段的孫子。

第八回　齊桓公伐山戎

楚國經過一番內鬥之後，楚成王即位。成王任用鬬穀（ㄉㄡˋㄍㄡˋ）於菟（ㄊㄨˊ）為令尹，管理楚國事務。鬬穀於菟是楚國大夫鬬伯比的兒子，在治國方面非常有才能。楚成王覺得齊桓王任用管仲將其尊為仲父，自己用鬬穀於菟也應該有一個尊稱。於是成王就尊稱鬬穀於菟為子文，從來不直呼他的名字。

齊桓公聽說楚國任用子文為相，怕楚國變得強大之後來中原爭霸，就想聯合其他諸侯一起討伐楚國。他向管仲詢問，管仲說：「楚王在南方稱霸實力很強，周天子都不能制住他。現在又任用子文為相，楚國境內都很安定，用兵並不能使他屈服，而且其他諸侯也不一定會聽從我們的命令。我們現在應該廣施恩德，匯集人心，這才是最好的辦法。」桓公又說想要剿滅鄣國❶，管仲說：「鄣國雖小，但與齊國是同姓，剿滅同姓是不合禮法的。您可以讓人率大軍去巡視，展示出要討伐它的姿態，鄣國一定會很害怕，自己就會歸降的。」齊桓公用了管仲的計策，鄣國果然投降了，桓公對管仲讚不絕口。

一天，齊桓公正和大臣商議國事，有人來稟報，說燕國正遭受山戎的侵襲，希望齊國能出兵救援。管仲說：「現在南邊有楚國，北邊有山戎，西邊有狄族，這些都是中原的隱患，就算山戎不襲擊燕國，我們也要討伐它，何況現在燕國向我們求救了。要想征討楚國，一定要先平定山戎。等到山戎平定了，我們就可以專心對付楚國了。」齊桓公同意了管仲的意見，於是率兵前去解救燕國。

「等到山戎平定了，我們就可以專心對付楚國了。」齊桓公同意了管仲的意見，於是率兵前去解救燕國。

❶【鄣（ㄓㄤ）國】周朝時一個小國家的名字，是紀國的附屬國，在現在的山東東平縣東面。

山戎是北戎的一支，在令支❷建國，也叫離支。它的西面是燕國，東南面是齊國和魯國，位於三國中間，憑藉著險要的地勢不稱臣也不朝貢，還經常侵犯中原地區。山戎原來侵犯過齊國，但被鄭國的子忽打敗了。這次聽說齊桓公要征討鄣國，於是趁機起兵攻打燕國，想要切斷燕國和齊國的聯繫。燕莊公擋不住山戎的進攻，所以才派人向齊桓公求救。齊桓公率軍過了濟水，受到魯莊公的迎接。魯莊公說：「您討伐山戎對我們國家也有好處，我們願意跟隨您一起去討伐。」齊桓公說：「北方那麼偏僻危險的地方怎麼敢勞駕您！如果成功了，那是託您的福，如果不能成功，到時再向您借兵也不晚。」魯莊公沒有強求，齊桓公繼續前進。

山戎的首領名叫密盧，在燕國境內縱橫馳騁已經兩個月了，擄去了不少人。聽說齊軍來了，他連忙率軍退了回去。齊軍來到薊門關❸後，燕莊公出關迎接，感謝齊桓公前來相救。管仲說：「現在山戎未敗就退回去了，我們離開之後，他們肯定還會再來。不如趁這個機會討伐山戎，永絕後患。」齊桓公很贊同這個主意，燕莊公請求讓燕國的軍隊作為前鋒。桓公說：「燕國剛剛經歷爭戰，怎麼忍心再讓燕軍擔當前鋒呢？您就帶兵作為後軍吧，在聲勢上支援我。」燕莊公說：「從這裡往東八十里有一個國家名叫無終，雖然也是北戎一族，但並不依附於山戎，可以把他們召來作為嚮導。」齊桓公讓公孫隰朋帶著大量財物去和無終國主交涉，無終國主派大將虎兒斑率領兩千騎兵前來作戰。齊桓公給了他們很多賞賜，讓他們作為前鋒。

密盧聽說齊國來討伐自己，連忙和大將速買商量對策。速買說：「齊軍遠道而來肯定勞累疲乏，趁他們還沒有安定下來的時候進攻，一定能獲得勝利。」密盧交給速買三千騎兵，速買讓士兵們都埋伏在山谷裡，就等著齊兵來到。虎兒斑的部隊率先到達，速買只帶著一百多騎兵前去迎戰。打了沒有幾個回合，速買就假裝逃跑。虎兒斑不知道其中有詐，在後面緊緊追趕。剛一到山谷樹林裡，速買事先埋伏的士兵就衝出來把虎兒斑的隊伍衝散了，虎兒斑也受了傷。幸虧齊將王子成父率兵趕到，救出了虎兒斑。在面見齊桓公的時候，虎兒斑有些慚愧，桓公說：「勝敗是兵家常事，將軍不用放在心上。」然後賜給虎兒斑一匹好馬，虎兒斑非常感激。

齊桓公和燕莊公在一座山上紮下營寨，第二天密盧就親自帶兵前來挑戰。齊軍和燕軍堅守不出，密盧一連衝了幾次都沒能衝進去。中午過後，山戎好像有些疲倦了。管仲對虎兒斑說：「現在是將軍一雪前恥的時候了。」虎兒斑領兵衝了出去。公孫隰朋說：「怕山戎兵有埋伏啊！」管仲說：「我已經料到了。」然後派王子成父從左邊殺過去，賓須無從右邊殺過

---

❷【令支】古代國名，位址在現在的河北灤縣、遷安一帶。

❸【薊（ㄐㄧˋ）門關】古代的關塞名稱，地址在現在的北京土城關一帶。

去。虎兒斑出兵之後，山戎兵果然有埋伏，但是被王子成父和賓須無兩路兵衝亂了，山戎大敗而回。

速買見強衝無法取勝，就提議把山上的樹木砍斷，在路上多挖些大坑來阻擋齊軍，派重兵把守，然後斷絕山上的水源，齊兵沒有了飲水，過段時間自然就退兵了。密盧覺得這主意不錯，連忙讓人按速買說的去做。誰知道管仲洞悉了山戎的計策之後，讓人在山上挖出了山泉水。為了迷惑山戎兵，管仲每天都叫人前去挑戰，而秘密地派賓須無從小道繞到山後面去。估計時間差不多之後，管仲就讓大軍進發，他們事先準備好很多裝滿土的袋子，遇到大坑就填上，遇到倒的樹木就搬走。密盧和速買本來以為齊軍不敢強攻，在帳中安心地飲酒，聽到齊兵進攻的消息之後慌忙出戰，不料賓須無從背後殺了過來，山戎兵大亂。密盧和速買見不可能取勝就從小道逃走了。

齊桓公從投降的山戎人那裡得知密盧會投奔孤竹國❹，為了永絕後患，齊桓公決定繼續討伐。

密盧果然去了孤竹，孤竹國君答里呵答應幫助密盧。答里呵勸慰他說：「放心吧，我這裡有一條很深的卑耳溪，我把竹筏都運回來，他們肯定過不了溪的。等他們退兵了，我就幫你打回去，恢復國土。」孤竹大將黃花元帥說：「就怕他們造木筏渡溪，最好派兵巡邏防止他們過來。」答里呵說：「他們如果造木筏，我怎麼會不知道？」

齊桓公來到卑耳溪之後讓人做竹筏過溪。答里呵沒想到齊軍這麼快就過來了，急忙派黃花元帥迎戰，結果黃花元帥大敗。黃花元帥回去後向答里呵提議用詐降的計策把齊軍引到一個叫旱海的地方，那裡寸草不生、遍布毒蛇，道路錯綜複雜，進去就很難出來，只要把齊軍引進去，就很容易打敗他們了。答里呵派黃花元帥去詐降，之前黃花被打敗的時候，密盧曾經奚落過他，因此他懷恨在心，覺得如果能夠帶著密盧的頭去詐降，肯定能讓齊桓公相信。於是黃花元帥來到密盧的營地，趁其不備殺了他。速買去虎兒斑那裡投降，結果被虎兒斑殺了。

之後黃花元帥帶著密盧的頭去投降，齊桓公果然相信了他，讓他帶路，黃花元帥就把齊軍引到了旱海。但是這並沒有困住齊軍，齊軍用年老的馬匹帶路，很快就走了出來。之後齊軍大舉進攻，黃花元帥戰死，答里呵被活捉，齊桓公親自將他斬首。

在班師回國的時候，燕莊公執意要送齊桓公，結果不知不覺出了燕國地界，進入齊國五十多里。齊桓公說：「自古以來，諸侯之間相送不出自己的國界，我不能亂了禮數。」就以當時燕莊公到達的地方為界，把那五十多里的土地劃給了燕國。燕國得了齊國五十多里土地，又兼併了山戎和孤竹，從此成為北方一個強大的國家。諸侯見齊桓公救了燕國而又不貪圖土地，對他更加敬佩了。

---

❹【孤竹國】商周時期冀東地區的一個國家，位址在現在的河北省盧龍縣灤河和青龍河交會的地方。

第九回　慶父禍亂魯國

魯莊公有一個堂哥叫慶父，慶父的同胞弟弟叫叔牙，是魯莊公的堂弟。莊公還有個同胞弟弟叫季友，季友的手掌中有「友」字形的紋路，所以取了這個名字。慶父、叔牙、季友三個人雖然都是大夫，但是魯莊公唯獨信任季友，一是因為季友是他的親弟弟，二是因為季友在三人之中最賢明。

魯莊公即位第三年，曾經到郎[1]地遊玩，在那裡遇到了一個叫孟任的女子。莊公見孟任長得漂亮，就想讓孟任嫁給自己，但是孟任不同意。莊公說：「你如果嫁給我，將來我就把你立為夫人。」孟任讓魯莊公發誓，這才嫁給了魯莊公。

莊公把孟任帶回宮中，孟任一年後生了一個兒子，取名為般。莊公想履行諾言把孟任立為夫人，便去問母親文姜的意見，結果文姜不同意，非要魯莊公和文姜的娘家齊國聯姻。莊公沒辦法，只好順從母親的意思和齊襄公的女兒姜氏成親。不過當時姜氏還小，過了二十年才迎娶過來。在這二十年裡，魯國後宮一直是孟任掌權，等到姜氏嫁到魯國的時候，孟任已

經得了重病，沒過多久就死了。姜氏嫁過來很長時間都沒生孩子，她的妹妹叔姜隨她一起嫁了過來，生下一個兒子，取名叫啟。之前還有一個姓風的妾生了一個兒子，名字叫申。風氏想把申託付給季友，讓季友幫忙把申立為國君，季友以公子般是長子為由拒絕了。

姜氏嫁過來之後雖然成為夫人，但是當年魯莊公的父親是齊襄公殺死的，莊公懷恨在心，所以並不喜歡姜氏。後來姜氏看上了公子慶父，暗地裡讓僕人通信，開始與慶父私通。兩人和叔牙結成聯盟，約定將來扶持慶父當上國君，叔牙做上大夫。

魯莊公三十一年，整個冬天都沒有下雪，莊公想祭祀求雨。祭祀的前一天，在大夫梁氏家演練舞樂。梁氏有個女兒長得很漂亮，公子般看上了她，私下與她往來，並發誓要立她為夫人。當天梁氏的女兒在梯子上看牆外的表演，一個叫犖（ㄌㄨㄛˋ）的掌管馬匹的人在牆外看到了她，便唱起歌來調戲她。公子般發現之後非常憤怒，讓人捉住犖打了三百鞭子，犖苦苦哀求，公子般才釋放了他。

回去之後，公子般把這件事告訴了魯莊公，莊公說：「犖冒犯了你，你就該殺了他，不能用鞭子懲罰他。他是個十分勇猛的人，一定會對你懷恨在心的。」犖確實是個非常勇猛的人，他有一項絕技，曾經從城門樓跳下去，落地之後又跳起來，扒住房屋的一角用手晃動，

---

❶【郎】魯國都城曲阜近郊的一個城邑。

整個樓都跟著震顫。莊公是怕將來犖報復公子般所以才這麼說。犖受到懲罰之後果然非常恨公子般，投奔慶父去了。

第二年秋天，莊公病危，因為對慶父有疑心，所以先把叔牙召過來，問應該由誰繼位。叔牙與慶父是一丘之貉（ㄏㄜˊ），當然力薦慶父。莊公沒說什麼，等叔牙出去之後，莊公又把季友召來，問由誰繼位的問題。季友說：「當初您和孟任有約定要立她為夫人，現在已經失信於她了，怎麼能再廢掉她的兒子呢？」莊公說：「叔牙勸我立慶父為君，你怎麼看？」季友說：「慶父生性殘忍，不是當君主的材料。叔牙偏袒自己的哥哥，他的話不能聽。我堅決支持公子般。」莊公點了點頭。

季友出宮之後急忙讓宮人假傳莊公的口令，讓叔牙到大夫鍼季的家裡接旨。然後季友拿了一瓶毒酒交給鍼季讓他毒死叔牙，並且寫了一封信給叔牙：「君王有命要將你賜死，如果你喝了毒酒，你的子孫都能繼承你的爵位，如果抗旨不遵就滅你全族。」叔牙看了之後還是不肯屈服，鍼季就強制給叔牙灌上毒酒。不一會兒，叔牙就七竅流血而死。當天晚上魯莊公去世了，季友把公子般立為國君，兩人一起主持喪事。

那一年的十月，公子般的外祖父病死了，公子般前去奔喪。慶父秘密地對犖說：「你還記得當初被鞭打的仇恨嗎？現在公子般離宮了，你一個人就可以殺了他，我可以從旁協助你。」犖答應了，帶著一把刀子連夜來到公子般的住所。到了天亮的時候，公子般的僕人出門打水，犖趁機進入臥室。公子般剛要下床穿鞋，見犖進來連忙問道：「你怎麼會到這裡來？」犖說：「來報去年鞭打我的仇。」公子般連忙抽出床頭的寶劍向犖砍去，犖用左手擋開公子般的劍，右手握刀將公子般刺死。下人發現之後連忙高聲呼喊，眾人一起將犖砍成了肉醬。

季友聽說公子般被刺死，知道是慶父指使的，擔心自己也遭到迫害，於是就躲到陳國去了。慶父假裝不知道這件事，把所有的罪責都推到犖的身上，殺了犖的全家給人們一個交代。夫人姜氏想把慶父立為國君，慶父說：「兩個公子都還在，如果不將他們都殺了，我就沒法做國君。」姜氏說：「那立申為君怎麼樣？」慶父說：「申現在已經長大了，難以控制，還是立啟吧。」慶父與姜氏為公子般發完喪之後便把八歲的啟立為國君，稱魯閔公。

魯閔公年紀還小，既怕姜氏又怕慶父。他是齊桓公的外甥，所以想讓齊桓公幫助自己，於是和齊桓公約定在落姑❷相見。見到齊桓公之後，閔公哭著把慶父主使殺死公子般的事情說了一遍。桓公問他：「現在魯國的大夫誰最賢明？」閔公說：「季友最賢明，現在在陳國避難。」桓公說：「怎麼不召他回來？」閔公說：「怕慶父起疑心。」桓公說：「就說是我的意思，誰敢違抗？」於是閔公以齊桓公的名義把季友召了回來。

---

❷【落姑】齊國地名，在現在的山東平陰縣境內。

當年冬天，齊桓公怕魯國的臣子們不安分，派大夫仲孫湫（ㄐㄧㄠˇ）到魯國來問候魯閔公，順便打探一下慶父的動靜。閔公見了仲孫湫之後痛哭不已，一句完整的話都說不出來。之後仲孫湫見了公子申，發現公子申談說話做事井井有條。仲孫湫說：「這才是治理國家的人才。」然後囑咐季友好好對待公子申，並勸他早點除掉慶父。季友伸出一隻手掌，仲孫湫明白他的意思是「孤掌難鳴」❸，就說：「我會向我們的君主據實稟告，如果有什麼狀況，我們一定不會坐視不理。」

仲孫湫回去之後對齊桓公說：「不除掉慶父，魯國的災難就沒有盡頭。」齊桓公想要出兵討伐，仲孫湫說：「慶父的罪惡現在還不明顯，我們出兵無名，我看他並不是一個安分的人，等他有所行動的時候我們再趁機誅殺他，這才是上策。」

閔公是齊桓公的外甥，又有季友的輔佐，慶父不敢輕舉妄動，但心裡卻很著急。有一天，大夫卜齮（ㄧˇ）來拜訪他，說太傅慎不害搶去他家的土地，閔公有意偏袒慎不害。慶父覺得這是個好機會，就和卜齮密謀殺掉魯閔公和慎不害。當天夜裡，魯閔公出去遊玩，被卜齮派的刺客殺死，慶父把慎不害也殺了。季友聽說之後，連忙帶著公子申逃到了邾（ㄓㄨ）國。

魯國百姓向來信服季友，聽說魯閔公被殺、季友逃亡都非常憤怒，趕到卜齮家中把卜齮一家都殺死了。慶父知道自己也很危險，就扮成商人逃到了莒國。姜氏聽到消息後逃到了邾國。季友聽說慶父和姜氏都逃亡了，於是打算帶公子申回魯國。齊桓公派大夫高傒（ㄒㄧ）帶兵去魯國，囑咐他見機行事，如果魯國新國君能擔當大任就扶持新國君即位，如果不能就趁機吞併魯國。高傒奉命來到魯國，見公子申言談舉止都很得體，就擁立他當上了國君，稱魯僖公。

莒國國君聽說慶父到了自己的國家，害怕遭到魯國的攻打，於是把慶父趕了出去。慶父想去齊國投奔曾經有交情的豎刁，到了齊國邊境的時候，齊國守邊的士兵不允許他通行。正好這時去齊國辦事的魯國公子奚斯路過這裡，奚斯勸慶父跟他回魯國，慶父不敢，想讓奚斯幫忙求情，求魯僖公饒自己一命，從此當個普通老百姓。奚斯答應了他。奚斯回去之後向僖公說了這件事，季友說一定要殺了慶父，否則不能警戒後人。不過季友認為如果慶父自殺，可以延續慶父的子嗣。奚斯回去見慶父，不好意思跟他說，便在門外大哭起來。慶父知道自己不能倖免，就上吊自殺了。

---

❸【孤掌難鳴】一個巴掌拍不響，比喻力量單薄，沒辦法做成事情。

第十回　荀息借道滅虢國

虞國❶、虢國❷都和晉國相鄰，這兩個國家是同姓，相互支持，不管誰遭到進攻，對方都會去支援。虢國的君主名叫醜，非常喜歡打仗，經常侵犯晉國。

一次，虢國又侵犯晉國，晉獻公也打算趁機討伐虢國，向大夫荀息徵求意見。荀息說：「虞國和虢國的關係非常好，如果我們攻打虢國，虞國肯定前去救援，我們以一敵二未必能取勝。」獻公說：「那我們就拿虢沒辦法了嗎？」荀息說：「我聽說虢公非常好色，我們可以挑選一些能歌善舞的美女獻給虢公，他一定會接受的。他沉溺於美色之後肯定會耽誤國事，排斥忠臣良將。到時候我們給犬戎一份大禮，讓犬戎去攻打虢國，我們就可以趁機滅掉虢國了。」獻公讓人搜羅了一些美女，教授禮樂之後送到了虢國表示要求和。虢公想要接受，虢國大夫舟之僑說：「這是晉國的陰謀，您不能中了他們的圈套。」虢公不聽，接受了這些美女，不再攻擊晉國。從此之後虢公就沉溺於美色，不理朝政。舟之僑又來覲見，虢公很生氣，就把他派去鎮守下陽關❸。

過了不久，晉國給犬戎送去厚重的禮物，要犬戎去攻打虢國。犬戎貪戀財物欣然答應，派兵攻打虢國，結果被虢國打敗了。犬戎首領不甘心，率領所有兵力前去攻打，雙方相持不下。

晉獻公又問荀息：「現在犬戎和虢國打起來了，我可以討伐虢國了嗎？」荀息說：「虞國和虢國之間還會相互支援。我有一個計策，可以先攻下虢國，緊接著就吞併虞國。」獻公問是什麼方法，荀息說：「我們可以給虞國送去厚禮，表示要借道去討伐虢國。」獻公說：「我們剛剛才和虢國講和，現在去討伐沒有藉口啊，虞國怎麼會相信我們？」荀息說：「我讓邊境的人去虢國惹點事，虢國邊境的官員肯定會怪罪。然後我們就以這個為藉口去虞國借道。」獻公同意了他的辦法，荀息便找人去虢國邊境惹事，虢國官員果然對晉國進行指責，雙方言語不合打了起來。

獻公對荀息說：「現在打虢國有藉口了，不過該用什麼禮物賄賂虞國呢？」荀息說：「虞國君主雖然貪財，但如果不是非常寶貴的東西，也不能打動他的心。只有用兩件寶物前

---

❶【虞（ㄩˊ）國】周朝時諸侯國名，地址在現在的山西平陸縣境內。

❷【虢國】這裡指北虢，地址在河南三門峽一帶。

❸【下陽關】春秋時虢國地名，在現在的山西平陸縣北面。

去賄賂才行，不過就怕您捨不得。」獻公說：「說出來聽聽。」荀息說：「虞公最喜歡玉璧和寶馬，您不是有垂棘❹出產的美玉和屈產❺出產的寶馬嗎？用這兩件寶物去向虞國借道，如果虞公貪戀寶物，我們就能成功了。」獻公說：「這是我心愛的兩件寶貝，怎麼忍心送給別人呢？」荀息說：「我知道您捨不得，不過如果我們伐虢成功了，虞國也無法獨自生存，到時候我們就可以把玉璧和寶馬收回來，現在只不過是寄存在虞公那裡而已。」這時大夫里克說：「虞國有兩個賢明的臣子，一個叫宮之奇，一個叫百里奚，如果他們兩個人從中阻撓怎麼辦？」荀息說：「虞公貪財而且愚蠢，就算有人諫言他也不會聽的。」於是獻公把玉璧和寶馬交給荀息，讓他到虞國去借道。

虞公剛開始聽說晉國要借道去討伐虢國表現得非常生氣，等看到玉璧和寶馬之後，虞公又變得高興起來，一邊摸著玉璧、看著寶馬，一邊問荀息：「這是你們國家的寶物，為什麼要送給我啊？」荀息說：「我們國君敬慕您的賢明和強大，所以想用這兩件寶物來討您歡心。」虞公說：「話是這麼說，但一定是有什麼想求助於我。」荀息說：「虢國人經常侵擾我國南部，我們君主以大局為重與虢國講和了，才過不久虢國又跟我們翻臉了。我們國君想借道去討伐虢國，如果僥倖取勝，所有的戰利品都是您的，而且我們願意永遠與您結盟。」虞公非常高興，宮之奇說：「主公不要答應，晉國吞併的同姓國家不止一個了，唯獨不敢針對虞國和虢國，是因為我們兩國相互依存。如果虢國滅亡了，那我們國家很快也會滅亡的。」虞公說：「晉國君主不惜以貴重的寶物來結交我們，我怎麼能吝惜這尺寸寬的道路？而且晉國比虢國強大十倍，失去虢國而得到晉國，這不是很好嗎？」宮之奇還想再諫言，百里奚在下面扯了扯他的袖子，他就沒再說話了。

出來之後，宮之奇對百里奚說：「你不幫我說話還阻止我，這是為什麼？」百里奚說：「向愚昧的人進忠言，就好像把珠寶扔在地上。當年桀王殺關龍逢，紂王殺比干❻都是因為

虞公剛開始聽說晉國要借道去討伐虢國，表現得非常生氣。等看到玉璧和寶馬之後，虞公又變得高興起來……

❹【垂棘】春秋時晉國地名，在現在的山西潞城縣以北，以出產美玉聞名。

❺【屈產】春秋時晉國地名，在現在的山西吉縣以北，以出產良馬聞名。

❻【桀王殺關龍逢，紂王殺比干】桀（ㄐㄧㄝˊ）王是夏朝最後一位君主，紂王是商朝最後一位君主，兩人都非常殘暴。關龍逢和比干分別是兩位君主手下的大臣，他們都因爲忠言直諫而被君主殺死。

強諫。你現在很危險啊。」宮之奇覺得虞國這樣下去遲早會滅亡的，於是帶著全族人逃往其他國家。

荀息回去告訴晉獻公，虞公已經接受了寶物。獻公派里克為大將，荀息為副將，帶領兵馬去討伐虢國。來到虞國之後，虞公說：「我既然接受了寶物，作為報答，我願意出兵協助你們。」荀息說：「與其出兵協助，不如把下陽關送給我們。」虞公說：「下陽關是虢國的地方，我怎麼送給你們？」荀息說：「我聽說虢公正在和犬戎作戰，您以助戰為藉口把戰車獻給虢國，裡面藏著晉國士兵，進關之後就可以輕易佔領下陽關了。」虞公同意了他的建議，派人去給虢國送信。

下陽關守將舟之僑信以為真，看到虞國送來車輛就開了門。車裡的晉軍一齊衝出來佔領了下陽關。舟之僑怕回去交不了差，就帶著士兵投降了晉軍。虢公正在跟犬戎兵作戰，聽說晉軍已經攻破了下陽關連忙回軍救援，結果被犬戎追殺，損失慘重。虢公回到上陽關[7]守衛，晉軍把上陽關包圍了起來。過了四個月，里克覺得時間差不多了，就寫信勸虢公投降。虢公不願意投降，帶著家人趁夜黑的時候逃到周朝都城去了。里克也不去追趕，把軍隊開進城裡，並從虢公國庫裡拿出很多珠寶送給虞公，虞公非常高興。

里克派人給晉獻公送戰報，然後宣稱自己有病，要等病好了才能回國。虞公還不時地送藥給他並問候病情。過了一個多月，虞公聽說晉獻公帶兵來到了都城郊外，報告的人說是晉獻公怕不能戰勝虢國，所以帶兵接應。虞公正好想見見晉獻公，於是帶著大臣來到郊外。虞公和晉獻公聊得很開心，忽然有人來報告，說城裡起火了。晉獻公說：「肯定是哪個百姓家的房子著火了，很快就會撲滅的。」百里奚私下裡對虞公說：「聽說城裡有動亂，您不能留在這裡了。」虞公於是告辭先走了。

半路上，虞公聽說晉軍已經佔領了都城非常生氣，回到城下發現城池果然已經被晉軍佔領了。正要往回撤，有人報告後面的軍隊被晉軍襲擊了，士兵們不是被殺就是投降了。虞公正發愁該怎麼辦，舟之僑過來對虞公說：「您現在投奔其他國家還不如投奔晉國。晉獻公寬宏大量，肯定不會傷害你的。」虞公正在猶豫的時候，晉獻公派人來請，虞公只好前去相見。晉獻公說：「我是來取回我的玉璧和寶馬的。」

回國後，晉獻公想殺了虞公，荀息說：「他這種愚蠢的人，留著也不會有什麼作為的。」於是晉獻公用寓公❽的禮節對待虞公，還送給他一些玉璧和馬匹。

---

❼【上陽關】北虢都城，地址在現在的河南陜縣李家窯。

❽【寓公】古代指因爲失去領土而寄居他國的貴族，後來只要是流亡他國的官僚貴族都稱作「寓公」。

第十一回　百里奚謀求官位

百里奚是虞國人，字井伯，三十多歲的時候娶了妻子杜氏，生下一子。百里奚家裡很窮，而且他也沒有好的機遇，於是想出去遊歷，不過怕妻子無依無靠，所以捨不得離去。杜氏說：「我聽說『男子志在四方』，你現在正值壯年，不出去做官，難道要在家裡守著妻子嗎？我能養活自己，你不用擔心。」家裡有一隻母雞，杜氏把雞殺了來給百里奚餞行。百里奚臨走的時候，杜氏抱著孩子，拉著百里奚的衣服說：「將來如果富貴了，不要忘了我們。」

百里奚先來到齊國想輔佐齊襄王，但是沒人引薦。時間一長，百里奚身上的錢就花光了，只好在銍[1]乞討，當時百里奚已經四十歲了。銍有一個叫蹇（ㄐㄧㄢˇ）叔的人，見到百里奚之後對百里奚的相貌感到很驚奇，對百里奚說：「看你的樣子不像是乞討的人啊。」蹇叔與百里奚談論時事，百里奚對答如流、井井有條。蹇叔歎息著說：「你有這樣的才幹卻窮困到這種地步，難道是命嗎？」蹇叔把百里奚留在自己家裡，兩人結成了兄弟。蹇叔比百里奚大一歲，因此百

里奚稱他為哥哥。

蹇叔家裡也很窮，百里奚就給村子裡的人養牛勉強度日。當時公孫無知殺了齊襄公，被擁立為君王，到處張貼告示招納賢才，百里奚想前去應招。蹇叔說：「先王在外面還有兒子，公孫無知這個王位來得不正當，肯定不會長久的。」於是百里奚就沒有去。

後來聽說周朝的王子頹喜歡牛，給他養牛的人都能得到很好的待遇，百里奚就辭別蹇叔去周朝。蹇叔警告他說：「大丈夫不能輕易把自己交託給別人。輔佐他而又拋棄他那是不忠誠，如果與他共患難則不明智。這一次弟弟一定要謹慎。等我把家裡的事情料理好了，我會去周朝看你的。」

百里奚來到周朝之後拜見了王子頹，向他展示了自己養牛的技術。頹非常高興，想讓百里奚做自己的家臣。這時候蹇叔從銍來到這裡與百里奚一起覲見王子頹。出來之後，蹇叔對百里奚說：「王子頹雖然有很大的志向，但才幹卻很一般，跟他交往的那些諂媚邀寵的人，肯定會有非分之想。我們很快就能看到他失敗的結局，還是離開他吧。」百里奚因為離開妻子很長時間了，就想回虞國。蹇叔說：「虞國有一個叫宮之奇的賢臣是我的老朋友，很長時間沒見了，我也想去拜訪他。你如果想回虞國，我們就一起走吧。」百里奚和蹇叔一起回到

---

❶【銍（ㄓˋ）】春秋時宋國城邑，在現在的安徽宿縣東南。

了虞國，當時杜氏因為太窮困，已經流落到別的地方去了，百里奚非常傷心。

蹇叔見到宮之奇之後，向宮之奇介紹了百里奚的才幹，宮之奇就把百里奚推薦給虞公，虞公讓百里奚做了中大夫。蹇叔說：「我看虞公見識短淺而剛愎自用，也不會是有什麼作為的君主。」百里奚說：「我貧困了很長時間了，就好像魚到了陸地上，急需要一勺水來滋潤一下。」蹇叔說：「你因為貧困而當官我不能阻擋你。將來如果你要找我就到宋國的鳴鹿村去，那裡環境幽雅，我打算到那裡居住。」蹇叔走了之後，百里奚便開始輔佐虞公。等虞公亡國之後，百里奚仍然跟在他的身邊不肯離去，說：「我已經不明智了，怎麼能再不忠心？」

晉國讓百里奚作為奴僕陪嫁到秦國，百里奚歎息著說：「我有濟世安邦的才幹，卻遇不到賢明的君主，無法施展自己的抱負。老了還要作為人的陪嫁，這對我來說真是莫大的恥辱。」走到半路的時候百里奚想逃往宋國，結果道路不通，於是他來到楚國。

百里奚到了宛城，從城中出來的獵人以為他是奸細就把他抓了起來。百里奚說：「我是虞國人，因為國家滅亡而逃到此地。」獵人問他：「你有什麼才能？」百里奚說：「我擅長養牛。」那人給他鬆綁讓他去餵牛，結果他餵養的牛越來越健碩。獵人非常高興，把這件事告訴了楚王。

楚王命人召來百里奚，問他：「養牛有什麼門道嗎？」百里奚說：「餵食有規律，珍惜它的體力，把心思都放在牛身上。」楚王說：「你說得很好，不僅養牛如此，養馬也是一樣的。」於是楚王讓百里奚到南方邊境去養馬。

秦穆公見陪嫁的人裡有百里奚的名字，卻沒有這個人，感到非常奇怪。公子縶（ㄓˊ）說：「他原來是虞國的大臣，現在已經逃走了。」秦穆公對公孫枝說：「你在晉國待過，一定知道百里奚，他是個什麼樣的人？」公孫枝說：「他是個賢人。知道對待虞公不能用強諫，他就不去進諫，這是他明智的地方；跟隨虞公來到晉國而不做晉國的臣子，這表現了他的忠心。而且他有經世治國的才能，只不過沒有遇到賢明的君主而已。」秦穆公說：「我怎麼才能得到百里奚，讓他為我效力呢？」公孫枝說：「我聽說百里奚的妻子在楚國，他如果逃亡一定會去楚國，不如讓人到楚國去找一找。」

秦穆公命人到楚國去尋訪百里奚，去的人回來報告：「百里奚在給楚王養馬。」秦穆公說：「我如果用重金去求楚王把百里奚給我，楚王會答應嗎？」公孫枝說：「那樣百里奚就來不了了。」秦穆公問：「為什麼？」公孫枝說：「楚王讓百里奚養馬是因為不知道百里奚的才能。如果您用重金去換他，那就是告訴他們百里奚是個賢人啊。楚國知道百里奚的賢明之後一定會留著自己用的，怎麼還肯給我們？不如以他是逃亡的奴僕為藉口，用很便宜的價格把他贖回來。這也是管仲從魯國脫身的計策。」秦穆公於是讓人拿著五張羊皮去見楚王，對楚王說：「我們那裡有一個叫百里奚的奴僕逃亡到貴國來了。我們君主想要治他的罪，用來警告別人，願意用五張羊皮來贖他。」楚王怕惹秦王不高興，就把百里奚交給了秦國的使者。

回到秦國，秦穆公讓公孫枝前去迎接，然後去見秦穆公。穆公問他：「你多大年紀了？」百里奚說：「剛剛七十歲。」穆公說：「可惜有點老了。」百里奚說：「如果讓我追逐飛鳥、與野獸搏鬥，我確實是老了。但如果讓我謀劃國家大事，我還年輕呢。當年呂尚八十歲的時候在渭濱垂釣，文

穆公問他：「你多大年紀了？」百里奚說：「剛剛七十歲。」穆公說：「可惜有點老了。」

王拜他為尚父，建下了周朝大業❷。我今天遇到您，不是比呂尚還要早十年嗎？」

秦穆公聽了他的話肅然起敬，於是端正自己的姿態，問百里奚：「我們國家在戎族和狄族之間，無法和中原各諸侯國結盟，請問您有什麼辦法讓我們國家不落後於其他諸侯國？」百里奚說：「您不把我當成亡國的臣子，虛心向我請教，我怎麼敢不盡心竭力。這裡是文王和武王興起的地方，這裡危峰突兀、層巒疊嶂，沃野千里、蜿蜒不絕，周朝守護不了，所以給了秦國，這是上天在幫助秦國啊。位於狄族和戎族之間，兵馬就會強壯；與其他諸侯國不能結盟，就能凝聚自己的力量。現在西戎有幾十個國家，吞併了他們就有足夠的土地來耕種，也有足夠的士兵來作戰，這是中原的諸侯國不能和您相比的地方。您可以用恩德安撫，用武力征服，佔有了整個西部之後，就可以憑藉險要的地勢爭霸中原，找機會發展勢力，就可以成就霸業了。」秦穆公不自覺地站了起來，說：「我有了您，就好像齊桓公有了管仲

---

❷【當年呂尚八十歲的時候在渭濱垂釣，文王拜他爲尚父，建下了周朝大業】這句話說的是商末時期的一個歷史典故。呂尚就是人們熟知的姜子牙，他在八十歲的時候還沒有得到重用。爲了引起周文王的注意，他就在渭水河邊釣魚，不過用的是直鉤，而且沒有魚餌。周文王看到之後覺得很奇怪，就開始和呂尚交談，發現呂尚竟然是一個難得的人才，於是把呂尚帶回去，拜爲尚父。最後呂尚幫助周文王和周武王推翻商朝，建立了西周。

啊！」

秦穆公和百里奚一連聊了三天，非常高興，之後把百里奚奉為上卿，國家大事都交託給他。因為百里奚是秦穆公用五張羊皮換回來的，從此之後秦國人都稱百里奚為「五羖❸大夫」。但是百里奚辭掉了上卿的職位，他向秦穆公推薦蹇叔，並說如果蹇叔不出來做官，自己也會歸隱。秦穆公派人去請蹇叔，向蹇叔說明了百里奚的意思。蹇叔沒有辦法只好答應。最後秦穆公把蹇叔封為右庶長❹，把百里奚封為左庶長，都是上卿的職位，並把他們兩人稱為「二相」。後來一次偶然的機會，百里奚遇到了自己的妻子，便把妻子和兒子都接到了身邊。

❸【羖（ㄍㄨˇ）】黑色的公羊。

❹【庶長】秦國的官職名稱，相當於其他諸侯國的上卿，分爲左右兩人，右庶長比左庶長要尊貴。

第十二回　驪姬設計殺申生

晉獻公非常寵愛一個叫驪姬❶的妃子，對太子申生比較疏遠，而偏愛驪姬的兒子奚齊。只不過因為申生為人小心謹慎，對晉獻公很孝順，又立了很多軍功，因此找不到藉口廢掉他。驪姬與自己的心腹優施❷商量，想廢掉申生立奚齊為太子。除了奚齊以外，獻公還有三個王位的候選人：申生、重耳、夷吾，優施認為應該把他們都除掉。驪姬問應該先除掉哪一個，優施建議先除掉申生，並為她想了一個計策。

到了晚上，驪姬只是哭，也不說話，晉獻公問她怎麼了，問了好幾次她才說：「我聽說申

---

❶【驪姬】晉獻公攻打驪戎部落，部落首領爲了求和，把自己的兩個女兒嫁給了晉獻公，姐姐名叫驪姬，妹妹名叫少姬。

❷【優施】這個人名叫施，優指優人，是戲子的意思。古人習慣在人名前加上職業、官職、封號或封地等對人進行稱呼。優施是晉獻公寵愛的戲子，跟驪姬有私情。

生外表仁慈而內心殘忍，他經常對人說我總是蠱惑您，肯定會擾亂國家的。滿朝文武都聽說了，就您沒聽說。他說不定會以為國家除奸為藉口而謀害您呢，您不如殺了我來躲避申生的陰謀吧。」獻公不信。驪姬就舉了周幽王的例子，說當年宜臼和申侯利用犬戎殺了周幽王，宜臼被立為周平王，現在幽王的名聲越來越壞，但是有誰說過平王的一句壞話？獻公覺得很對，問驪姬該怎麼辦。驪姬說：「赤狄[3]的皋（ㄍㄠ）落部[4]經常侵犯晉國邊境，不如讓申生去討伐皋。如果不能取勝，就有罪名懲罰他了，如果取勝，那他自恃有功，肯定會有所圖謀的，到時候再廢掉他，人們也不會再說什麼了。」晉獻公覺得這個主意不錯，就讓申生帶兵去攻打皋落部。

少傅里克勸晉獻公不要這麼做，太子應該在朝裡，不應該出去打仗。晉獻公說：「我有九個兒子，還沒最後確定誰是太子呢。」里克無話可說，只好退出去跟大夫狐突商量這件事。狐突聽說後趕緊給申生寫信，勸他不要作戰。申生不聽，帶兵去攻打皋落部，結果大勝而回。驪姬問獻公怎麼辦，獻公說：「再等等吧。」

晉獻公成功吞併虞國和虢國之後，滿朝的人都很高興，只有驪姬悶悶不樂。她本想讓申生去攻打虢國，結果卻讓里克去，而且還成功了，這樣一來驪姬就找不到機會陷害申生了。驪姬又找優施商量該怎麼辦，優施說：「荀息用一塊玉璧、一匹寶馬就滅了虞國和虢國，他的智慧比里克高。如果能讓荀息成為奚齊和卓子[5]的老師，一定能成功的。」驪姬向晉獻公說了這個請求，晉獻公立刻答應讓荀息去教導奚齊和卓子。

驪姬又對優施說：「荀息現在已經是我們的人了，如果里克還在一定會破壞我們的計畫。有什麼辦法可以除掉里克呢？」優施說：「里克外表強悍但非常多疑。如果能對他講清楚利害關係，他的態度一定會搖擺不定，到時候他就會支持我們了。里克喜歡喝酒，請夫人幫我準備好酒菜，我和他一起喝酒，先試探他一下。如果他能幫助我們，那是夫人的福分；就算他不肯，我隨便跟他聊聊天，也不會讓他抓到什麼把柄。」驪姬便開始準備酒宴。

宴席上，優施為里克唱了一首歌，歌詞大意是：鳥兒喜歡到枝繁葉茂的樹木上棲居，如果枝枯葉敗，鳥兒就無處安身。優施說：「這就好比人，母親如果是國君的夫人，兒子將來自然會成為國君，這就好比枝繁葉茂的大樹；但如果母親死了，兒子又遭到毀謗，這就好比枯乾的樹木。」說完之後，優施就離席了。

晚上睡覺時，里克一直在想優施說的話。後來實在忍不住了，里克便讓人去請優施。優施此時已經知道怎麼回事了，便去見里克。里克見到優施之後，拉他到床邊坐下，對他說：「你在酒宴上的話我大概明白一些了，是指曲沃❻嗎？你一定是聽到了什麼，請詳細告訴我，

---

❸【赤狄】春秋時狄人的一支，也是當時實力最強的狄族部落。
❹【皋落部】赤狄的一支，居住在晉國東邊。
❺【卓子】少姬的兒子。

不要隱瞞。」優施說：「其實早就想對您說了，只不過因為您是曲沃的老師，所以沒敢直說，怕您見怪。」里克說：「你讓我免遭禍患是為我好，我怎麼會怪你呢？」優施於是低聲對他說：「君主已經答應夫人要殺了太子改立奚齊，都已經計畫好了。」里克問：「如果我保持中立，可不可以脫身？」優施說：「可以。」後來里克便假稱腳受傷不再上朝。

優施將此事告訴驪姬，驪姬非常高興，當天晚上就對晉獻公說：「太子在曲沃待了那麼長時間，您不如把他召回來，就說臣妾思念他了。現在我好好對他，以後他就不會害我了。」獻公下旨召申生回來，申生回來見過獻公後就去驪姬那裡。驪姬設宴款待申生，第二天申生又進宮答謝。那天晚上驪姬向獻公哭訴，說申生非禮他，並說第二天要證明給獻公看。

第二天，驪姬請申生一起遊園。驪姬事先在自己的頭髮上塗了蜂蜜，所以蝴蝶和蜜蜂都圍著她的頭髮轉。驪姬說：「太子幫我驅趕一下吧。」申生用袖子驅趕蜜蜂和蝴蝶。獻公遠遠看到這個情景以為申生真的在調戲驪姬，他非常生氣，決定殺了申生。驪姬跪著求獻公：「太子是臣妾召回來的，如果您殺了他，那就相當於是臣妾殺了他啊。宮裡曖昧的事情外邊的人並不知道，還是不要宣揚了。」

獻公把申生打發回曲沃，暗地裡派人尋找申生的罪證。過了幾天獻公出城打獵，驪姬派人對申生說：「主公夢到齊姜[7]肚子餓，你趕快祭奠一下吧。」齊姜在曲沃有一座祠堂，申生於是在祠堂祭奠了一番，讓人把祭品送給了獻公。獻公打獵還沒回來，那些祭品就放在了宮裡。驪姬在祭品的酒裡和肉裡都下了毒藥，等獻公回來後，驪姬對獻公說：「臣妾夢到齊姜說餓了，就讓太子祭奠了一下，太子把祭品都獻上來了。」獻公拿起酒杯剛要喝，驪姬攔住他說：「從外面來的酒菜，不能不試一下。」獻公把酒倒在地上，地面有被侵蝕的痕跡，給狗扔了一塊肉，狗吃了肉以後就死了。驪姬假裝不信，讓僕人過來嘗一下酒和肉，僕人不肯，驪姬讓人把酒灌下去，僕人七竅流血死了。

驪姬假裝很吃驚，喊道：「國家本來就是太子的了，他連一點兒等的耐心都沒有了嗎？」說完跪在晉獻公前邊說：「太子這麼做都是因為我們母子，我還是死了吧，這樣太子就安心了。」說完就要喝下毒酒。獻公把酒杯奪過來扔了，氣得說不出話來。過了半天獻公才說：「你起來，我要把這件事告訴大臣們，誅殺這個逆子。」

獻公立即把大臣們召集到朝堂，只有狐突、里克、鄭父三個人沒到。獻公對他們說了這件事，大臣們知道獻公很早就想殺太子了，都面面相覷不敢說話。這時候東關五說：「太子不孝，我願意為主公討伐他。」獻公於是讓東關五帶兵征討曲沃。

---

❻【曲沃】晉國城邑名，在現在的山西聞喜縣東北，原來是晉國都城，後來晉國遷都到絳城。晉國大臣梁五和東關五受驪姬的指使，建議把太子申生封到曲沃，晉獻公同意了。這裡用曲沃代指申生。

❼【齊姜】太子申生的母親，齊桓公的女兒。

狐突雖然沒有上朝，但他一直讓人打聽朝廷的動靜。聽說獻公要討伐太子，連忙派人告訴申生。申生的老師杜原款對申生說：「祭品很明顯是宮裡人下的毒，你一定要為自己辯護，不能束手待斃。」申生說：「如果這件事情查不明白，我為自己辯護只能增加罪過；如果查明白了，父王偏袒驪姬，不一定會怪罪她，只能徒增傷心。我還是死了為好。」原款說：「先去其他國家躲一躲，再做打算怎麼樣？」申生說：「我背著殺父之名逃出去，人們會認為我不孝；如果我把事情說出來，人們又會笑話父王。仁義的人不會宣揚君主的過錯，智慧的人不會陷入雙重困境，勇敢的人不會貪生怕死。我怎麼能做一個不仁、不智、不勇的人呢？」申生給狐突寫了一封回信，叮囑狐突盡力輔佐君王，就上吊自殺了。

東關五到曲沃之後發現申生已經死了，就把杜原款抓到了朝堂。獻公讓原款說出太子的罪行，原款說：「太子是冤枉的，祭品放在宮裡好幾天，怎麼會有毒而不變質？」驪姬在屏風後面急忙喊道：「原款教導太子不力，還不殺了他？」獻公讓人把原款拖出去殺了。眾位大臣都暗地裡為他流淚。

申生死後，晉獻公把奚齊立為世子，又怕將來其他公子爭搶王位，於是把重耳、夷吾等公子都趕出了晉國。重耳逃到了翟國，夷吾逃到了梁國。

第十三回　里克兩次殺君主

晉獻公臨死的時候交代荀息一定要好好輔佐奚齊。晉獻公死後，荀息擁立奚齊為國君。里克私下裡對鄭父說：「怎麼能立奚齊呢，他哪裡比得上逃亡的那些公子？」鄭父說：「這些事都是荀息作的主，我們去問問他。」

兩人一起來到荀息的府上，里克說：「現在主公駕崩了，重耳和夷吾都流亡在外。您不迎回長公子即位，卻立一個妾的兒子為君，怎麼能讓人們信服？而且三個公子的黨羽都十分痛恨奚齊母子，只是因為有主公在才不敢怎樣。現在知道發生變故了一定會有所行動的。外有秦國、翟國的幫助，內有晉國百姓的支持，你有什麼辦法防範他們？」荀息說：「我受先王所託，盡力輔佐奚齊，奚齊就是我的君王，我不會效忠別的人。如果真沒有辦法，我只能以死向先王謝罪。」鄭父說：「死了也於事無補，不如改立其他君主。」荀息說：「我既然答應了先王，就算沒辦法改變事實，我也不能違背自己的誓言。」兩人勸了半天荀息也沒有絲毫改變。

里克對鄭父說：「我們和荀息同朝為臣，因為有些感情，所以才告訴他利害關係，他堅持不聽，這怎麼辦呢？」鄭父說：「他忠心於奚齊，我們忠心於重耳，各有各的志向，這有什麼不可以呢？」於是兩人謀劃在喪禮上殺死奚齊。他們讓武士喬裝混在侍衛的隊伍裡，趁奚齊行禮的時候，在靈堂實施刺殺計畫。當時優施在旁邊，舉劍來救奚齊，結果也被殺了，靈堂裡頓時亂作一團。荀息行完禮剛出來，聽說發生變故，連忙跑進去抱著奚齊的屍體大哭起來，說道：「先王把太子託付給我，我卻不能保護他，這是我的過錯。」說完荀息就要以死謝罪。驪姬連忙讓人拉住他，說：「先王的靈柩❶還沒入土安葬，大夫難道就撒手不管了嗎？況且奚齊雖然死了，卓子還在，可以擁立卓子啊。」於是荀息殺了守靈的幾十個人，當天就召集大臣們開會，擁立卓子為君，當時卓子才九歲。

他們讓武士喬裝混在侍衛的隊伍裡，趁奚齊行禮的時候，在靈堂實施刺殺計畫。

里克和鄭父兩人假裝對此事一無所知，沒去參加會議。大臣梁五說：「奚齊的死就是里克和鄭父兩個人為了給申生報仇主使的，今天不來參加會議，意圖已經很明顯了，我請求發兵討伐他們。」荀息說：「他們兩個人是晉國的老臣，根深蒂固，多半朝中大夫都是他們的門下。如果討伐不成功，那我們就無法在晉國立足了。不如暫時不去計較此事，穩住他們，等辦完喪事，卓子即位，與鄰國建立好關係，離散他們的黨羽再解決他們。」

梁五私下裡對東關五說：「荀息雖然忠心但欠缺謀略、做事拖拉，不能指望他。里克和鄭父雖是同黨，只有里克的怨恨比較深。如果能除掉里克，鄭父就會心灰意冷。」東關五說：「怎麼除掉里克呢？」梁五說：「馬上就要舉辦喪事了，在東門埋伏下士兵，等他送葬的時候突然襲擊殺了他。」東關五說：「這個辦法很好。我府上有個門客叫屠岸夷，能背著千斤的重量飛跑，這件事就可以讓他去做。」

屠岸夷和大夫騅遄（ㄓㄨㄟ ㄔㄨㄢˊ）很有交情，他在接到東關五的請求之後，問騅遄自己是否應該做這件事。騅遄說：「全國百姓都為太子申生的冤屈感到悲痛，這是因為驪姬母子。現在里克和鄭父要消滅驪姬的黨羽，迎立公子重耳為君，這是正義的行為。你如果幫助奸臣做這種不義的事情，我們肯定不會饒了你的。這樣你只能遭受萬代唾罵，千萬不能這麼做。」屠岸夷說：「我真糊塗啊，竟沒有想到這些。」騅遄說：「你推辭之後他們還會找其

❶【靈柩】已經放入死者屍體的棺材。

他人去做，你不如假裝答應，到時候反過來誅殺奸賊的黨羽。我給你一個迎立新君的功勞，這樣你就有了榮華富貴，也有了名譽。」屠岸夷說：「大夫說得很對。」騅遄說：「你不會改變主意吧？」屠岸夷說：「大夫如果不信，我可以盟誓。」屠岸夷走後，騅遄就把這件事告訴了鄭父和里克，大家都回去召集自己的家丁，約定在送葬的時候一起行動。

送葬那天，里克故意稱病不去，屠岸夷對東關五說：「各位大夫都來送葬了，只有里克留在家裡，看來是上天給我殺他的機會。請你給我三百名士兵，我去殺了他。」東關五很高興，給了屠岸夷三百名士兵，屠岸夷假裝圍住里克的家。里克故意讓人去墓地求救，荀息很吃驚，問這是怎麼回事。東關五說：「聽說里克要找機會作亂，我就讓門客帶人去包圍他家，如果成功是大夫您的功勞，就算不成功也不會連累您。」荀息總覺得不安心，匆匆下葬之後，就讓梁五和東關五發兵去討伐里克，自己則和卓子在朝堂上等待消息。

東關五帶兵先來到了東市，屠岸夷藉口說有事稟報來見他，突然用胳膊把東關五的脖子扭斷了。東關五的軍隊大亂，屠岸夷大聲說：「公子重耳已經帶著秦國和翟國的軍隊在城外了，我奉大夫里克的命令為死去的太子申生申冤，殺掉奸賊迎立重耳為君。有願意追隨的都跟我來，不願意的可以離開。」士兵們聽說重耳要當國君都積極跟從。

梁五聽說東關五被殺，連忙來到朝堂想和荀息帶卓子逃跑，卻被屠岸夷追上，里克、鄭父和騅遄也都帶著家丁趕來了。梁五看無法逃脫想要自殺，但是沒有死，屠岸夷一隻手把他抓過來，里克一刀把他斬為兩截。這時大夫共華也帶著家丁來了，幾隊人一起殺進朝堂。里克拿著劍在前面走，其他人在後面跟著，旁邊的人看到之後都跑了。

荀息面不改色，左手抱著卓子，右手用袖子擋住他，卓子因為害怕哭了起來。荀息對里克說：「小孩子有什麼罪過？你殺了我吧，請留下先王的血脈。」里克說：「申生也是先王的血脈，難道他就該死嗎？」說完對著屠岸夷說：「還不下手！」屠岸夷從荀息手裡奪過卓子，摔在臺階上，卓子當時氣絕身亡。荀息大怒，提劍來刺里克，也被屠岸夷殺了。一群人殺進宮裡，驪姬先跑到賈君❷那裡，賈君關著門不讓她進，她走投無路，只好投河自盡了。驪姬的妹妹雖然生了卓子，但是既沒有受到先王的恩寵，也沒有什麼權勢就沒有被殺，而是被關到了別的地方。梁五、東關五和優施的族人都被殺了。

殺了驪姬和她的黨羽以後，里克和大臣們決定迎立公子重耳為君，派屠岸夷去請重耳。重耳顧忌到還有其他公子流亡在外，恐怕將來形勢會有變化，於是拒絕回去做國君。大臣們見重耳不願做國君，只好到梁國去迎接公子夷吾。夷吾本來就想回國爭奪王位，聽說要迎立自己為君，非常高興。為了保證安全即位，他請求秦國作為自己的靠山，回國繼承了君位，稱晉惠公。

---

❷【賈君】晉獻公的姬妾，曾經撫養過申生的妹妹，後來申生的妹妹嫁給了秦穆公，稱穆姬。

第十四回　秦晉大戰龍門山

晉惠公即位之後，晉國連續五年饑荒，百姓們都吃不飽肚子。晉惠公想向其他國家借糧食，本來想著秦國離得比較近，而且有婚姻關係，向秦國借比較合理，但是當初秦國幫晉惠公回國即位的時候，惠公曾經答應割給秦國五座城池作為報答，結果並沒有兌現諾言，所以現在借糧食也不好開口。大夫郤芮（ㄒㄧˋ ㄖㄨㄟˋ）說：「我們並不是違背諾言，只不過是延緩一下而已。如果我們借糧食而秦國不給，是秦國先拒絕我們，我們就可以名正言順地不給那五座城池了。」惠公覺得很對，於是讓大夫慶鄭去秦國借糧食。

秦穆公收到晉國的請求後與大臣們商議。丕豹[1]因為殺父之仇，建議秦穆公趁晉國空虛出兵攻佔晉國。其他大臣則建議借糧食給晉國，這樣才能在道義上說得過去，而且能讓秦國得到一個好名聲。秦穆公說：「當初辜負我的是晉國君主，而現在忍饑挨餓的是晉國的百姓，我不忍心因為君主的過錯而遷怒於百姓。」於是秦穆公讓人把糧食運到晉國接濟受災的百姓，晉國百姓都很感激秦穆公。

第二年冬天，秦國鬧了饑荒，晉國反而豐收了。秦穆公想向晉國借糧食，丕豹說：「晉惠公貪婪而不講信用，一定不會給的。」秦穆公覺得晉惠公不會那麼絕情，於是讓人到晉國借糧食。晉惠公本來打算把糧食借給秦國，郤芮說：「您把糧食借給秦國，也打算把土地割給秦國嗎？」惠公說：「我只是借糧食，怎麼會把土地給他。」郤芮說：「為什麼要借糧食給他們呢？」惠公說：「為了報答去年秦國借糧食給我們。」郤芮說：「如果感念恩德，那秦國幫助您回國即位的恩德更大，為什麼要背棄大的恩德，而回報小的恩德呢？」慶鄭說：「我們去年向秦國借糧食，他們很爽快地就答應了。現在我們不把糧食借給他們，他們肯定會怨恨我們的。」呂省說：「秦國給我們糧食是為了要我們的土地。不給他們糧食，他們會怨恨我們，給他們糧食而不給他們土地，他們一樣會怨恨我們。既然都會怨恨，不如不給他們糧食。」虢射說：「去年我們鬧饑荒，秦國不來攻取反而給我們糧食，是他們愚蠢。現在秦國鬧饑荒，我們應該聯合梁國去討伐秦國，瓜分秦國的土地。」晉惠公聽從了虢射的建議。

使者回報秦穆公，說晉國不但不給糧食，反而要聯合梁國攻打秦國。秦穆公大怒，沒想到晉惠公如此忘恩負義，於是他打算先攻打梁國然後攻打晉國。百里奚說：「梁國國君好大

---

❶【丕豹】晉國大夫鄭父的兒子。晉惠公即位後不久殺了鄭父，丕豹逃亡到了秦國，成爲秦國大臣。

喜功，在空曠的地方興建了不少城池，但沒人住進去，百姓們對此都有怨言。很明顯，梁國百姓是不會幫晉國一起攻打秦國的。晉惠公雖然不講道義，但呂省和郤芮都全力輔佐他，要是我們攻打梁國，他們肯定會趁機攻打我們。我們不如先發制人，以晉惠公忘恩負義的罪名討伐晉國，這樣肯定可以獲勝。然後再討伐梁國就容易多了。」秦穆公聽從了他的意見，親自帶兵討伐晉國。

晉國邊境告急，大夫慶鄭主張向秦國請罪，把五座城池割給秦國。晉惠公對此很生氣，打算殺了慶鄭，在眾人的勸說下才同意讓慶鄭戴罪立功。惠公親自帶兵往邊境進發，他的座駕是一匹鄭國進獻的馬，此馬雖小但走得穩當，惠公很喜歡這匹馬。慶鄭說：「人們在出征的時候一定要騎本土出產的馬，因為本土的馬熟悉道路，而且知曉人的心意，肯聽人指揮。現在您出戰卻要騎其他國家的馬，恐怕不太好。」惠公說：「我一向都是騎這匹馬的，你不要多說了。」

當時秦軍已經連續打了三次勝仗，一直打到了韓原[2]，晉惠公領兵來到韓原和秦軍對陣。兩軍約定決戰，在韓原的龍門山下擺開陣勢。百里奚看晉軍人數遠遠多於秦軍，於是對秦穆公說：「晉惠公是想置我們於死地，您還是不要親自出戰了。」秦穆公說：「晉惠公如此忘恩負義，如果上天有眼，一定會讓我們取勝的。」

兩軍開戰，屠岸夷奮勇當先，手持一條鐵槍衝入秦軍，無人可擋。後來屠岸夷遇到了秦軍將領白乙丙，兩人打了五十多個回合❸未分勝負。屠岸夷說：「我與你拼個你死我活，讓別人幫忙的不是好漢。」白乙丙說：「我正要親手捉住你，這樣才是英雄所為。」然後吩咐旁邊的人說：「你們都不要過來。」接著二人從車上跳下來扭打在一起。

晉惠公看屠岸夷被白乙丙糾纏，連忙讓韓簡等人帶兵衝擊秦軍左側，自己親自帶兵衝擊秦軍右側。秦穆公看晉軍分成兩路衝了過來，也把自己的軍隊分成兩路去迎敵。晉惠公的隊伍正好碰到公孫枝，惠公讓人去迎戰，結果被公孫枝殺死。公孫枝橫戟大喝一聲：「能打的一齊上來！」聲音好像霹靂一樣。虢射嚇得趴在車裡，連氣都不敢出。惠公的那匹馬從沒經歷過戰場，受到了驚嚇亂跑起來，突然陷在了泥裡，怎麼掙扎都出不來。這時慶鄭的車從前面經過，惠公大聲喊：「慶鄭快來救我。」慶鄭說：「虢射到哪兒去了，為什麼叫我？」惠公說：「你快把車趕過來帶我出去。」慶鄭說：「您在車上坐好了，我去通知別人來救您。」說完就駕車離開了。惠公被秦兵團團圍住，無法脫身。

韓簡那一路兵馬衝進去之後，正好碰到秦穆公的軍隊。韓簡與秦軍將領西乞朮戰在一起，雙方打了三十多個回合也沒分出勝負。這時晉軍將領蛾晰帶兵趕來，兩邊夾擊，西乞朮

---

❷【韓原】晉國地名，在現在的山西河津市和萬榮縣中間。

❸【回合】兩名將領交戰時，一方攻擊一次，另一方招架一次，稱為一個回合。

無力抵擋，被韓簡一戟刺到了車下。晉軍將領梁繇（ㄧㄠˊ）靡大聲喊道：「不用管那個敗將，一起去捉秦穆公。」韓簡扔下西乞朮不管，帶兵去捉秦穆公。

秦穆公歎息著說：「我今天反倒成了晉國的俘虜，哪裡還有天理啊？」剛說完，西邊有三百多人衝了過來，大聲喊著：「不要傷害我們主公。」秦穆公抬頭一看，這些人都披頭散髮，露著肩膀，穿著草鞋，跑起來像飛一樣，他們手裡拿著大砍刀，腰裡掛著弓箭，對著晉軍一路衝殺。這時慶鄭從北邊駕車趕來，大聲喊道：「不要戀戰，主公被秦兵圍困在龍門山下，快去救駕！」韓簡等人沒有辦法，只好撤軍去救晉惠公。誰知道這時晉惠公已經被公孫枝捉住帶到秦穆公大營了。韓簡說：「都怪慶鄭，要是捉住秦穆公，兩邊還能交換。」梁繇靡說：「主公都被捉住了，我們還能去哪兒？」於是韓簡和梁繇靡一起來到秦軍大營，與晉惠公一起成了秦軍的俘虜。

秦穆公大怒，沒想到晉惠公如此忘恩負義，於是他打算先攻打梁國然後攻打晉國。

回到營中，秦穆公問那三百多人：「你們是什麼人，願意這樣為我賣力？」其中一個人說：「主公還記得當年丟的那些寶馬嗎？我們就是吃馬肉的人。」原來當年秦穆公外出打獵，半夜裡丟了幾匹寶馬。下人找到岐山下面的時候，發現三百多個野人❹正聚在一起吃馬肉。下人不敢驚動他們，回去報告穆公，說如果出兵去抓可以把他們一網打盡。穆公說：「馬已經死了，我如果因為馬而殺人，人們會說我重視畜生而輕視人命。」說完讓人帶著幾十罐酒賞賜給那些野人，說：「吃了馬肉而不喝酒會對身體有傷害。現在賜給你們一些美酒。」那些野人磕頭謝恩，感歎秦穆公的恩德。後來聽說秦穆公討伐晉國，他們就趕來助戰，正好遇到穆公被圍困，就全力把穆公救了出來。穆公說：「野人都知道感恩，晉惠公怎麼能這麼忘恩負義？」

秦穆公讓人清點人數，發現白乙丙不見了，於是讓人去找。結果在一個土坑裡發現了白乙丙和屠岸夷，兩個人雖然都沒了力氣但還扭打在一起。士兵把兩個人抬回去，秦穆公命人殺了屠岸夷，然後把白乙丙抬回去養傷。白乙丙吐了很多血，半年以後才恢復。

後來晉國割讓給秦國五座城池，並讓太子到秦國做了人質，秦穆公這才把晉惠公和被囚的那些大臣放回晉國。回國之後，晉惠公殺死了慶鄭。

---

❹【野人】古代指沒有開化的民族。

第十五回　晉惠公追殺重耳

晉惠公回國後，有一天對郤芮說：「我在秦國的那幾個月，唯一擔心的就是重耳，怕他趁亂回到晉國，到現在我才放心。」郤芮說：「重耳在外面流亡，始終是個心腹之患，一定要除掉他才可以。」惠公說：「誰能幫我殺了重耳，必有重賞。」郤芮說：「勃鞮❶曾刺殺過重耳，他一直擔心重耳回國後會治他的罪。您如果要殺重耳，他是最好的人選。」

晉惠公把勃鞮召來，對他說了殺重耳的事情。勃鞮說：「重耳已經在翟國待了十二年了。翟國討伐廧咎如❷的時候，得到了兩個女子，一個叫叔隗（ㄨㄟˇ），一個叫季隗，都很漂亮。叔隗嫁給了趙衰❸，季隗嫁給了重耳，而且都生了孩子。他們君臣都沉溺於家室，不再擔心我們。我現在如果帶兵討伐，翟國人一定會幫助重耳抵抗我們，那時候勝負就不一定了。我可以帶著幾個壯士秘密到翟國去，趁重耳外出遊玩的時候刺殺他。」惠公說：「這個主意不錯。」然後給了勃鞮很多黃金，讓他四處尋找壯士，三天之內動身，並答應成功之後會重用他。

雖然晉惠公只把這件事交代給了勃鞮一個人，但這件事還是傳到了不少侍從的耳朵裡。狐突聽說勃鞮花大錢求購壯士就產生了懷疑，私下裡派人去打聽。那些侍從都和狐突很熟，把這件事告訴了狐突。狐突趕緊寫了一封信讓人連夜送到翟國。

那天重耳正在和翟國國君打獵，突然有人闖進來說要求見狐家兩兄弟❹，有家書要交給他們。狐毛、狐偃說：「父親向來不與外面通信的，現在寫信來一定是國中出事了。」兩人打開信來看，信上說：「晉惠公要刺殺公子，已經派出勃鞮，三天內就會動身。你們兄弟告訴公子趕快到別的國家暫時躲避。」

兩兄弟看完大吃一驚，連忙把這件事告訴重耳。重耳說：「我的妻子和孩子都在這裡，這裡已經是我的家了，我要到哪裡去？」狐偃說：「我們來這裡不是經營家室的，而是為了將來成就大業。我們只是在這裡暫時休息一下，現在休息的時間已經很長了，應該到大國去。」重耳說：「到哪個國家最好呢？」狐偃說：「齊桓公雖然老了，但齊國的威嚴還在。

---

❶【勃鞮（ㄉㄧ）】晉國宦官，曾受晉獻公所派刺殺重耳，重耳僥倖逃走，被勃鞮割斷了一隻袖子。

❷【廧咎（ㄑㄧㄤˊㄍㄠ）如】赤狄的一支，隗姓。

❸【趙衰（ㄘㄨㄟ）】字子餘，謚號成季，史稱趙成子。跟隨重耳在外流亡，在重耳即位後成爲晉國大夫。

❹【狐家兩兄弟】狐突的兩個兒子狐毛、狐偃跟隨重耳在外流亡。

現在管仲和公孫隰朋剛死不久，齊國沒有賢才，公子如果到了齊國，齊桓公一定會對你很好的。將來晉國如果有了變化，您也可以藉助齊國的力量即位為君。」

重耳同意了狐偃的建議，回去和妻子季隗告別：「晉惠公讓人來刺殺我，我怕遭遇不測，所以要到其他國家去聯合秦國和楚國回國復位。你要盡心撫養兩個孩子。如果二十五年以後我還不回來，你才可以嫁給別人。」季隗哭著說：「男兒志在四方，我不敢留你。不過我現在都二十五歲了，再過二十五年我差不多也老死了，怎麼還能嫁給別人？我會等你的，你放心走吧。」

第二天一早，重耳命頭須打點行李和財物。此時狐毛、狐偃兩兄弟急匆匆地走了過來，說道：「我們的父親見勃鞮接到命令的第二天就動身了，怕公子還沒走，所以沒有寫信而是讓人連夜趕來，催我們趕快啟程，不要再耽擱。」重耳大吃一驚，說道：「勃鞮怎麼來得這麼快？」幾個人來不及換衣服，連忙出城。壺叔見重耳已經走了，只準備了一輛牛車，追上來讓重耳乘坐。趙衰、臼季等人陸續趕了上來，他們來不及乘車，都是步行來的。重耳問：「頭須怎麼沒跟上來？」有人說：「頭須帶著財物逃走了，不知道去哪裡。」重耳剛丟開家室，現在又沒了錢財，情緒非常低落。但事已至此也不能不走。重耳出城半天以後，翟國君主才知道這件事，想讓人給重耳一些錢財，但沒有追上。

勃鞮之所以這麼快就來了，是因為他怕重耳跑掉之後報復自己。勃鞮拿著晉惠公賜予的金子，招了幾個武士之後就連忙啟程了，想趁重耳沒有防備殺了他。但當他到達翟國的時候，重耳已經走了。翟國國君聽說有人要殺重耳，就吩咐守關的人加緊盤查，所有過往的人都要仔細盤問。勃鞮在晉國的時候還是個近侍，現在為了殺重耳成了一個刺客，如果盤問起來他也沒辦法回答，只好回去了。向晉惠公覆命之後，惠公也沒有辦法，只能暫且把這件事放在一邊。

重耳一心要前往齊國，不過先要經過衛國。來到衛國邊境後，守關的人問他們的來歷，趙衰說：「我們的主人是晉國公子重耳，在外避難，現在想去齊國，借貴國的道路經過。」守關的人開關讓他們進來，然後飛速報告衛國上卿甯速。甯速想去迎接他們，衛文公說：「我們國家並沒有得到過晉國什麼幫助，衛、晉雖然是同姓但從來沒有結過盟。況且逃亡的人也沒什麼地位，不如把他們趕出去吧。」於是吩咐守門的人不許放重耳等人進城。

魏犨（ㄔㄡ）、顛頡（ㄐㄧㄝˊ）說：「衛國如此無禮，公子應該到城下責罵他們。」趙衰說：「失勢蛟龍好像蚯蚓，公子先忍一忍吧，責怪他們也沒有用。」魏犨、顛頡說：「既然他們不盡地主之誼，那我們去村莊裡偷搶一些東西填飽肚子，他們也不能怪我們。」重耳說：「偷搶是強盜的行為，我就算挨餓也不能去做那種事。」

重耳等人連早飯也沒吃，餓著肚子前行。中午的時候，他們來到一個叫五鹿的地方，看到一夥農夫聚在一起吃飯。重耳讓狐偃去討些飯吃，農夫問：「你們從哪裡來？」狐偃說：

「我們是晉國人，車上的是我們的主人。路途遙遠，我們沒有糧食了，所以想求一點兒吃的。」農夫笑著說：「堂堂的男子漢不能養活自己，還得討飯吃。我們是農夫，要吃飽飯才能幹活，怎麼還有多餘的糧食給別人？」

狐偃說：「如果沒有食物，給一個盛飯的容器也行。」農夫拿起一個土塊，開玩笑地說：「這塊土就能盛飯。」魏犨大聲罵道：「村夫膽敢侮辱我們！」重耳也很生氣，要用鞭子去打農夫。狐偃連忙攔住他們，說：「食物很容易得到，土地卻很難得到。土地是國家的根本，上天借農夫的手把土地送給公子，這是得到國家的徵兆，為什麼還要生氣呢？公子應該下拜接受。」重耳果然按照狐偃說的下車拜了幾拜，接受了土塊。農夫不明白他們的意思，一群人笑著說：「這是個傻子啊！」

又走了十多里，一行人都餓得走不動了，於是在樹下休息。很多人開始挖野草煮著吃，重耳吃不下那些東西。突然介子推捧著一盆肉湯獻給重耳，重耳把肉湯都喝了，喝完問介子推：「這肉你是從哪裡得到的？」介子推說：「是我大腿上的肉。」重耳哭著說：「你為我付出這麼多，我以後怎麼才能報答你啊？」介子推說：「我只希望公子早日回到晉國，怎麼敢期望回報？」過了很長時間，趙衰才趕上來，人們問他怎麼這麼慢，他說腳被刺破了，然後把壺裡的食物獻給重耳。重耳說：「你不餓嗎，為什麼不把這些東西吃了？」趙衰說：「我雖然餓，但也不敢背著君主自己吃。」重耳讓趙衰把壺裡的食物用水和（ㄏㄨㄛˋ）勻，分給大家吃。

重耳一行人半饑半飽地來到齊國，齊桓公對重耳的賢明早就有所耳聞，如今聽說重耳到了齊國，立即派人去迎接並設宴款待。齊桓公問重耳：「帶家室了嗎？」重耳說：「逃亡的人連自己都不能保護，怎麼還能帶家室？」齊桓公從宗族裡挑出一個漂亮的女子嫁給了重耳，還送給重耳二十匹馬。之後齊桓公每天派人給重耳送來糧食和肉，重耳非常高興，說：「一直聽說齊桓公禮賢下士，今天終於相信了。他這樣的人才能成就霸業啊！」

「堂堂的男子漢，不能養活自己，還得討飯吃。我們是農夫，要吃飽飯才能幹活，怎麼還有多餘的糧食給別人？」

第十六回　齊桓公受困餓死

齊桓公在管仲病危的時候問他，他死了之後，什麼人可以接替他的位置。管仲歎息了一聲，說：「可惜甯戚不在了啊！」桓公說：「除了甯戚以外，難道就沒有別人了嗎？我想任鮑叔牙為相，你看怎麼樣？」管仲說：「鮑叔牙是個君子，但不擅長管理政事。他為人太過於善惡分明，好善當然是好事，但如果過分疾惡如仇，人們就很難和他共事。鮑叔牙看到有人做了一件壞事，一輩子都不會忘記，這是他的缺點。」桓公說：「公孫隰朋怎麼樣？」管仲說：「公孫隰朋可以，他為人謙虛好學，就算在家裡也不會忘記公事。隰朋生下來就是為我管仲做口舌❶的啊，現在身體死了，口舌怎麼還能獨自存在。恐怕主公用隰朋的時間不會太長的。」

桓公說：「那易牙怎麼樣呢？」管仲說：「就算主公不問，我也要說的。易牙、豎刁、開方三個人不可以親近。」桓公說：「易牙蒸了他的兒子給我吃，他愛我勝過愛他自己，還有什麼可懷疑的嗎？」管仲說：「人最深的感情就是對孩子的愛。他連孩子都忍心殺害，何況是君王呢？」桓公說：「豎刁為了服侍我而自宮❷了，他愛我勝過愛惜自己的身體，有什麼可懷疑的嗎？」管仲說：「人最看重自己的身體，他連自己的身體都捨得傷害，何況君王呢？」桓公說：「衛公子開方捨棄本國的太子不當，來給我當臣子。父母死了他也沒有去奔喪，他愛我勝過於愛他的父母，這沒有什麼可懷疑的吧？」管仲說：「人最親近的是自己的父母，他都忍心不管父母，更何況是君王呢？而且統治國家是人很大的欲望，他能拋棄一個國家來給您做臣子，說明他有更大的欲望。您一定要疏遠他，不然齊國會有禍亂的。」桓公說：「他們三個人在我身邊已經很長時間了，為什麼平時你不說這些話呢？」管仲說：「我之所以不說是為了順從主公的意思。他們就好像水，我是河堤，可以不讓他們氾濫。如果沒有了河堤就會發生水患。您一定要遠離他們。」桓公不說話了，退了出去。

有宮裡的侍從把桓公和管仲的對話告訴了易牙，易牙就跑去對鮑叔牙說：「您當初推薦管仲為相，現在管仲病危，主公去問他，他卻說您不可以管理政事。我很為您抱不平啊！」鮑叔牙說：「這就是我推薦管仲的原因。管仲一心為國，不因為我是他朋友而徇私。如果讓

❶【口舌】嘴巴和舌頭，指代使者或者代言者。

❷【自宮】指男人割掉自己的生殖器，這樣就不會有性欲。古代的太監要這樣才能進宮，以免後宮發生混亂。

我當司寇❸揪出奸邪小人，那是綽綽有餘的。如果讓我管理國家大事，那你們還有容身的地方嗎？」易牙聽了之後，心虛地離開了。

管仲死後，桓公任命公孫隰朋為相。不到一個月，公孫隰朋就病死了。桓公說：「仲父真是聖人啊，他是怎麼知道我不會用隰朋太久的呢？」之後桓公就讓鮑叔牙代替公孫隰朋的位置，鮑叔牙推辭了。桓公說：「現在滿朝的大臣都沒有比你強的，你要讓給誰呢？」鮑叔牙說：「我善惡分明您是清楚的，您遠離易牙、豎刁、開方三個人，我才能答應。」桓公說：「仲父也這麼說過，我怎麼敢不聽從。」之後桓公就把這三個人趕走了，不允許他們進入朝堂。鮑叔牙這才答應接受齊桓公的任命。

桓公自從聽從鮑叔牙的建議把易牙、豎刁、開方三個人驅逐以後，食不甘味、睡不安寢，整日鬱鬱寡歡。桓公的姬妾長衛姬說：「您驅逐了豎刁等人，國家沒見治理好，容顏反倒憔悴了，看來是身邊的人不能體察您的心意。為什麼不把他們召回來呢？」桓公說：「我也很想念他們三個，但已經驅逐了，如果再召回來怕鮑叔牙不同意啊！」長衛姬說：「鮑叔牙身邊就沒有服侍的人了嗎？為什麼老了還要對自己這麼刻薄呢？您以換換口味的名義，先把易牙召回來，那開方和豎刁不用召也會回來的。」桓公聽從了她的建議，把易牙召回來給自己做飯。

鮑叔牙聽說之後，問齊桓公為什麼又把他召回來了。桓公說：「這三個人對我有好處，但是對國家並沒有損害，仲父的話好像有點兒過了。」後來豎刁和開方兩人也回來了，三個人都恢復了原職。鮑叔牙一氣之下生病死了。鮑叔牙死後，這三個人更加無所顧忌，掌管朝政、排除異己。

當時鄭國有位醫生名叫秦越人，醫術非常高明，據說能起死回生，人們便用古代神醫扁鵲的名號來稱呼他。後來秦越人遊歷到臨淄的時候拜見齊桓公，發現齊桓公有病，齊桓公沒有相信他。之後每過幾天，秦越人就來見一次桓公，發現桓公的病正在逐漸深入內臟。而桓公覺得自己沒有什麼不適，就沒有聽從秦越人的勸告。秦越人最後一次求見齊桓公，沒說話就離開了。桓公覺得奇怪就派人去問，秦越人說：「齊桓公的病已經到了骨髓，沒辦法醫治了。」過五天之後，桓公果然生病了，於是派人去找秦越人，結果秦越人幾天前就已經離開了。

齊桓公有六個兒子，其中長衛姬的兒子公子無虧年紀最大，長衛姬又和易牙、豎刁關係比較好，易牙、豎刁打算擁立公子無虧為太子。開方與公子潘關係比較好，想擁立公子潘。桓公最喜歡公子昭，因為公子昭最賢明，於是桓公在和宋襄公相會的時候立公子昭為太子，並囑託宋襄公扶持公子昭。齊桓公年老之後，他的幾個兒子就開始蠢蠢欲動，準備爭奪王位。

---

❸【司寇】西周時開始設立的職位，掌管刑獄、督察等方面的事宜。

易牙見秦越人不說話就離開，猜測齊桓公的病肯定很難治癒了，於是和豎刁一起在宮門上掛了一塊木牌，以桓公的名義阻止他人進去探望。過了幾天，他們發現桓公還沒有死，就把宮裡所有人都趕了出去，並讓人堵上宮門，在桓公臥室的周圍築起了三丈高的圍牆將裡外隔絕開來。牆上只留下一個小洞，每天讓人進去看桓公死了沒有。

桓公躺在床上病得起不來，召喚僕人也不見有人答應。突然桓公聽見有聲響，好像有人從上面掉下來，過了一會兒有人推開窗子進來了，桓公仔細一看是姬妾晏蛾兒。桓公說：「我肚子很餓，給我拿碗粥過來。」蛾兒說：「沒地方去找粥。」桓公說：「熱水也可以。」蛾兒說：「熱水也沒有。」

「我有六個恩寵的姬妾，十多個兒子，現在卻沒有一個在身邊。只有你一個人為我送終，真後悔當初沒有厚待你。」

桓公問：「為什麼？」蛾兒說：「易牙和豎刁派人守住了宮門，築起了三丈高的圍牆，不讓人進來，到哪裡去找喝的？」桓公說：「那你是怎麼進來的？」蛾兒說：「您曾經寵幸過我，我不顧性命翻牆進來，想要見您最後一面。」

桓公問她：「太子昭去哪裡了？」蛾兒說：「被他們兩人擋在外面進不來。」桓公說：「仲父真是聖人啊，今天他的話應驗了。是我糊塗才弄成今天這樣。」他用盡力氣大聲喊道：「是天要亡我小白嗎？」喊完吐了幾口鮮血。他又對蛾兒說：「我有六個恩寵的姬妾，十多個兒子，現在卻沒有一個在身邊。只有你一個人為我送終，真後悔當初沒有厚待你。」蛾兒說：「主公保重吧，如果您去世了，我也會跟隨您去的。」桓公說：「如果地下有知，我還有什麼臉面見仲父啊？」說完用衣服蓋住了自己的臉，歎息了幾聲之後便去世了。

蛾兒見桓公死了，大哭了一場。她想呼喚外邊的人，卻無濟於事，想從牆上爬出去，但牆太高了只能放棄。她把自己的衣服給桓公蓋上，在地上磕了幾個頭，然後用頭撞向柱子自殺了。

易牙和豎刁發現桓公死了之後趁機作亂，擁立公子無虧為王。太子昭逃到了宋國，請求宋襄公的幫助。後來豎刁被大臣高虎殺死，公子無虧則被支持太子昭的人殺死。宋襄公親自帶兵送太子昭回國，打敗了其他幾名抵抗的公子，立太子昭為齊國國君，稱齊孝公。

第十七回　宋襄公假仁假義

宋襄公立子昭為齊國君王後，自以為立下了大功，想號召諸侯成為繼齊桓公之後的盟主。但怕那些大國不答應，於是先約會了一些小國，沒想到那些小國也並不信服他。宋襄公是個性格急躁的人，和公子蕩商量這件事。

公子蕩說：「現在這些國家中齊國和楚國最強大。當初齊桓公雖然是盟主，但齊國現在剛立了新國君，國家還不穩定。楚國雖然比較遠，但諸侯國都怕楚國。不如先用楚王的名義把諸侯聚集起來，然後再利用諸侯壓制楚王。」公子目夷勸諫說：「楚國聚集了諸侯之後，怎麼還肯把盟主讓給我們？」

宋襄公不聽目夷的話，和楚成王會盟。回來之後，宋襄公得意地對公子目夷說：「楚成王已經答應我們了。」公子目夷說：「楚國地處偏遠，楚成王很有心機，恐怕他只是口頭上答應你，心裡未必真心同意。您大概是被他騙了。」宋襄公說：「你太多心了。我以忠信對待他，他怎麼會欺騙我呢？」宋襄公寫信給各個諸侯國，號召各國參加會盟。

楚成王很早就想稱霸中原，只是一直沒有機會。這次和宋襄公會盟回來之後和大臣商量這件事。大夫成得臣說：「宋襄公喜好名聲卻沒什麼真本事，輕信別人而且沒什麼謀略。如果在會盟時設下埋伏，一定可以抓到他。」楚成王說：「我就是這麼想的。」然後楚成王就操練武士，制定劫持宋襄公的計畫。

快到會盟日期的時候，宋襄公打算乘車前去會盟地點，公子目夷說：「楚國不講信義，您還是乘戰車去吧。」宋襄公說：「我和諸侯約定的是衣裳之會，我如果乘戰車去，不是違背自己定下的約定嗎？」公子目夷說：「那我帶兵車埋伏在三里之外接應怎麼樣？」宋襄公說：「那和我自己乘兵車前去有什麼區別？」臨走的時候，宋襄公還怕公子目夷會派兵前去接應，就帶他一起去參加會盟了。

到了會盟的日子，只有齊國和魯國的國君沒到。楚成王也是乘車來的，只不過帶的隨從比較多。宋襄公說：「我就知道楚成王不會騙我的。」祭祀典禮完成之後就開始推舉盟主。宋襄公指望楚成王先開口，就看著楚成王，楚成王只是低著頭不說話，其他諸侯面面相覷也沒有敢說話的。宋襄公忍不住了，開口說道：「今天的會盟，我打算恢復之前齊桓公的事業，尊重周王、安定百姓、停止爭戰。各位認為怎麼樣？」諸侯還沒說話，楚成王搶先說道：「宋公說得很好，但不知道應該推舉誰當盟主呢？」宋襄公說：「有功勞的論功勞，沒有功勞的論爵位。」楚成王說：「我已經自立為王很久了，宋君雖然位列上公❶，但不能排在王的前面，我只好先佔第一了。」說完便站在了第一的位置上。

公子目夷想讓宋襄公先忍一忍，就去拉他的袖子。宋襄公本以為盟主的位置非自己莫屬了，現在楚成王臨時變卦，他非常生氣，大聲說道：「我蒙先人的庇佑，位列上公。你自己也說是自立為王，怎麼能用假王來壓制真公呢？」楚成王說：「既然我是假王，你為什麼要約我來呢？」宋襄公說：「我們先前是有約定的。」這時成得臣在旁邊喊道：「那我們來問一下，諸侯是為了楚國來的，還是為了宋國來的？」諸侯都害怕楚國，所以都回答說為楚國而來。宋襄公見情況不對想和楚成王講理，但楚成王不理他，想要脫身離開又沒有穿盔甲。正在猶豫的時候，楚國的隨從全都脫去衣服露出裡面的盔甲，手裡拿著兵器。宋襄公見公子目夷還跟在身邊，悄悄對他說：「後悔沒有聽你的話，現在你趕快回去守衛宋國，不要擔心我。」公子目夷覺得跟去了也沒有意義，於是趁亂逃走了。諸侯都不敢說話，任憑楚成王捉住了宋襄公。

公子目夷回到宋國後跟大臣們商量怎麼應對，大家決定由公子目夷暫時代理國君處理宋國事務。楚軍以宋襄公為人質帶兵攻打宋國。打到宋國都城之後，楚國將軍鬬勃向城裡高喊：「你們的君主在我們手裡，趕快投降，這樣才能保住你們君主的性命。」司馬❷公孫固在城樓上說：「託神靈庇佑，我們已經立了新君。要殺要放隨你的便，想讓我們投降是不可能的。」鬬勃說：「你們的君主還活著，怎麼能再立一個君主？」公孫固說：「立君主是為了主宰社稷的，現在沒有人主宰社稷了，我們當然要立新的君王。」鬬勃說：「我們願意把你們的君主送回去，你們拿什麼報答我們？」公孫固說：「原先的君王被你們抓了，已經辱沒了國家，就算回來也不能當君王了。讓他回來與否都看你們楚國的意思，如果想決戰，我們城裡的戰車也沒有損毀，願意跟你們決一死戰。」

鬬勃看公孫固的態度很強硬就回去報告楚王。楚王大怒，命令士兵攻城，結果連攻了三天也沒攻下來。楚王見城池攻不下來覺得很為難，宋襄公在自己手裡殺也不是、放也不是，不知道該怎麼辦。這時有大臣出了個主意，讓楚王約定和魯國等幾個國家結盟，這幾個國家肯定會為宋襄公求情，到時候就順勢把宋襄公放了。於是楚成王約了魯國等六個國家會盟，商量如何處置宋襄公。這幾個國家的國君果然為宋襄公求情，鄭文公還提議把楚成王尊為盟主。最後楚成王假裝順從他們的意思把宋襄公放了。

宋襄公回國後，公子目夷把君主的位子還給他，自己依然做臣子。宋襄公總覺得嚥不下這口氣，尤其是會盟時鄭文公推楚成王為盟主讓他很氣憤，於是決定討伐鄭國。宋襄公發動全國的兵力向鄭國進發，鄭文公聽到消息後大吃一驚，連忙給楚成王寫信求救。楚成王正要

---

❶【上公】地位高於「三公」的古官名。

❷【司馬】殷商時期開始設置的官職，主要負責軍政。

發兵支援，成得臣說：「去救援鄭國不如去討伐宋國。」楚成王問為什麼，成得臣說：「宋國正在討伐鄭國，自己的國家一定很空虛，我們趁機討伐一定會獲勝的。」楚成王覺得很對，於是發兵討伐宋國。

宋襄公正在攻打鄭國時聽說楚國討伐宋國，連忙領兵往回趕，與楚軍隔河相對。成得臣讓人向宋國下戰書，公孫固對宋襄公說：「楚軍來打宋國是為了救鄭國，我們放過鄭國，他們就會撤軍了，不要跟他們作戰。」宋襄公說：「當年齊桓公討伐過楚國，現在楚國來了我卻不出戰，還怎麼繼承齊桓公的事業？」公孫固說：「我們的盔甲沒有楚國的堅硬，我們的兵器沒有楚國的鋒利，士兵也不如楚國的強悍，怎麼能勝過楚國呢？」宋襄公說：「楚國兵士的確很強，但是缺乏仁義，我雖然兵力上差一些，但我講仁義。當年武王用三千士兵戰勝了殷商的一萬人靠的就是仁義。有道的君王反而躲避無道的臣子，那是讓我生不如死啊。」

宋襄公與楚王約定了交戰的日期，讓人造了一面大旗插在戰車上，上面寫著「仁義」二字。公孫固私底下對樂僕伊說：「作戰的時候談仁義，我不知道君王的仁義從哪裡來。我看君王危險了，我們要小心一些，不亡國就不錯了。」

到了交戰這天，楚王由於輕視宋國，天亮以後才讓自己的士兵渡河。公孫固對宋襄公說：「楚軍天亮才開始渡河是輕視我們。我們不如在他們渡到一半的時候出擊，那樣還有可能取勝。」宋襄公說：「你知道『仁義』兩個字怎麼寫嗎？哪有趁人渡河渡到一半出擊的道理？」楚軍都渡過河之後開始列陣。公孫固又對宋襄公說：「楚軍的陣列還沒有形成，現在出擊一定會打亂他們。」宋襄公吐了他一口唾沫，說：「呸！你只貪圖出擊的好處，不顧傳承萬世的仁義了嗎？哪有趁人還沒有擺開陣勢的時候出擊的道理？」

楚軍擺好陣勢之後開始進攻，結果宋軍大敗，宋襄公帶著公孫固逃回城裡去了。這次作戰宋軍死傷無數，那些死者家屬埋怨宋襄公不聽公孫固的話。宋襄公說：「我要用仁義作戰，怎麼能效仿那些乘人之危的做法？」整個宋國的人沒有不嘲笑他的。

宋襄公與楚王約定了交戰的日期，讓人造了一面大旗插在戰車上，上面寫著「仁義」二字。

第十八回　重耳周遊列國

重耳在齊國待了七年。齊桓公去世後齊國大亂，齊孝公即位之後，很多諸侯和齊國的關係都疏遠了。趙衰等人建議重耳到別的國家去，但此時重耳沉溺在與齊姜❶的戀愛中，根本不管別的事，也不見外人。趙衰等人等了十天也沒有見到重耳，於是有人發出怨言。狐偃說：「這裡不是談話的地方，你們跟我來。」

幾個人來到東門外的一處桑樹林裡圍成一圈坐在地上。趙衰對狐偃說：「你有什麼辦法嗎？」狐偃說：「我們準備好車輛，騙公子說要去打獵，強行帶他離開。只是不知道要去哪個國家。」趙衰說：「宋國君主是喜好聲名的人，不如去宋國，如果不合適再去秦國或楚國。肯定會有合適的國家。」

幾個人商量好就離開了，誰知道當時齊姜的十多個婢女正在附近採桑葉。她們看到趙衰等人過來就停下來聽他們說話。她們回到宮裡把趙衰那些話都告訴了齊姜。齊姜命人把這十多個婢女關起來，然後秘密把她們殺死了。

齊姜對重耳說：「您的手下要帶您去其他國家，我的婢女聽到了他們的計畫，我怕洩漏消息可能會對您有所妨礙，所以把她們殺了。公子應該早點確定去哪個國家。」重耳說：「人生就應該享樂，我想老死在這裡，不會去其他地方。」齊姜說：「自從公子逃亡之後晉國就沒有安寧過，這不是上天要等公子回去嗎？公子這次離開一定會得到晉國，不要再遲疑了。」重耳迷戀齊姜還是不肯答應。

第二天一早，趙衰等四人來到重耳的宮外說要請公子去打獵。重耳還沒有起床就告訴他們不去了。齊姜聽說後讓人單獨把狐偃召了進來，問狐偃來幹什麼，狐偃說要帶公子去打獵。齊姜說：「你們這次打獵不是去宋國，就是去秦國、楚國吧？」狐偃大吃一驚，說：「打獵而已，怎麼會這麼遠？」齊姜說：「我已經知道你們的計畫了，不用瞞我。晚上我把公子灌醉，你們半夜用車把他帶出城。」狐偃聽了之後，鞠躬說道：「夫人能割捨掉夫妻之情，成全公子的事業，真是少見的賢慧啊。」狐偃出去和眾人做準備。

到了晚上，齊姜擺下酒宴要和重耳喝酒。一開始重耳不想喝，後來禁不住齊姜勸酒，夫妻兩人喝起來。重耳已經有些醉了，齊姜還硬要他喝，最後把重耳灌得爛醉如泥。齊姜讓人把狐偃召來，狐偃帶人把重耳抬出宮，放在車上，告別齊姜之後就走了。齊姜見重耳離開，

---

❶【齊姜】這裡的齊姜指齊桓公嫁給重耳的齊宗室女子。

不知不覺流下淚來。

狐偃等人帶著喝醉的重耳連夜趕路，走了五六十里的時候，天就快亮了。這時候重耳醒來，才知道狐偃等人帶著自己離開了齊國。他非常生氣，拿戟要殺了狐偃，其他人苦苦相勸，說這是大家的主意。重耳看離開齊國這麼遠了，也沒有辦法回去，只好順從了他們。

走了不到一天，他們來到曹國。曹國君主曹共公是個愛玩的人，不理朝政，他身邊都是一些小人。那些人怕重耳留在曹國會威脅他們的地位，於是勸曹共公不要接待重耳。大夫僖負羈（ㄐㄧ）說：「晉國和曹國是同姓，我們應該厚待他。」曹共公說：「曹國是個小國，平時那麼多公子往來，我們如果都接待了花費太大。」負羈說：「重耳的賢德天下聞名，而且他重瞳駢脅❷是貴人的徵兆，不能看成普通的公子。」曹共公還是小孩子脾氣，聽到負羈說重瞳駢脅，就問：「重瞳我知道，駢脅是什麼樣的？」負羈說：「就是肋骨連成一片。」曹共公說：「我不信，先把他留在驛館，等他洗澡的時候看看。」

驛館的人把重耳請進去，只給他準備了簡單的飯菜，沒有以賓主的禮儀準備酒宴。重耳很生氣，沒有吃飯。僕人搬來澡盆請重耳洗澡。重耳走了很長時間，正好想洗一洗。正洗著，曹共公帶著幾個下人來到驛館，突然闖進重耳洗澡的房間觀看重耳的駢脅，還指指點點、竊竊私語。狐偃等人聽說有外人來了連忙趕過來看，聽到嬉笑的聲音遠去了，向驛館的人詢問才知道是曹共公，重耳等人都非常生氣。

負羈見曹共公不聽自己的勸諫，決定私底下結交重耳。他帶著食物和禮物去拜見重耳，兩人交談了一番，重耳說：「想不到曹國還有這樣賢明的人。」第二天，重耳離開曹國，負羈送了十里才回去。

離開曹國之後，重耳一行人來到宋國。狐偃和公孫固認識，就提前來向公孫固打聲招呼。公孫固把重耳要來宋國的消息告訴了宋襄公，當時宋襄公因在和楚國作戰時受了傷而臥床不起。他因為仇恨楚國，正思考如何求得賢明的人幫助自己，聽說重耳要來，連忙讓公孫固前去迎接，以禮相待。

第二天，因為宋襄公無法見自己，重耳要離開宋國，公孫固奉宋襄公的命令再三挽留。他私底下問狐偃，當初齊桓公是怎麼對待重耳的，狐偃如實相告。公孫固回報宋襄公，襄公送給重耳二十四馬，只是沒有把宋國女子嫁給他。重耳非常感激，又住了幾天。狐偃覺得宋襄公的傷不知道什麼時候才能好，就和公孫固商量去別的國家。公孫固不再挽留，送他們啟程。宋襄公聽說重耳要走，又送了很多禮物。重耳走後，宋襄公的傷一天比一天嚴重，臨終之前，宋襄公告誡自己的兒子，將來重耳一定會稱霸諸侯，要和他保持好關係。

---

❷【重瞳駢脅（ㄆㄧㄢˊ ㄒㄧㄝˊ）】重瞳指一個眼睛裡有兩個瞳孔，駢脅指肋骨緊密相連成爲一個整體。兩者都是生理畸形的現象。

離開宋國之後，重耳等人來到鄭國邊境。有人把消息報告給鄭文公，鄭文公覺得重耳是個逃亡的人，不想接納他。他不聽大臣的勸諫，讓人關上了城門。重耳見鄭國沒有迎接自己，直接趕著車往前走了。

來到楚國，重耳拜見了楚成王，楚成王用國君的禮儀接待他，兩人聊得很投機，於是重耳在楚國安頓下來。有一次，楚成王問重耳：「公子如果返回晉國，要怎麼報答我呢？」重耳說：「女子、玉璧、絹帛等東西您這裡已經很多了；羽毛皮革等物產也是您這裡出產的，要我拿什麼報答您呢？」楚成王說：「就算這樣，你也一定會有辦法報答我的，我想聽一聽。」重耳說：「如果我託您的福成為了晉國君主，我會和您結盟。如果迫不得已要與貴國兵戈相見，我會讓我的軍隊後撤三舍。」按照行軍的計算方法，三十里是一舍，三舍就是九十里。重耳的意思就是，將來晉國和楚國交戰的時候晉國軍隊會主動退避三舍，以報答楚王的恩情。

成得臣私下對楚成王說：「您對重耳這麼好，他卻說出這種話，將來他回到晉國一定會辜負楚國的，請您殺了他。」楚成王說：「重耳非常賢明，他的隨從也都是治國的賢人，好像上天也在幫助他，我怎麼敢違背天意？」成得臣說：「如果不殺重耳，那就把狐偃、趙衰等人留下，別讓他有那麼多助手。」楚成王說：「留下也不會為我們效勞的，只能增加他們的怨恨。我剛施恩於重耳，不能讓怨恨來取代恩德。」從此之後楚成王對重耳更好了。

當時晉惠公的兒子太子圉（ㄩˇ）在秦國做了很長時間人質，秦國滅了梁國之後，太子圉非常怨恨秦國，因為他的母親就是梁國人。太子圉想逃離秦國，並把自己的想法告訴了妻子懷嬴。懷嬴是秦穆公的女兒，為人通情達理。她不願阻擋太子圉，不過也不願背離自己的父親，於是讓太子圉一個人逃回了晉國。秦穆公聽說太子圉逃跑非常生氣，大罵太子圉和晉惠公忘恩負義，又後悔當初沒有支持重耳，於是讓人去打聽重耳的下落。秦穆公聽說重耳在楚國，便讓人去請。

重耳假裝不願離開，對楚成王說：「我已經跟隨您了，不願意去秦國。」楚成王說：「楚國和晉國離得很遠，公子如果想回晉國一定要多遊歷幾個國家。秦國和晉國相鄰，而且秦國君王很賢明，又憎恨晉惠公，肯定會幫助你的，你還是去吧。」重耳謝過了楚成王，帶人前往秦國。

來到秦國後，秦穆公對重耳很好，秦夫人穆姬也很尊敬重耳，勸秦穆公把懷嬴嫁給重耳。懷嬴得知消息說：「我已經嫁給公子圉了，怎麼還能嫁給別人？」穆姬說：「將來重耳肯定會得到晉國，到時候你就可以讓秦國和晉國的關係變得更好。」最終懷嬴同意了。重耳經過狐偃等人的勸說也答應了這樁婚事。從此重耳在秦國安穩下來，等待機會回到晉國。

第十九回　呂省、郤芮火燒公宮

太子圉逃回晉國不久，晉惠公就病死了，圉即位為君，稱晉懷公。懷公怕重耳在外面威脅自己，於是頒布了一條命令，讓追隨重耳逃亡的那些人的親人把他們召回來，如果不召回就把這些親人治罪。

狐突的兩個兒子狐毛和狐偃都在追隨重耳，郤芮勸狐突把自己的兒子召回來，狐突不肯。懷公召見狐突，讓他寫信給兩個兒子，狐突仍然不肯，懷公一氣之下就把狐突殺了。狐家的僕人聽說消息連忙逃到秦國把這件事告訴了狐毛和狐偃。兩人聽說後號啕大哭，重耳說：「將來如果我即位了一定為你們報仇。」

重耳又把這件事告訴了秦穆公，秦穆公說：「這是上天把晉國送給你啊，一定不能錯過這個機會，我會親自幫助你。」趙衰說：「應該趕快行動，如果等子圉祭祀了宗廟，君臣的名分就定了，到時候他的地位恐怕就不容易動搖了。」穆公點了點頭表示贊同。

重耳回到住處後，下人通報說晉國有人來了，有機密的事情要報告。重耳把來者召了

進來，來者說：「我是大夫欒（ㄌㄨㄢˊ）枝的兒子欒盾，因為新任君主非常多疑，以殺人立威，百姓和大臣都不信服。我父親讓我告訴公子，子圉的心腹只有呂省和郤芮兩個人，其他老臣都沒有受到重用。我父親已經約會了舟之僑等人，等公子回國的時候作為內應。」重耳非常高興，和他約定了回去的日期，欒盾就回晉國了。

第二天重耳去見秦穆公，穆公說：「我知道你急著回國，不過我怕其他大臣做不了這件事，我會親自送你過河。」秦穆公把重耳回國需要的所有東西都準備好了，還送給他很多禮物。到了黃河岸口，秦穆公讓公子縶、丕豹護送重耳過河，自己則在這邊等消息。

重耳過了黃河之後，首先攻克了令狐❶，晉懷公聽到消息後大吃一驚，趕緊讓呂省和郤芮帶兵對抗秦軍。兩人帶兵駐紮在廬柳，怕打不過秦軍所以不敢出戰。公子縶給他們寫了一封信勸他們投降。呂省和郤芮商量了一下，怕重耳將來報復他們，要重耳跟他們歃血為盟❷才肯投降。重耳答應了他們的要求，和他們歃血為盟，保證以後不會報復他們。

晉懷公等了很久也不見呂省和郤芮彙報消息，便命勃鞮前去催促他們開戰。勃鞮走到一半聽說呂省、郤芮和重耳講和要迎立重耳為君，連忙趕回去報告懷公。懷公聽到消息大吃一

---

❶【令狐】春秋時晉國地名，在現在的山西臨猗（ㄧ）縣。

❷【歃（ㄕㄚˋ）血爲盟】古代人把牲畜的血塗在嘴唇上用來盟誓，稱歃血爲盟。

驚，趕緊召集其他大臣。但那些大臣都支持重耳，而且平時懷公只重用呂省和郤芮，他們心裡也有些不痛快。聽說懷公召見，他們要麼假稱有病，要麼假稱有事，沒有一個上朝的。勃鞮建議懷公趕緊逃跑，於是兩人逃到了高梁❸。

呂省和郤芮把重耳迎接到曲沃拜祭了宗廟，其他大臣也都來迎重耳回國即位，稱晉文公。重耳四十三歲逃奔翟國，即位為君時已經六十二歲了。即位之後，文公立即讓人去高梁把懷公殺死了。勃鞮埋葬了懷公之後就偷偷逃回了晉國。公子縶和丕豹看重耳已經即位，就帶兵回到了秦國。

呂省和郤芮雖然迎立重耳為君，但心裡還是對重耳有所懷疑，怕他有一天會報復自己，而且平常兩人面對著趙衰等人也有些慚愧。文公即位好幾天了，沒有封賞也沒有懲罰人，兩人摸不準他到底要幹什麼，就更加懷疑了。於是兩人計畫造反，想燒了重耳居住的公宮，迎立其他公子。他們想讓勃鞮去做這件事，因為勃鞮和重耳有很深的仇恨，他是最希望重耳死的人。於是兩人把計畫告訴勃鞮，勃鞮滿口答應了。

勃鞮雖然表面上答應了，但心裡卻不是這麼想的。他覺得重耳有上天庇佑，不一定能殺得了，就算僥倖殺了重耳，他身邊的那些大臣也不會饒了自己。不如到重耳那裡告密，說不定重耳會原諒自己。但勃鞮沒辦法直接見到重耳，於是去見狐偃。

狐偃見到勃鞮大吃一驚，問他：「你和新君王有很深的仇恨，不想著遠走高飛，怎麼半夜到這裡來？」勃鞮說：「我來這裡正是想見新君王，請您引見。」狐偃說：「你去見主公那是自投死路。」勃鞮說：「我有機密的事情要告訴主公，可以救一國人的性命，不過要見了主公之後才能說。」

狐偃帶著勃鞮來到公宮門前，自己先進去了。見了文公，說了勃鞮要求見的事情。文公說：「勃鞮能有什麼事，能救一國人的性命？肯定是他找藉口想讓你為他求情。」狐偃說：「您剛剛即位，應該廣泛採納建議，請不要拒絕他。」文公還是不願意，讓身邊的侍從給勃鞮傳話：「你斬了我的衣袖，那衣服現在還在，我每次見到都會心寒。你到翟國行刺我，惠公讓你三天啟程，你第二天就動身了，幸好我有上天幫助。我現在即位了，你還有什麼面目見我？趕快逃走吧，晚了我就讓人殺了你。」

勃鞮大笑著說：「獻公是您的父親，惠公是您的弟弟，他們尚且仇視您，何況我呢？我只是個下人，當時只知道獻公、惠公，不知道您。當年管仲為了公子糾而射中齊桓公的帶鉤，而桓公重用了他。您想報射帶鉤的仇怨，而失去盟主的霸業嗎？如果不見我，我沒有什麼損失，但恐怕您的禍患就不遠了。」

狐偃說：「他這次來肯定有重要的事情，您一定要見他。」文公於是把勃鞮召了進來，

---

❸【高梁】春秋時晉國城邑名，在現在的山西臨汾市東北。

勃鞮把呂省和郤芮的陰謀說了一遍，然後說：「現在城裡都是他們的黨羽，兩人又封住了城邑，主公不如找機會和狐偃換了衣服出城去秦國借兵，這樣就能平定叛亂。我請求留在這裡作為內應，殺了這兩個人。」狐偃說：「事情很緊急，我跟著您走，朝廷裡的事情趙衰會料理的。」文公叮囑了勃鞮一番，和狐偃換了衣服逃出城外。

第二天一早，宮裡傳言說文公生病了，因此都來探望，但都被擋在外面，宮裡面沒有一個人知道文公離開了。守門的人說文公要到三月初才能上朝。呂省、郤芮聽說文公得病不能出來，便加緊實施計畫。到了二月底，勃鞮對兩人說：「今天晚上燒了公宮，重耳肯定要往外逃，呂大夫守住前門，郤大夫守住後門，別讓他跑了。我帶人守在宮門口阻擋來救火的人，這樣重耳插翅難逃。」

當天晚上，三人都行動起來，在公宮放起火來。宮人們見起火了亂作一團，很多身穿盔

文公說：「勃鞮能有什麼事，能救一國人的性命？」

甲的人喊：「不要讓重耳跑了。」呂省和郤芮都衝進公宮，沒有找到重耳，突然聽到外面有喊聲，勃鞮來報告：「大臣們都來救火了，要是等到天亮我們就跑不掉了。」於是三人趁亂逃走了。

呂省和郤芮帶兵駐紮在郊外，聽說晉文公沒死，想逃到別的國家去。勃鞮說：「晉國君主的廢立一直以來都是秦國決定的。您二位和秦穆公相識，不如去投奔秦穆公，迎立公子雍為君。」兩人同意了他的意見，讓他先去把兩人的意思告訴秦穆公。勃鞮來到秦國，先見到了公孫枝，就把事情的始末都說了一遍。公孫枝讓勃鞮回去告訴呂省和郤芮，就說秦穆公答應他們的請求了，讓他們自己到秦國來。然後公孫枝去稟報秦穆公，定下了擒拿呂省、郤芮的計策。

呂省、郤芮聽說秦穆公答應了他們的請求，非常高興地來到秦國，拜見秦穆公之後，說出了迎立公子雍的請求。秦穆公說：「公子雍已經在這裡了。」兩人說：「那我們求見公子。」秦穆公說：「新國君出來吧。」然後屏風後面出來一個人，呂省、郤芮仔細一看竟然是晉文公重耳，兩人嚇得連忙跪下磕頭。文公說：「要不是勃鞮通知我，我已經被你們燒死了。」呂省、郤芮這才知道是勃鞮出賣了自己。兩人說：「勃鞮是我們的同謀，請您把他也賜死吧。」文公說：「他如果不是同謀，怎麼能知道你們的陰謀？」說完，就讓勃鞮監斬把兩人殺了。

第二十回　晉文公大賞群臣

晉文公誅殺了呂省和郤芮後向秦穆公告別，並把懷嬴接回了晉國。回到晉國之後，晉文公打算誅殺呂省、郤芮的全部黨羽，趙衰說：「惠公和懷公因為對人嚴苛而失去了人心，您應該用寬容來贏得人心。」晉文公聽從了他的勸告，赦免了呂省、郤芮的黨羽。那些黨羽人數很多，他們雖然見到赦免的公文，但還是不放心，一時間流言四起。文公為此很心煩。

突然一天早上，頭須在宮門求見。文公正要洗頭，聽說後大怒道：「他偷了我的錢財，讓我在流亡的時候連飯都吃不飽，到其他國家去討飯吃，今天還來見我幹什麼？」於是讓人把頭須趕走。頭須說：「主公正在洗頭吧？」守門的人說：「你怎麼知道？」頭須說：「洗頭一定要彎著身子，他的心也會顛倒過來，心顛倒過來說話就會顛倒，這就是主公為什麼不見我。主公能容得下勃鞮、赦免呂省、郤芮的黨羽，怎麼會容不下我頭須？我這次來是有安定晉國的策略，如果主公拒絕見我，那我就從此逃走了。」

守門的人連忙把頭須的話告訴文公，文公說：「這是我的錯。」於是整理好衣服，把頭

須召了進來。頭須磕頭請完罪，說：「主公知道呂省、郤芮的黨羽有多少嗎？」文公皺著眉頭說：「很多。」頭須說：「他們知道自己的罪過深重，就算得到赦免也還在懷疑。主公應該想想如何讓他們安心。」文公說：「你有什麼辦法嗎？」頭須說：「我偷了主公的財物讓主公挨餓，我的罪過全國的人都知道。如果主公出行的時候讓我給您駕車，讓全國的人都看到，他們就會知道主公不計前嫌，打消心裡的疑慮。」文公說：「這個主意很好。」

文公藉口要巡視城池，讓頭須為自己駕車。呂省、郤芮的黨羽見到之後，都私底下說：「頭須偷了主公的財物，現在還得到了任用，更何況別人呢！」於是謠言頓時不見了。文公仍然讓頭須管理自己的財物。

文公當初做公子的時候娶過兩個妻子，第一個妻子徐嬴早就死了，又娶了偪（ㄅㄧ）姞，生了一個兒子一個女兒，兒子叫驩（ㄏㄨㄢ），女兒叫伯姬。文公在蒲城的時候偪姞就死了，文公逃走的時候，驩和伯姬都還很小就丟在了蒲城。頭須收留了兩個孩子，交給姓遂的一家人撫養，每年都送去吃的穿的。一天，頭須找機會把這件事告訴了文公，文公說：「我還以為他們已經死了呢，你怎麼不早說？」頭須說：「您現在妻子兒女已經很多了，不知道您的想法，所以沒敢說。」文公說：「幸虧你跟我說了。」於是文公立即讓人把驩和伯姬接來，重賞了姓遂的一家人，然後立為太子，把伯姬嫁給了趙衰，稱趙姬。後來翟國國君把季隗送了過來，齊孝公把齊姜也送了過來。文公立齊姜為夫人，季隗和懷嬴的位置依次排在第二和第三。

安定好後宮之後，文公開始封賞群臣。封賞共分為三等，第一等的是跟隨逃亡的人，第二等的是送消息的人，第三等的是迎接擁立的人。在這三等裡面，又根據功勞的大小決定封賞的多少。第一等的人裡面，趙衰和狐偃的功勞最大，狐毛、胥臣、魏犨、狐射姑、先軫（ㄓㄣˇ）、顛頡等人各按功勞封賞；第二等裡面，欒枝、郤溱（ㄒㄧˋ ㄓㄣ）的功勞最大，舟之僑、孫伯糾等人各按功勞封賞；第三等裡面，郤步揚、韓簡的功勞最大，梁繇靡、家僕徒等人各按功勞封賞。沒有封地的人都賜給了土地，有封地的人就多封了一些。

狐突是狐毛、狐偃兩人的父親，被晉懷公殺死，文公為狐突在馬鞍山上立了一座廟，後來有人把這座山稱為狐突山。

文公讓人在宮門口貼了告示，上面寫著：「如果有立下功勞而沒有封賞的，可以自己提出。」壺叔求見文公說：「臣從蒲城開始就跟隨主公四處奔走，腳都走裂了，片刻也沒有離開過。現在主公封賞有功之人，卻沒有封賞我，是因為我有罪嗎？」文公說：「用仁義教導我，使我明白道理的人，受上等的封賞；教給我謀略，讓我不被諸侯侮辱的人，受次一等的封賞；冒著生命危險護衛我的人，受再次一等的封賞。所以上等的封賞賞的是賢德，次一等賞的是才能，再次一等賞的是功勞，你奔波的功勞應該排在後面。等這三等的功勞都封賞完，就會輪到你了。」壺叔聽了之後，只好退了出去。

之後文公賞了很多財物給下人，受到賞賜的人都很高興。只有魏犨、顛頡兩個武將看到文臣趙衰、狐偃的封賞在自己之上，心裡很不服氣。文公念著他們的功勞，沒有跟他們計較。

介子推本來是追隨文公逃亡的人，他為人孤傲，見狐偃自恃功高，不願跟他同朝為臣，所以只上朝恭賀了文公一次，就假稱生病躲在家裡不上朝了。他甘於清貧，自己織麻鞋❶來養活老母親。文公封賞完群臣之後，沒有見到子推，竟然把他給忘了。

介子推的鄰居叫解張，見子推沒有受到封賞，很為子推抱不平。他見到宮門口貼著的告示，勸子推自己去和文公說，子推笑了笑也不說話。子推的老母親在廚房聽見了，對子推說：「你跟隨文公十九年了，曾經割了自己的大腿來救文

子推的老母親在廚房聽見了，對子推說：「你跟隨文公十九年了，曾經割了自己的大腿來救文公，怎麼不去跟文公說？」

❶【麻鞋】麻是一種草本植物，用麻的纖維做成繩子，然後再編成鞋子，輕巧耐用。

公，怎麼不去跟文公說？就算只賞賜點糧食也比你織麻鞋強啊。」子推說：「獻公有九個兒子，只有主公最賢德。惠公、懷公德行不夠，所以上天把國家給了主公。那些臣子不知道天意，爭奪上天的功勞，我和他們在一起覺得恥辱。我寧願一輩子織麻鞋，也不敢把上天的功勞據為己有。」

老母親說：「就算你不求封賞，也應該上朝去見一下主公，才不枉費你割了大腿的功勞。」子推說：「我既然沒有求助於主公的地方，為什麼還要去見他？」老母親說：「既然你能做一個廉潔的人，我怎麼能不做廉潔的母親呢？我們母子一起隱居深山吧。」子推非常高興，說：「我一直都很喜歡綿山，那裡山高谷深，我們現在就去。」子推帶著老母親隱居到綿山。

其他鄰居都不知道子推去哪裡了，只有解張知道。於是解張寫了一封信，半夜懸掛在宮門口。大臣們早上上朝的時候發現了這封信，把信交給文公。文公打開一看，信裡寫的是當初子推割腿的事。文公很吃驚，說：「這是子推在埋怨我啊！我封賞了那麼多人，竟然忘了子推，我怎麼能犯這樣的錯誤？」文公立刻讓人召見子推，結果子推已經走了。

文公召來子推的鄰居，向他打聽子推的下落。解張說：「這封信並不是子推寫的，是我寫的。子推不求封賞，帶著母親隱居到綿山了。我怕他的功勞被忘記，所以寫了這封信。」文公說：「要不是你的信，我恐怕就把子推忘了。」文公把解張封為下大夫，讓解張帶自己去找子推。

到了綿山之後，也不見介子推的蹤影。晉文公讓人找來當地的幾個農夫詢問，其中一個農夫說：「幾天前見一個人背著一個老婦人在山腳下喝水，現在不知道去哪裡了。」文公找了幾天沒有找到，有些生氣了，對解張說：「子推就這麼恨我嗎？子推很孝順，我如果燒了樹林，他一定會帶著母親逃出來。」魏犨說：「有功勞的也不是子推一個人，他現在用隱居要脅主公，等他出來之後，我要羞辱他一番。」文公讓人放火燒了山林，火勢猛烈，一直燒了三天才熄滅。

最終還是不見子推出來，文公便親自尋找，只見子推母子抱在一起死在一棵柳樹下。文公大哭起來，命人把子推葬在綿山下，立了一座祠堂，然後下令：「把綿山改名為介山，以記錄我的過錯。」火燒山林的日子是三月初五，正是清明節，百姓們為了紀念子推，在這一個月裡就不燒火只吃冷食，後來減到了三天。現在的太原、上黨等地方，在冬至過後的第一百〇五天只吃冷食，稱為「禁火」或者「禁煙」，也就是寒食節。每到這一天，家家戶戶門口都插上一棵柳枝用來紀念子推。

第二十一回　周襄王避禍

晉文公即位後，周襄王派內史[1]叔興去冊封文公。叔興回來後對周襄王說：「晉文公將來肯定能稱霸諸侯，以後要多依賴文公。」從此周襄王對晉國更加親近了。

當時鄭國依附楚國，與中原各諸侯國的關係都不好，並且經常欺凌弱小的國家。一次鄭國責怪滑伯[2]在衛國做官卻不去鄭國做官，於是出兵攻打衛國。衛國向周襄王求救，襄王派使者去鄭國說和，結果鄭國把使者扣下了。襄王非常生氣，要去討伐鄭國。

大夫頹叔、桃子說：「鄭國現在倚仗楚國，我們去征討未必能成功，不如藉助翟國的力量攻打鄭國。」大夫富辰說：「鄭國和周王室是同姓，而翟國是狄族，用異族來攻打同姓，這是行不通的。」頹叔、桃子說：「當年武王伐紂，四方的諸侯都來幫助，也不必非得同姓。現在翟國順從天子，鄭國違逆天子，用翟國討伐鄭國也是可以的。」襄王於是讓頹叔、桃子去翟國傳達旨意，翟國國君很痛快地同意了，並很快傳來捷報。

周襄王很高興，打算和翟國聯姻。頹叔、桃子說：「在翟國流傳著一首歌，歌詞是：

『前叔隗，後叔隗，如珠比玉生光輝。』意思是翟國有兩個叔隗，長得都很漂亮。前叔隗指的是趙衰的妻子叔隗，後叔隗則是指的翟國國君的親生女兒，現在還沒有嫁人。」周襄王於是讓人去求親，翟國派人把叔隗送到了襄王這裡。襄王想把叔隗立為王后，富辰勸襄王不要這麼做，襄王不聽，讓叔隗做了王后。

叔隗雖為王后，但沒有一點王后的樣子。她在翟國的時候就非常喜歡騎馬射箭，翟國國君也非常溺愛她，每次出去打獵都帶著她。嫁給周王之後整天被關在宮裡，叔隗漸漸覺得有些煩悶。一天叔隗對襄王說：「我從小學習射箭，我父親也沒有管過我。現在被關在宮裡覺得渾身不舒服。大王不如帶我出去打獵？」

襄王對叔隗百依百順，於是命人準備車馬到郊外打獵。為了取悅叔隗，襄王下令說：「以中午為期限，能打到三十隻獵物的賞兵車三輛；能打到二十隻獵物的賞兵車兩輛；打到十隻獵物的賞兵車一輛；獵物不到十隻的沒有賞賜。」王子王孫們聽到之後，都表現得很積極。到中午的時候，只有一個人的獵物超過了三十隻。這個人長得一表人才，是襄王的弟弟，名為帶，人們都稱他為太叔。先前太叔帶曾爭奪過王位，失敗後逃奔到齊國，後來太后

---

❶【內史】西周開始設置的職位，負責諸侯及大夫的冊封。

❷【滑伯】滑是周朝時候的一個諸侯國，國君的爵位爲伯爵。

向襄王求情，襄王又把太叔帶召了回來。

叔隗看太叔帶表現這麼出色，心裡也有些喜歡。叔隗對襄王說想要親自打獵，襄王於是讓太叔帶陪同。來到一個僻靜的地方，叔隗對太叔帶表達了自己的情意，並約定夜裡宮中相見。到了晚上，太叔帶以謝賞為藉口來到宮中，趁襄王不在，叔隗和太叔帶兩人有了私情。之後太叔帶便經常來宮裡私會叔隗，一來二去，兩人膽子越來越大，最後事情敗露，襄王把叔隗打入冷宮，太叔帶則逃到了翟國。

頹叔、桃子兩人聽說太叔帶逃走了，思量著當初娶叔隗是他們兩人的建議，怕襄王怪罪，於是兩人跑去追隨太叔帶了。來到翟國之後，頹叔、桃子兩人顛倒是非，說周襄王聽信別人的誹謗，把叔隗打入了冷宮。翟國國君一聽，立刻派大將赤丁帶兵攻打周王室。襄王聽說後派人去翟軍軍營說明太叔帶的罪過，結果赤丁殺死了派去的使者。周襄王大怒，派原伯貫[3]帶兵抵擋翟軍。結果原伯貫因為大意兵敗被俘，翟軍圍住了王城。

周襄王看沒有辦法，只好帶著十多個人逃往鄭國。大夫富辰留在王城裡抵抗翟兵，結果戰死。太叔帶得知襄王逃走之後，讓原伯貫叫開了城門，城裡的人已經投降。太叔帶進入王城之後，先到冷宮放出了叔隗，然後去拜見自己的母親惠太后。太后本來就很喜歡太叔帶，見到他回來，竟然因為太過高興去世了。太叔帶先假傳太后的旨意自立為王，把叔隗立為王后，在接受群臣朝賀之後，才開始辦理太后的喪事。民間流傳開一首歌謠，諷刺太叔帶剛死了母親就娶了叔隗。太叔帶知道百姓們不服自己，於是帶著叔隗到溫城居住，雖然名義上是天子，但朝中的事情都交給大臣處理了。

周襄王快到鄭國的時候停了下來，他不知道鄭國願不願意接納自己，因為以前鄭國一向和周王室不和。隨行的大臣左鄢父勸襄王向諸侯求援，襄王於是寫信給各個諸侯。大臣簡師父說：「現在諸侯裡有能力稱霸的，只有秦國和晉國，秦國有蹇叔、百里奚、公孫枝等賢臣，晉國有趙衰、狐偃、胥臣等賢臣，這些大臣肯定會勸他們的主公

之後太叔帶便經常來宮裡私會叔隗，一來二去，兩人膽子越來越大，最後事情敗露，襄王把叔隗打入冷宮……

❸【原伯貫】這個人名叫貫，封地在原城，爵位爲伯爵，因此稱原伯貫。

來幫助我們。其他國家是指望不上的。」於是襄王讓簡師父去晉國求援，讓左鄢父去秦國求援。

簡師父來到晉國向晉文公說了事情的始末。狐偃說：「當年齊桓公之所以能稱霸諸侯，就是因為他尊重天子。我們現在也應該效仿，否則這個功勞就被秦國搶去了。」晉文公聽從了狐偃的建議，帶兵前去接應周襄王討伐太叔帶。還沒出發就有人報告秦穆公已經帶領大隊人馬到了黃河邊上，很快就要過河了。狐偃說：「秦軍之所以還沒有渡河是因為道路不通，而且怕途中的戎族和狄族阻礙。我們去和秦王說晉軍已經出發，他一定會退回去的。」

文公讓胥臣去見秦穆公，胥臣見到秦穆公後說：「我們主公已經出兵前去接應天子了，而且平叛也有勝算，不勞煩貴國大軍長途跋涉。」蹇叔和百里奚勸秦穆公和晉文公一起去迎接天子，秦穆公說：「我也知道接應天子是件大功勞，但擔心道路不通。晉文公剛剛即位，沒有大的功勞是無法安定國家的，還是讓給他吧。」於是秦穆公領兵回去了。

晉文公迎接了周襄王之後帶兵攻打溫城。太叔帶和叔隗想要逃跑，結果都被魏犨殺死了，頹叔、桃子則死在了百姓手裡。周襄王回到王城，恢復了天子地位，把溫、原、陽樊、攢（ㄘㄨㄢˊ）茅四座城池賞給了晉文公。

城池雖然賞給了文公，但原來掌管城池的人可能不會答應。於是文公派幾路兵馬前去收服這幾座城池，自己則和趙衰親自帶兵去收服原城。原城本來是原伯貫的封地，太叔帶自封為王之後，原伯貫就逃了回來。原伯貫打了敗仗，現在周襄王又把他的封地給了晉文公，所以他心裡不服氣。

原伯貫見晉國大軍來到，騙原城的百姓說晉國攻下了陽樊，把城裡的百姓都殺了。原城的百姓都很害怕，下決心守住原城。趙衰對文公說：「原城的百姓之所以不投降，是因為不信服晉國。如果能讓他們知道您的信用，不用我們攻擊他們就會主動投降了。」文公說：「該怎麼做呢？」趙衰說：「下令讓士兵只帶三天的糧食，如果三天還沒攻下來，就撤兵離開。」文公按趙衰說的做了，到了第三天，軍士報告：「士兵們只剩下今天的糧食了。」文公沒有說話。

到了晚上，有原城的百姓從城頭爬下來，拜見文公說：「城裡的居民已經知道陽樊的百姓沒被屠殺，約定了明天晚上投降。」文公說：「我已經說過了，三天攻不下來，就撤兵離開。現在已經三天了，我明天一早就帶兵離開，你們守好城池就行了。」有將官說：「既然原城居民答應投降了，主公為什麼不多留一天？」文公說：「信用是治理國家的根本。大家都聽到了只進攻三天的命令，如果多留一天就是不講信用，得到原城而失去信用，百姓們還怎麼相信我？」

到了早上，晉軍果然撤兵了。原城百姓說：「晉文公寧肯失去原城也要講信用，是個有道明君啊！」於是百姓們紛紛逃出城來追隨晉軍。原伯貫沒辦法阻止，只好開城門投降了。

晉軍走了三十里之後，被原城的百姓追上了，這時候原伯貫的降書也到了。文公命令部隊在原地駐紮，自己坐著車來到了原城接受原伯貫的投降。之後文公把原伯貫遷到其他地方，讓趙衰掌管了原城。

第二十二回　晉文公解宋國之圍

楚國一直都有稱霸中原的野心，為此不遺餘力地吞併中原的小諸侯國。很多國家因為害怕楚國的強勢而依附於楚國，當時中原地區能和楚國抗衡的只有齊、秦、晉三個大國。宋襄公曾和楚成王爭奪過諸侯盟主的位置，楚成王懷恨在心，決定討伐宋國。這時候的宋國君主是宋成公，他見楚國大舉進攻宋國連忙派公孫固去晉國求救。

晉文公和大臣商量之後，決定不直接救援宋國，而是經由衛國討伐曹國。衛國和曹國都是楚國的盟國，楚國一定會發兵解救，只要宋成公能堅守城池不讓楚國攻破，到時候就能解除宋國的圍困。晉文公以郤縠（ㄏㄨˊ）為元帥，帶領三軍出征。郤縠建議文公向衛國借道討伐曹國，衛國一定不會同意，先直接攻下衛國，曹國一定很害怕，到時候再攻打就容易多了。文公採用了郤縠的計策，衛國果然不願借道給晉國，於是文公帶兵攻下了衛國的五鹿。

衛國派人向楚成王求救，當時楚成王正圍攻宋國，聽到消息後連忙帶兵去解救衛國，留下成得臣等人繼續圍困宋國。結果走到半路，楚成王得到晉國已經攻下了曹國的消息，活捉

了曹共公。楚成王大吃一驚，驚訝於晉國的用兵神速。原來晉國攻下五鹿之後，就直接來到了曹國邊境。曹共公和大臣們商量對策，僖負羈曾經接濟過晉文公，打算代曹國去向晉文公求情。有大臣說當初僖負羈接濟過晉文公是賣國的行為，請求殺了僖負羈。曹共公念在僖負羈家世代做官沒有殺他，把他免職為民了。

曹國決定用計殺死晉文公，打算詐降把晉文公引到城裡來。晉文公有所懷疑，讓人假扮成自己去接受投降，勃鞮自告奮勇帶著五百多士兵護送假晉文公進城。結果包括勃鞮和假晉文公在內的三百多人都被曹國關在城裡殺死了，剩下的人逃回來把消息告訴了晉文公。晉文公大怒，下令攻打曹國。沒過多久，曹國都城被晉文公攻佔，曹共公和三百多名大臣都被活捉了。晉文公因為感激僖負羈當初接濟他，下令不許將士們打擾僖負羈一家。魏犨和顛頡很不服氣，認為自己立下這麼大功勞卻沒有得到獎賞，僖負羈只不過送了一頓飯就如此厚待。於是兩人放火燒了僖負羈的家，晉文公趕到時僖負羈已經被燒死了。晉文公為了嚴明刑罰殺了顛頡，魏犨在放火的時候受了傷，文公又覺得殺顛頡足以起到警示作用了，於是讓魏犨戴罪立功。

楚成王看晉國攻破了曹國，認為這樣下去自己肯定會吃虧，於是決定撤兵回楚國。但成得臣自恃能攻下宋國就沒有撤兵。楚成王覺得如果能攻下宋國最好，就算攻不下也可以讓曹國和衛國暫時不依附晉國，就讓成得臣繼續圍攻宋國，自己領兵回楚國了。成得臣接到命令後加強了攻勢。

宋成公看楚國的兵力雖然少了，但攻勢更加猛烈，連忙讓人再去向晉文公求救，並答應把國庫裡的寶物全都送給晉文公。晉文公想聯合齊國和秦國一起解救宋國，但不知道該怎麼說服齊國和秦國，先軫獻計說：「不如讓宋國把禮物分成兩份，一份給齊國，一份給秦國，讓這兩個國家向楚國求情。這兩國的君主自認為楚王會給自己面子，一定會向楚國求情的。如果楚國不答應，齊國和秦國就會怨恨楚國，到時候我們就可以和他們聯合了。」晉文公說：「那如果楚國答應了呢？」先軫說：「我們現在已經攻下了衛國和曹國，可以把這兩個國家的土地割一部分給宋國，到時候楚國就會更怨恨宋國，肯定不會答應齊國和秦國的求情。」晉文公照先軫的計策讓宋國的使者分別給齊國和秦國送去禮物，請他們向楚國求情。

當時齊孝公已經死了，君主是齊昭公，昭公覺得成得臣會給自己面子，於是派使者向成得臣求情。秦穆公收到請求後，也派使者向成得臣求情。與此同時，晉文公把衛國和曹國的一部分土地割給了宋國，兩國的守城官員都到成得臣那裡去哭訴。當時齊國和秦國的使臣都在為宋國求情，成得臣聽說晉國把曹、衛的土地給了宋國，非常生氣，對齊國和秦國的使者說：「宋國這樣做哪裡像是講和的？我不能接受二位的請求。」兩國的使者只好回去了。晉文公在中途攔下了兩位使者，盛宴招待他們，對他們說：「楚國的將領這麼沒有禮貌，將來我國和楚國交戰時，還希望兩國能夠幫助我們。」兩位使者答應了晉文公。

成得臣的屬下宛春為成得臣出了一個主意：「我們可以派一名使者和晉國談判，只要晉國恢復曹國和衛國兩國君主的位置，我們就解除對宋國的包圍，這樣一來，三個國家都會感激我們。如果晉國不答應，那麼宋國、曹國、衛國三個國家都會怨恨晉國，到時候和我們一起攻打晉國，我們的勝算就大了。」成得臣於是派宛春和晉文公進行談判。宛春見到晉文公說明了來意，先軫讓宛春先去休息一下，然後對晉文公說：「他們這是離間的計策，把功勞都攬到自己身上，把過錯都推給我們。現在最好的辦法就是私底下答應曹國和衛國恢復君位，離間兩國和楚國的關係，然後扣押宛春。成得臣一生氣肯定會來攻打我們，到時候對宋國的包圍就解除了。這樣所有的功勞就都是我們的。」

晉文公私下答應恢復曹共公和衛成公的君位，並讓他們寫信給成得臣，說已經依附晉國了。曹共公和衛成公看有希望回國，趕緊給成得臣寫信。成得臣收到信後怒不可遏，立即率兵前去攻打晉軍，對宋國的圍攻自然也就解除了。

晉文公聽說成得臣來攻打自己，與大臣們商量對策。先軫主張主動出擊，狐偃說：「當初主公在楚國避難的時候曾經答應過楚王，兩國交戰的時候我們要退避三舍，現在不能言而無信。」晉文公很贊同狐偃的看法，就讓晉軍後退了九十里，來到一個叫城濮的地方。

成得臣看晉軍後退，連忙命令楚軍追趕。到了城濮之後，成得臣率兵攻擊晉軍大營，誰知中了先軫的計。之前先軫讓一路軍隊在原地紮營，另派了兩路軍隊去兩邊埋伏，楚軍發動進攻之後，三路軍隊就把楚軍圍了起來。結果楚軍大敗，成得臣帶著一部分人逃走了。當初楚成王命令撤軍的時候，成得臣曾立下軍令狀，如果不拿下宋國甘願受軍法處置。現在不光沒有攻下宋國，還敗在了晉軍手裡，成得臣覺得沒臉見楚成王，於是自殺了。

晉文公帶兵回晉國的路上碰到了周襄王派來的使者，說周襄王要親自來犒賞三軍。晉文公擔心在道路上無法向周襄王行禮，趙衰說：「離這裡不遠有個地方叫踐土，地勢平坦，可以讓人在那裡造一座宮殿，讓襄王到那裡去接受朝拜。」文公便先讓狐毛和狐偃去踐土建造宮殿。宮殿建造好之後，文公通知其他諸侯前來朝拜周襄王。

到了約定的日期，多數諸侯都到了，只有許僖公因為依然依附楚國，曹共公和衛成公則是還沒有被晉文公恢復君位的關係，沒有參加會盟。晉文公把從楚軍俘獲的東西都獻給了周襄王，襄王很高興，冊封晉文公為方伯[1]，賞了他很多象徵高貴的東西，還下令：「今後晉文公可以任意征伐，代替天子施行正義。」從此之後，晉文公成為諸侯霸主。

---

[1]【方伯】春秋時的一種官位，意思是一方的長官，也就是諸侯的領袖。

第二十三回　衛成公復國

晉文公帶領諸侯在踐土朝拜周襄王的時候，衛成公擔心晉文公懲治自己，打算逃往其他國家。但是國家不能沒有君主，大臣甯俞勸衛成公暫時把君位傳給弟弟叔武，叔武心地仁厚，肯定不會把君位佔為己有，將來一定會還給衛成公。衛成公聽從了甯俞的建議，派孫炎去衛國傳達命令，把君位傳給叔武，讓大臣元咺（ㄒㄩㄢˇ）輔佐叔武，自己則逃到了陳國。

孫炎回到衛國傳令給叔武，叔武說：「我只是暫時攝政，不敢坐君主的位子。將來見了晉文公，一定為哥哥求情。」元咺考慮到衛成公向來多疑，如果不把自己的親人交給衛成公做人質，衛成公一定不會相信自己，於是讓自己的兒子元角跟著孫炎回去，名義上是問候衛成公，實際上是去做人質。

公子歂（ㄔㄨㄢˇ）犬私下裡對元咺說：「成公肯定是回不來了，你何不擁立叔武為君，這樣晉國一定會高興，有了晉國的支持，你就可以和叔武共同掌管衛國。」元咺說：「叔武眼裡不敢沒有兄長，難道就敢沒有君王嗎？」歂犬見元咺不答應，怕將來衛成公復位之後，

元咺把自己的話告訴衛成公，於是偷偷跑去陳國對衛成公說：「元咺已經擁立叔武為君了，打算讓晉國確定君主的位置。」衛成公聽信了歂犬的話，問孫炎是不是這樣。孫炎說：「我不知道，元角現在就在這裡，元咺如果有陰謀，元角一定會知道的，不如問問他。」成公於是召元角，元角說並無此事。甯俞也說：「元咺如果真的背叛了您，怎麼還敢派他的兒子來？」歂犬私下裡對衛成公說：「元咺計畫這個陰謀已經不是一天了，他派兒子來是為了監視您的。如果讓叔武向晉文公求情，恢復您的君位，他們肯定不會參加會盟，如果公開去參加，那叔武肯定是佔據了君主的位置了。」衛成公果然派人去查探叔武和元咺的動靜。

會盟結束後，晉文公想讓叔武見一下周襄王，然後立叔武為衛國國君。叔武堅決不接受，希望晉文公能恢復衛成公的君位，元咺也在一邊懇求，晉文公這才答應。衛成公派來打探消息的人見叔武和元咺參加了會盟，而且名冊上有他們的名字，也沒有仔細打聽就回去向衛成公彙報了。衛成公勃然大怒，大罵元咺和元角父子，元角剛要辯解就被衛成公拔劍殺死了。元咺聽說兒子被殺，又傷心又生氣，但是想到兒子被殺只是私人恩怨，而君主則關係著整個國家，所以還是勸叔武向晉文公求情。

叔武給晉文公寫了一封信為衛成公求情，陳國國君陳穆公也代為求情，晉文公於是答應了。叔武得到命令後，連忙派車去陳國迎接衛成公。公子歂犬說：「叔武當國君已經很長時間了，這次來迎接不能輕易相信他。」衛成公於是派甯俞去查探一下，看叔武是不是真心迎接。甯俞來到衛國朝堂，看到叔武坐在朝堂的東面就問叔武：「您攝政卻不坐正座，這怎麼行呢？」叔武說：「正座是我兄長的位置，我怎麼敢坐？」甯俞於是和叔武約定了衛成公回來的日子，然後回報衛成公說叔武是真心的。同時叔武吩咐守城的人，凡是從南面過來的人，不管是什麼時候都要放進來。

歂犬怕回去之後自己之前的謊話被揭穿，於是對衛成公說：「我們不知道叔武是不是事先做了準備要加害您，所以您不如提前回去，那樣肯定能奪回王位。」衛成公聽從了歂犬的話，下令立刻就回衛國。甯俞見有歂犬在旁邊讒言也不敢多說，只好請求先走一步去通知衛國的臣民。

甯俞來到城門前，守門官聽說是衛成公派來的，就打開城門準備出去迎接，此時歂犬已經趕到了，說：「主公就在後面。」趁守門官去迎接，歂犬先跑到了城裡。當時叔武正在洗頭，聽甯俞說衛成公回來了，非常高興。這時候聽到外面馬車聲響，他以為是衛成公到了，就用手握著頭髮出去迎接。誰知道到來的是歂犬，歂犬怕叔武把自己的謊言戳穿，看叔武出來，一箭射過去正中叔武的心窩，叔武當場就死了。元咺聽說叔武被殺，大哭一場，然後逃到晉國要向晉文公控訴衛成公。

衛成公來到城裡，甯俞哭著說了叔武被殺的過程。衛成公說：「我已經知道叔武是冤枉的了。」見到叔武的屍體後，衛成公大哭一場，命人把歂犬抓起來。當時歂犬正要逃跑，被甯俞帶人抓了回來。歂犬討饒說：「我殺叔武也是為了主公啊！」衛成公說：「你毀謗我的弟弟還殺了他，現在又想把罪過推在我的身上。」成公下令把歂犬殺了，厚葬了叔武。

元咺來到晉國，向晉文公訴說了叔武被殺的經過，請求晉文公伸張正義。晉文公安慰了元咺一番，就和大臣們商量這件事，打算派兵去征討衛國。狐偃不同意，他說：「霸主去征討諸侯都是以天子的名義行事的。現在襄王親自慰問了主公，主公還沒有回禮朝拜。應該以朝拜天子的名義召集諸侯，到時候有不參加會盟的，就可以用天子的名義進行征伐。」文公覺得這個主意不錯，正好溫城那裡有太叔帶新建的宮殿，於是就打算在溫城會盟。

晉文公派趙衰和周襄王商量這件事，得到了襄王的同意。到了會盟這一天一共來了十個諸侯，只有陳國因為依然依附楚國，沒有參加會盟。衛成公本來不想參加會盟，但是甯俞勸他說：「如果不去，恐怕晉文公更加怪罪，到時候肯定會來討伐的。」衛成公只好來了。

朝拜完襄王之後，晉文公向襄王訴說了叔武的冤屈，並請求讓王子虎一同決斷這件事情。王子虎以天子的命令召見衛成公，衛成公穿著囚服來了，這時元咺也到了。王子虎說：「君主不方便和臣子對質，可以讓大臣代替成公對質。」於是莊子、士榮代替衛成公與元咺對質。元咺把前因後果都說了一遍，控訴衛成公冤殺元角和叔武。莊子和士榮分辯了幾句，想把罪過都推在歂犬身上，但是元咺又指出根本過錯在衛成公身上。晉文公和王子虎都覺得元咺有理，不過他們沒有處罰衛成公的權力，於是決定先對跟隨衛成公的大臣進行懲罰。最後士榮被斬首，莊子被刖❶（ㄩㄝ）足，甯俞由於與此事無關而被赦免。周襄王認為不應該殺衛成公，於是晉文公派人把衛成公押送到王城，聽憑襄王處置，元咺則回衛國擁立新君。元咺回國後擁立了叔武的弟弟公子瑕為君。

在押送衛成公的時候，衛成公正在生病。晉文公於是讓醫生衍隨行，說是給衛成公治病，其實是文公恨當年逃亡的時候衛成公對自己無禮，想要讓衍用毒藥毒死衛成公。在押送的路上，甯俞一直不離衛成公半步，衛成公的飲食，甯俞全都先嘗一下。衍看無法下手，只得把實情告訴了甯俞。衍自知晉文公一定會怪罪自己，於是和甯俞一起制定了一個既可以讓自己全身而退，又可以讓衛成公死裡逃生的計策。

衍在給成公喝的藥裡只加了很少的毒藥，甯俞假裝請求先嘗一下，衍假裝不允許，強逼著衛成公喝藥。剛灌了兩口，衍就仰面朝天，口吐鮮血，昏了過去。衍醒來之後，對晉文公派來監視的人說：「我給成公灌藥的時候，突然看到一位神人從天而降，說是來保護衛成公的，把我的藥打翻了，我頓時被嚇得魂飛魄散，暈倒在地。」監視的人見衛成公有神人保護，不敢再加害，只好回去向晉文公覆命。晉文公向來相信鬼神，也就沒再追究這件事。衛成公只喝了很少的毒藥，回去不久就康復了。

後來魯國國君為衛成公求情，晉文公為了拉攏魯國，就同意釋放衛成公。衛成公怕回國遭到元咺的抵抗，甯俞說：「聽說周歂、冶廑（ㄐㄧㄣˇ）兩個人擁立公子瑕有功，卻沒有被封官，所以對公子瑕懷恨在心。我有一個叫孔達的好朋友，可以讓他收買周歂、冶廑兩人，殺了元咺和公子瑕。」之後甯俞偷偷給孔達送了一封信，讓孔達去收買周歂和冶廑，事成之後封他們為大夫，周歂、冶廑果然答應了。

周歂、冶廑兩人先是在元咺巡邏的時候，乘其不備殺了元咺，然後帶領家丁殺進王宮。兩人找了一夜都沒有找到公子瑕，到天亮之後才聽說公子瑕投井自盡了。之後周歂、冶廑迎接衛成公回國復位，成公也遵守承諾封兩人為大夫。但是過了不久，兩人都莫名其妙地死了。衛成公於是把公子瑕和元咺的死都推到了周歂和冶廑身上，去向晉文公說明情況，晉文公也就沒再過問這件事。

❶【刖】古代一種砍掉腳的酷刑。

第二十四回　弦高犒勞秦軍

周襄王十二年，晉文公想討伐鄭國，以報復當年鄭國對自己無禮，同時讓鄭國依附自己。之前會盟的時候，晉文公和秦穆公曾經約定，兩個國家中只要有一個用兵，另一個一定要出兵幫助。於是晉文公派人告知秦穆公討伐鄭國的事情，並約定了出兵的日期。當時鄭文公的兒子公子蘭正在晉國做大夫，很受晉文公的喜愛。晉文公打算帶上公子蘭，公子蘭說：「我雖然身在他鄉，不敢忘記我自己的國家，您要攻打鄭國，我怎麼能參與呢？」晉文公也沒有勉強他。

到了約定的日子，晉軍和秦軍齊集鄭國都城。鄭文公很緊張，問大臣們應該怎麼辦。有人推薦了一個叫燭武的人去遊說秦穆公。燭武來到秦軍大營，為秦穆公詳細分析了攻打鄭國的利與弊，說秦國攻打鄭國，不但自己得不到絲毫好處，還會增強晉國的實力，使自己受到壓制。結果秦穆公被燭武說服，下令撤軍，同時派杞（ㄑㄧˇ）子、逢孫、楊孫三名將領帶著兩千人幫助守護鄭國。

晉文公聽到消息後非常生氣，但念在當初秦穆公幫過自己，並沒有派兵攻擊秦軍。鄭國又派人來向晉文公求和，晉文公開出了兩個條件，一個是把公子蘭立為世子，一個是交出大夫叔詹。鄭國經過一番商量，鄭文公答應立公子蘭為世子，叔詹則自己來到晉軍大營。晉文公指責叔詹沒有輔佐好君主，叔詹表現得大義凜然，訴說自己曾經向君主進諫過，但沒有被採納。晉文公敬佩叔詹的勇氣，就把他放了，讓他和公子蘭一起回鄭國。

這一年，晉文公損失了好幾名大臣，先是魏犨因舊傷復發而死，不久狐毛和狐偃也都相繼去世了。晉文公非常悲痛，胥臣向晉文公推薦了一個人取代狐偃的位置。這個人是郤芮的兒子郤缺，晉文公不計較當初郤芮所犯的錯誤，起用了郤缺。

周襄王二十四年，鄭文公去世，公子蘭即位，稱鄭穆公。這年冬天，晉文公也去世了，世子驩被立為國君，稱晉襄公。秦穆公聽說晉文公去世的消息以後非常高興，因為秦穆公正計畫發兵攻打鄭國。原來杞子、逢孫、楊孫三個人幫助鄭國守衛北門，看公子蘭即位為君，依附晉國，覺得自己在鄭國顯得多餘了。於是三個人商量，勸說秦穆公趁鄭國新君主剛剛即位時派兵偷襲鄭國。三人派遣心腹回秦國送信，等秦國大軍到來之後他們三個做內應，就可以一舉消滅鄭國，晉國有喪事，肯定沒辦法救援的。

秦穆公接到密信，就跟蹇叔和百里奚商量這件事。兩個人都不同意出兵，說：「秦國距離鄭國很遠，就算勝了也得不到鄭國的土地。而且這麼遠的路程，怎麼能讓人不發覺？如果鄭國得知了消息而有所準備，那我們成功的可能性就很小了。況且我們原本是派兵幫鄭國守衛的，現在反而出兵攻打，這是不符合信義的。所以說，成功了我們得不到什麼好處，失敗了反而有大害處，這樣做是不明智的。」

秦穆公很不高興，說：「我曾經三次幫助晉國國君即位，威名傳遍天下。不過因為晉文公在城濮打敗了楚國，所以我把諸侯霸主的位置讓給了他。現在晉文公死了，誰還能和我抗衡？鄭國就好像一隻小鳥，隨時可能依附別的國家。我們趁現在滅掉鄭國，晉國肯定會聽我們的。」蹇叔說：「主公不如先派人去查探一下，確定一下是不是可以攻打鄭國，不要只因為杞子他們幾句話就貿然出兵。」秦穆公說：「等打探回來就差不多快一年了，用兵貴在神速。」於是秦穆公和送信的人約定了攻打的日期。

秦穆公派孟明為大將，西乞朮和白乙丙為副將，帶著大軍出征。孟明是百里奚的兒子，白乙丙是蹇叔的兒子。發兵的那天，百里奚和蹇叔都哭著送行，嘴裡說著：「恐怕再也見不到你了。」秦穆公派人責問他們，他們說只是哭自己的兒子。大軍出征之後，蹇叔就假裝有病不去上朝，然後回到了銍村。百里奚去探望蹇叔，對蹇叔說：「我並不是看不出這次出征的結果，只是還盼著兒子能夠回來。」

鄭國有一個名叫弦高的商人以販牛為業。他雖然只是個商人，但是很有愛國之心，也很有謀略，只不過沒有人引薦所以沒能當官。這天他販了幾百頭肥牛去周朝交易。半路上遇到一個老朋友，名字叫蹇他，剛從秦國過來。

弦高見到蹇他，問：「最近秦國有沒有什麼事情發生？」蹇他說：「秦穆公派大軍襲擊鄭國，很快就要到了。」

弦高大吃一驚，心想：「秦國要襲擊我的國家，我沒有聽說就算了，如果聽說了而沒有救援，顏面何存啊。」於是他辭別了蹇他，一面讓人趕快去通知鄭國，一面挑選了二十多頭肥牛作為禮物要犒賞秦軍。然後弦高自己駕車迎秦軍而去。

到了延津之後，正好碰到秦軍，弦高大聲喊道：「鄭國使者來了，請

「鄭國使者來了，請求拜見將軍。」
「我們主公聽說三位將軍要行軍到我們國家，所以派我來犒賞大軍。」

求拜見將軍。」孟明聽後吃了一驚，心想：「鄭國怎麼知道我們來了？」孟明出來之後，弦高說：「我們主公聽說三位將軍要行軍到我們國家，所以派我來犒賞大軍。我們國家夾在大國中間，總有外敵入侵，所以時常戒備，還請將軍諒解。」孟明說：「你既然是來犒賞的，為什麼沒有國書？」弦高說：「我們主公聽說將軍進兵神速，怕寫國書錯過犒賞大軍的機會，所以只是口頭傳達命令。」孟明說：「我們大軍是為了滑國來的，怎麼敢對鄭國有意圖？」然後下令：「大軍駐紮在延津。」弦高道謝一番之後就退下了。

西乞朮和白乙丙問孟明：「為什麼要駐紮在延津？」孟明說：「我們行軍這麼遠是為了打鄭國一個措手不及。現在鄭國已經知道我們出兵了，肯定會有防備的，很難攻克。而滑國沒有防備，不如攻擊滑國，也不枉來一趟。」

當天晚上，三個將軍兵分三路一起攻破了滑國。滑國國君逃到了翟國，秦軍在滑國大肆擄掠。秦軍走了之後，滑國被衛國吞併了。

鄭穆公接到了弦高的報告，但並沒有真的相信，他派人去窺探杞子、逢孫、楊孫三個人的動靜，發現三個人的軍隊都已經整頓好兵甲，儼然要出戰的樣子。打探的人回報之後，鄭穆公大吃一驚，這才讓燭武去見杞子三人。燭武給這三個人都準備了禮物，說：「三位將軍在我們這裡待了很長時間了，我們這裡物資也匱乏，我看三位將軍有要離開的意思，孟明等將軍就在滑國那裡，三位不如去和孟明會合。」三個人聽說鄭國已經得到了消息，知道不可能攻打鄭國了。鄭國不能留了，回去秦國有可能被怪罪，於是三個人都逃奔到其他國家了。杞子逃到了齊國，逢孫、楊孫逃到了宋國。弦高回到鄭國之後，鄭文公把弦高封為軍尉。

晉國已經知道了秦國偷襲鄭國的事情，於是計畫在半路襲擊秦軍。孟明率領大軍來到崤山，崤山地勢險要，白乙丙曾受父親蹇叔囑託，於是勸孟明小心一些。但是孟明剛愎自用，全不當回事。結果大軍走到崤山中間的時候遭到晉國的襲擊，秦軍全軍覆沒，孟明、西乞朮、白乙丙三人都被活捉了。晉襄公本來打算殺了這三個人，但是襄公的母親勸他放了他們，讓秦國自己處置。晉襄公同意了母親的建議，把這三個人都放了。

孟明等三人回國之後，大臣們都主張把三人處死以示懲罰。秦穆公說：「是我不聽從蹇叔和百里奚的意見才導致這次兵敗，過錯在我身上。」於是恢復了三人的職位。百里奚見兒子回來了，已經沒有了其他奢望就告老還鄉了。秦穆公讓繇余、公孫枝代替了蹇叔和百里奚的位置。

第二十五回　先軫解甲殉職

晉襄公把孟明等三人放走之後，先軫聽到了這個消息連飯都顧不上吃，跑到王宮問晉襄公：「秦國的囚犯呢？」襄公說：「母親請求放了他們，我已經讓他們走了。」先軫大怒，往晉襄公臉上吐了一口唾沫，說：「大軍費了這麼大力氣才把他們抓住，現在放他們回去就是放虎歸山，將來後悔也晚了！」晉襄公這才醒悟過來，連忙派人去追趕，結果沒有追上。先軫建議說：「不如趁秦國剛剛戰敗前去討伐秦國。」晉襄公於是召集大臣商量這件事。

晉襄公君臣正商議討伐秦國的事情，忽然有人報告：「翟國國君白部胡帶兵來攻打，已經過邊境了。」晉襄公很吃驚，說：「翟國和晉國向來沒有過節，為什麼來攻打我們？」先軫說：「當初文公逃亡到翟國，翟國國君把季隗嫁給了文公，把叔隗嫁給了趙衰。文公在翟國住了十二年，翟國國君對他很好。文公回國即位之後，翟國又派人把季隗和叔隗送了過來。但文公在世的時候從來沒有報答過翟國。翟國國君念著文公的好，所以沒有說什麼。現在他的兒子白部胡即位了，自認為很勇猛，所以來討伐我們了。」

襄公說：「先王因為國事繁忙沒來得及報答個人的恩情。現在翟國來討伐我們，就是我們的敵人，請先元帥替我打敗他們。」先軫說：「我因為放走秦國元帥的事一時生氣，往您臉上吐了唾沫，實在是太無禮了。沒有禮貌的人是不能當元帥的，希望主公免了我的職務，任命別的將領。」襄公說：「你因為國家大事生氣是出於忠心，我怎麼能責怪你呢？現在抵禦翟國沒有你不行啊，你不要推辭了。」先軫不得已只好領命出發了。有人聽到先軫歎息道：「我本來想死在秦國手裡，誰知道卻要死在翟國手裡。」但是沒有人理解這句話的意思。

先軫在軍營裡分派任務，問誰願意當先鋒，這時候一個人站出來說：「我願意。」先軫一看，原來是剛剛提拔上來的狼瞫（ㄕㄣˇ）。狼瞫之前在晉襄公面前曾有一次英勇表現，所以直接被襄公提拔了，但是他並沒有來拜謝元帥先軫，因此先軫心裡有些不高興。看狼瞫自告奮勇，先軫說：「你不過是一個剛封的小官，現在大敵當前，你是藐視我手下沒有良將嗎？」狼瞫說：「我只不過是想為國家效力，元帥為什麼要阻撓我？」先軫說：「現在也有不少人要為國家效力，你有什麼能耐要排到各位將軍的前面？」說完把狼瞫趕下去了，讓狐偃的兒子狐鞫（ㄐㄩˊ）代替了他的位置。

狼瞫出了營帳之後遇到了朋友鮮伯，鮮伯問他：「聽說元帥正在挑選將領，你怎麼還在這裡閒逛？」狼瞫說：「我請求當先鋒，誰知道卻惹先軫生氣了，他說我不應該排在各位將領前面，已經不用我了。」鮮伯說：「先軫這是嫉妒人才，我和你去殺了他，就算死也落個痛快。」狼瞫說：「不能這麼做，就算死也該讓人知道我的勇氣。如果是因為殺先軫而死，反而讓人說我不講道義，落個壞名聲。」鮮伯連聲讚歎狼瞫說得對。

先軫讓自己的兒子先且居做先鋒在大軍前方開道。遇到翟軍之後，兩方都停下來紮營。先軫對諸將說：「這裡有個叫大谷的地方，中間寬闊，兩邊是樹林。我們可以在兩邊設下埋伏，讓人把翟軍引到此處將其包圍，肯定能抓到翟國君主。」

第二天，翟國國君白部胡親自前來挑戰，先且居跟他打了幾個回合就假裝敵不過，帶兵往回跑。白部胡帶著幾百人緊追不捨。到了大谷之後，晉軍的伏兵全都殺出來，白部胡帶來的人差不多死光了，他自己殺出重圍，眼看要逃出谷口，旁邊的郤缺朝他射了一箭，正中白部胡的面

翟國國君白部胡親自前來挑戰，先且居跟他打了幾個回合就假裝敵不過，帶兵往回跑。

門，白部胡當場死亡。郤缺認出來是翟國君主，於是把白部胡的頭割下來去領賞。

先軫聽說白部胡已經被殺，仰天感歎：「主公有福，主公有福！」說完拿筆寫了一道奏章放在桌子上，也沒有跟別人說，就獨自駕著車往翟軍軍營跑去。當時白部胡的弟弟白暾（ㄊㄨㄣ）還不知道哥哥已經死了，正打算帶兵去接應，突然看到一輛車衝了過來，白暾連忙出去迎戰。先軫把兵器放在肩膀上，瞪著眼大喝一聲，眼角都裂開了。白暾嚇得倒退十多步，見先軫沒有動作，就叫弓箭手射先軫。

先軫開始衝殺起來，殺了幾十人，身上一點傷都沒有。先軫穿著厚重的盔甲，看那些人射不傷自己，心想：「我如果不殺敵人，就顯不出我的英勇，現在他們已經知道我的英勇了，為什麼還要多殺人呢？我就死在這裡吧！」於是先軫自己把盔甲脫了下來，身上立刻中了很多箭，人雖然死了，但是屍體並沒有倒下。白暾想要砍掉他的腦袋，看到他臉上還有怒色，心裡非常害怕。有人認出了先軫，說：「這是晉軍元帥先軫。」白暾帶著眾人跪拜，歎息道：「這真是個神人啊！」然後對著先軫的屍體說：「神人能讓我帶到翟國供養嗎？如果可以就倒下吧！」屍體依然站著，白暾又說：「難道是想要回到晉國？那我就送回去。」剛說完，先軫的屍體倒在了車上。

白暾聽說白部胡被殺之後，打算用先軫的屍體交換白部胡的屍體，就派人到晉軍那裡商量這件事。當時郤缺提著白部胡的頭回去領功，發現先軫不在，有人說：「元帥自己駕著車出去，不知道去哪裡了。」先且居心裡有些懷疑，在先軫的桌子上發現了奏章，看到上面寫著：「我對主公無禮，主公卻沒有懲罰我，還依然重用我。現在我們戰勝了，回去之後肯定要受到獎賞。如果我不接受獎賞，那人們會說主公不賞有功的人；如果我接受了獎賞，那就是無禮的人也能夠受賞。這樣功勞和罪過就紊亂了。我將駕車去翟軍軍營，讓翟軍代替主公懲罰我。我的兒子先且居很有韜略，可以代替我的位置。」

先且居喊道：「我父親隻身闖入翟軍營中，必死無疑。」說完大哭起來，還打算駕車去闖翟軍的軍營打探一下先軫的下落，旁邊的將領看到這情況拼命攔住先且居。忽然有人報告：「翟國君主的弟弟白暾派人來送消息了。」召進來詢問之後才知道是交換屍體的事情，於是先且居跟使者約定好第二天在兩軍前進行交換。先且居怕翟軍第二天會突襲，便叫人事先埋伏在兩邊。

第二天，兩邊都擺好陣勢。先且居來到陣前迎接先軫的屍體。白暾因為敬畏先軫，把他的屍體清洗過了，還給他穿上了錦服，就好像活著的人一樣。晉軍也把白部胡的頭交給了翟軍。白暾見自己送回去的是一具乾淨的全屍，晉軍送回來的卻是一顆沾滿血的頭顱，心裡很憤怒，喊道：「你們太欺負人了，為什麼不把全屍還給我？」先且居讓人回答說：「如果想要全屍，自己去大谷的屍體堆裡找吧。」

白暾大怒，拿著斧子就衝了過來。晉軍已經擺好了陣，白暾和手下衝不進去，只能乾生氣。這時候晉軍大將狐射姑衝了出來跟白暾交戰。剛打了一會兒，晉軍兩邊埋伏的士兵衝了過來。白暾見晉軍人多勢眾連忙往回跑。狐射姑認準了白暾，緊追不捨。白暾跑著回頭一看，然後停下來說：「我看著將軍面熟，是不是賈季❶？」狐射姑回答說：「是我。」白暾說：「將軍別來無恙？你們父子在我國住了十二年，我們對你們也不錯。今天你放過我，將來也好見面。我是白部胡的弟弟白暾。」狐射姑見白暾提起了以前的事就有些不忍心，說道：「我放你走，你趕快回去吧，不要在這裡久留。」白暾帶著翟軍回到翟國，因為白部胡沒有兒子，所以白暾即位為君。

先且居回國之後拜見了晉襄公，把先軫的奏章給晉襄公看了。晉襄公親自裝殮了先軫的屍體，並拜先且居為元帥。後來有人給先軫立了一座廟。郤缺因為殺了白部胡有功，晉襄公把冀地封給了他，對他說：「你的功勞已經掩蓋了你父親的過錯，所以現在把你父親的封地還給你。」然後對胥臣說：「郤缺是你推薦的，你當然也有功勞。」於是重賞了胥臣。大臣們見晉襄公封賞很有分寸，對他都很信服。

---

❶【賈季】狐射姑字季，被分封到賈地，所以又叫賈季。他是狐偃的兒子，曾和狐偃跟隨晉文公在翟國住了十二年。

第二十六回　趙盾立晉靈公

晉襄公六年，襄公立兒子夷皋（ㄍㄠ）為世子，讓夷皋的弟弟到陳國去做官。這一年，趙衰、欒枝、先且居、胥臣先後去世，四個人的職位都空了出來。第二年，襄公恢復了三軍的制度，想要讓士谷、梁益耳率領中軍，箕鄭父、先都率領上軍。先且居的兒子先克說：「狐偃和趙衰都為晉國立下了很大的功勞，不能不用他們的兒子。但是士谷和梁益耳都沒有立下大功，突然被任命為大將，恐怕人們不會信服。」襄公聽從了他的建議，封狐射姑為中軍元帥，由趙盾來輔佐；封箕鄭父為上軍元帥，由荀林父來輔佐；封先蔑為下軍元帥，由先都來輔佐。

狐射姑登上將臺發號施令，有目空一切的神態。他的部下臾（ㄩˊ）駢對他說：「現在三軍的將帥們不是老將就是世代為臣，元帥應該虛心向他們請教。當初成得臣就是因為剛愎自用才敗給晉國的。」狐射姑非常生氣，說：「我才剛開始發號施令，你竟然敢亂說話？」讓手下的人打了臾駢一百鞭子，將士們對狐射姑的這種做法都很不服。

當時太傅陽處父在衛國，沒有聽說這件事，回到晉國之後聽說狐射姑做了元帥，陽處父私下對晉襄公說：「狐射姑為人剛愎自用，很不得人心，不是做大將的材料。我曾經跟隨趙衰的軍隊，與他的兒子趙盾很熟悉，知道趙盾非常賢明。您如果要立元帥，沒有比趙盾更合適的人選了。」晉襄公聽從了他的建議。

狐射姑還不知道更換元帥的事情，仍然帶領著中軍的將領。晉襄公衝他喊道：「賈季，以前都是趙盾輔佐你，現在由你來輔佐趙盾吧。」狐射姑沒敢說什麼，退了下去。晉襄公封趙盾為中軍元帥，讓狐射姑輔佐他，上軍和下軍沒有變動。從此趙盾掌握了國家政權，嚴明政令，百姓們都很信服。

第二天，狐射姑獨自來見晉襄公，問他：「主公念著我父親的功勞，所以讓我掌管政事。現在突然變更，我不知道自己犯了什麼錯。是因為我父親狐偃的功勞不如趙衰，還是有什麼別的原因？」晉襄公說：「沒什麼別的原因，就是陽處父跟我說你不得民心，不適合做大將，所以才更換的。」狐射姑沒有說什麼就退下去了。

這一年八月，晉襄公病危，把太子夷皋託付給了陽處父、趙盾等大臣後就去世了。晉襄公死的第二天，大臣們計畫立太子夷皋為君，趙盾說：「現在國家有很多困難，秦國和狄族與我們為敵，不能立年紀這麼小的君主。現在杜祁的兒子公子雍在秦國，為人和善，可以迎立他即位。」大臣們都沉默不語，只有狐射姑說：「不如立公子樂，他的母親是襄公的妾，公子樂現在在陳國做官，而且陳國向來和晉國交好。如果迎立公子樂，那他一天的時間就能趕過來。」趙盾說：「不能立他，陳國弱小而秦國強大，去陳國迎立君主並不能加深晉國和陳國的關係，但是去秦國迎立國君卻可以化解和秦國的矛盾。一定要立公子雍。」大臣們也沒有再說什麼。

趙盾讓先蔑作為使者，士會作為副手，去秦國告知晉襄公去世的消息，同時把公子雍迎接回

狐射姑獨自來見晉襄公，問他：「主公念著我父親的功勞，所以讓我掌管政事。現在突然變更，我不知道自己犯了什麼錯。」

來。快要出發的時候，荀林父對先蔑說：「現在夫人和太子都還在，卻要去別的國家迎立君主，恐怕這件事辦不成，將來會有其他變故。你不如假稱有病，辭掉這個差事。」先蔑說：「現在趙盾掌握著政權，能有什麼變故？」荀林父說：「我跟你同朝為官，所以要盡心勸你，你現在不聽我的，恐怕去了就回不來了。」

狐射姑看趙盾不聽自己的建議，心裡非常生氣，說：「狐家和趙家是同等的地位，現在怎麼能單單只聽趙家的？」於是狐射姑暗地裡讓人去陳國接公子樂回來。有人把這個消息告訴了趙盾，趙盾讓人埋伏在半路，在公子樂經過的時候把他殺掉了。狐射姑聽說之後更加生氣了，說：「是陽處父讓趙盾這麼有權勢的，陽處父自己並沒有什麼權勢。現在他在郊外主持晉襄公的葬禮，很容易就可以刺殺他。趙盾殺公子樂，我殺陽處父，這也合情合理。」然後狐射姑與弟弟狐鞫居商量這件事，狐鞫居自告奮勇去殺陽處父。狐鞫居和家丁假扮成強盜來到陽處父居住的地方，當時陽處父正在讀書，狐鞫居直接來到陽處父面前把他殺掉，並割下了陽處父的頭帶了回去。陽處父的下人裡有人認出了狐鞫居，於是去向趙盾報告。趙盾假裝不信，說：「陽太傅是被強盜殺死的，你怎麼能誣陷別人？」然後趙盾派人收殮了陽處父的屍體。

到了十月，晉襄公的葬禮在曲沃舉行，夫人穆嬴和太子夷皋一起去送葬。穆嬴對趙盾說：「襄公有什麼罪過？太子又有什麼罪過？為什麼不立太子，反而去別的國家迎立國君？」趙盾說：「這是國家的大事，並不是趙盾的私事。」

舉行完葬禮之後，大臣們來到太廟，趙盾對大臣們說：「先君能夠嚴明賞罰，所以才能稱霸諸侯。現在先君剛剛去世，狐鞫居就擅自殺死了太傅，不能不治他的罪。」然後讓人把狐鞫居抓起來殺了，從他的家裡搜出了陽處父的頭。狐射姑認為趙盾已經知道自己的陰謀，於是連夜逃往翟國。不久魯國聯合齊國、衛國滅掉了翟國，狐射姑只好逃到潞國❶。趙盾念狐射姑曾立下大功，派臾駢把狐射姑的妻子和孩子送到潞國。

臾駢帶家丁護送狐射姑的妻子和孩子，有家丁建議臾駢殺了她們報當初狐射姑鞭打臾駢的仇。臾駢沒有同意，認為那樣有失仁義。臾駢親自帶人把狐射姑的妻子和孩子送到了潞國。狐射姑悔恨當初未能認識到臾駢的賢明，趙盾聽說後對臾駢很佩服，打算重用他。

夫人穆嬴自從參加完葬禮回宮之後，就每天早晨抱著太子到朝堂上大哭，對大臣們說：「這是襄公的兒子，你們怎麼忍心拋棄他？」散朝之後，穆嬴又抱著太子來到趙盾家，邊哭邊懇求趙盾立太子為君。大臣們都很憐憫穆嬴母子而怪罪趙盾。趙盾跟郤缺商量說：「先蔑已經去秦國迎接公子雍了，怎麼能再立太子？」郤缺說：「現在捨棄年幼的去迎立年長的，將來年幼的長大了，肯定會有變故的。不如趕快派人去秦國阻止先蔑。」趙盾說：「先立了君主然後再去阻止，這樣才名正言順。」於是趙盾立太子夷皋為君，稱晉靈公，當時靈公才七歲。

這時先蔑已經把迎立公子雍的事跟秦國說了，當時秦穆公已經去世，在位的是秦康公。秦康公很贊同這件事，派白乙丙帶兵護送公子雍。趙盾聽說秦國已經派兵護送公子雍回來了，又不能把公子雍迎接進來，於是決定派兵抗拒秦軍。秦軍來到令狐之後安營紮寨，聽說前邊有晉軍，以為是來迎接公子雍就未加防備。先蔑自己先到晉軍大營來見趙盾，趙盾告訴他說已經立夷皋為君了。先蔑非常生氣，說：「當初是誰主張迎立公子雍的，現在又擁立太子拒絕公子雍？」說完就出去了。荀林父問先蔑：「你是晉國的大臣，不在晉國待著，你要去哪裡？」先蔑說：「我奉命去迎接公子雍，那麼公子雍就是我的君主，秦國是我君主的依靠，我怎麼能背棄自己以前說過的話？」說完就回秦軍大營了。

趙盾說：「先蔑不肯留在晉國，將來秦軍一定會攻打我們，不如趁著晚上去襲擊秦軍。」於是命令將士做好準備，潛藏行蹤趕去秦軍大營。晉軍到了之後，先蔑還沒有回來，秦軍完全沒有防備，被晉軍殺得大亂。白乙丙拼命逃脫了，公子雍則死在混亂之中。先蔑得知消息後說：「趙盾背棄我，我不能背棄秦國。」於是逃奔到了秦國。士會是先蔑的副手，也跟著來到了秦國。秦康公把兩個人都封為大夫。在荀林父的勸諫下，趙盾把先蔑和士會的家屬都送到了秦國。

❶【潞（ㄌㄨˋ）國】山西黎城一帶的赤狄一族在此地建立的小國。

第二十七回　壽餘召士會回晉

周頃王四年，秦康公跟大臣們說：「那次晉軍在令狐襲擊我們，我一直懷恨在心，到現在已經五年了。如今趙盾胡亂誅殺大臣，其他的諸侯國接連依附楚國，可以看出晉國已經衰弱了，現在正是討伐晉國的時候。」於是秦康公親自出征，讓孟明駐守秦國，任命西乞朮為大將，白乙丙為副將，士會為參謀，帶領大軍進攻晉國。

趙盾聽說秦國來討伐，連忙召集軍隊抵抗。他任命荀林父為中軍副將，郤缺為上軍元帥。趙盾有個叫趙穿的弟弟是晉襄公的女婿，趙穿主動申請做上軍的副將，趙盾說：「你年齡還小，沒經過歷練，等以後再說吧。」於是讓臾駢做了上軍副將，欒盾做下軍元帥，胥臣的兒子胥甲做下軍副將。趙穿又請求讓自己的私人軍隊跟隨上軍，趙盾允許了。當時軍隊裡還沒有司馬，趙盾讓韓厥（ㄐㄩㄝˊ）擔任了這個職務。韓厥從小就長在趙盾家，長大後很有才能，於是得到了趙盾的任用。

晉軍紮好營寨後，臾駢對趙盾說：「秦軍休養了好幾年才來討伐，肯定很難抵擋。不如堅

固防守，不跟他們作戰。時間久了，他們自然就退兵了。等他們退兵的時候我們再出擊，這樣肯定能取得勝利。」趙盾聽從了他的建議。秦康公看晉軍不出戰，問士會該怎麼辦。士會說：「趙盾新任命了一個人名叫臾駢，肯定是他想出拖垮我們的計謀。趙盾有個弟弟叫趙穿，是晉襄公的女婿。他想做上軍的副將，趙盾沒有用他而用了臾駢。現在趙盾用了臾駢的計策，趙穿肯定會不服的，他讓自己的軍隊跟隨上軍就是為了跟臾駢搶功。如果讓人上前去挑戰上軍，就算臾駢不出來應戰，趙穿也肯定會出來。這樣就能和他們作戰了。」

於是秦康公讓白乙丙帶著一些人去挑戰晉軍的上軍，郤缺和臾駢都堅守不出，趙穿聽說秦兵來了就帶著自己的部隊前去迎戰。白乙丙看晉軍有人出來應戰就往回走，趙穿帶人在後面追，追了十多里之後沒有追上。趙穿回到晉軍大營之後責怪臾駢等人不肯幫忙，還罵他們怕死，趙穿對手下的軍士說：「你們怕秦軍，我趙穿偏不怕。我這就獨自去挑戰秦軍，拼死也要去除貪生怕死的名聲。」然後駕著車要去攻打秦軍，同時招呼其他人：「有志氣的都跟我來！」三軍都沒有附和他，只有下軍的副將胥甲說：「這真是個好漢啊，我一定要幫助他。」

郤缺聽說趙穿要去進攻秦軍，連忙派人報告趙盾。趙盾大吃一驚，說：「他這麼出去，肯定要被秦軍捉住，不能不救他！」於是下令三軍全部出戰。

趙穿出兵之後直接闖進秦軍大營，白乙丙跟趙穿打了起來。西乞朮正要從旁邊攻打趙穿，看到後面晉國大軍都來了就下令收兵。晉軍不敢跟秦軍混戰也下令收兵了，回到大營之後，趙穿問趙盾：「我正要獨自攻破秦軍，為什麼要收兵？」趙盾說：「秦國很強大，不能輕敵，只能用計取勝。」正說著，有人來稟報，說秦國下了戰書。趙盾讓秦國的使者呈上戰書。趙盾看完後答應決戰，便把秦國的使者打發走了。臾駢對趙盾說：「秦國的使者雖然口頭上說要決戰，但是我看他眼睛四處亂看，感覺很慌亂，肯定是秦軍想要撤兵。我們可以在河口埋伏士兵，趁他們渡河的時候進攻。」

胥甲聽到這個計策後，出來告訴了趙穿。趙穿跟胥甲一起來到晉軍營門，大聲喊道：「大家聽我說一句，我們晉國兵強將廣，不比秦國差。秦國來下戰書，我們已經答應了卻又要去伏擊，這哪是大丈夫應該做的事？」趙盾聽說後把趙穿

白乙丙看晉軍有人出來應戰就往回走，趙穿帶人在後面追……

召來，說：「我沒有這個意思，你不要擾亂軍心。」

秦國的間諜聽到了趙穿在門口說的話，連忙回去通知秦軍，秦軍於是連夜撤離了。趙盾看秦軍撤退，也撤兵回朝了。回去之後，胥甲由於洩漏軍情而被免職，並被驅逐到了衛國。趙穿因為是襄公的女婿，又是趙盾的弟弟，就暫且沒有治罪。

周頃王四年，趙盾怕秦軍再來進攻，於是派人去鎮守邊境要塞。臾駢對趙盾說：「上次戰鬥都是士會在為秦軍出謀劃策。有他在秦國，我們怎麼能安心？」趙盾覺得很對，於是召集大臣們商量怎麼辦。大臣們到了之後，趙盾說：「現在狐射姑在狄族，士會在秦國，兩個人都想謀害晉國，應該怎麼對付他們？」荀林父說：「把狐射姑召回來吧，他對外面的事知道得很多，而且當年他的父親狐偃有那麼大的功勞，應該赦免他。」郤缺說：「不能召他回來，狐射姑雖然有世代功勞，但是他擅自殺死大臣，如果讓他回來，將來還怎麼治理大臣？不如把士會召回來，士會溫和又很有智謀，而且他逃奔到秦國並不是因為犯了什麼過錯。要解除秦國的威脅，就要先除掉秦國的幫手。」

趙盾說：「秦王現在正重用士會，怎麼會讓士會回來？」臾駢說：「我有一個好朋友是原來的大臣畢萬的孫子，名字叫壽餘，現在被分封在魏邑。他雖然有爵位，但是沒有任何官職。這個人很能隨機應變，要把士會召回來，他最合適。」然後臾駢在趙盾耳朵旁邊說了召回士會的計策。

與駢當天晚上就去找壽餘，並把召回士會的計策告訴他。壽餘答應之後，與駢回來告訴了趙盾。之後趙盾對晉靈公說：「秦國人經常侵犯晉國，應該讓各個封邑的人操練自己的兵馬，在黃河岸口防守，並讓封邑的主人去監督，如果沒有盡到職責就剝奪封邑，這樣他們才肯用心防守。」靈公同意了趙盾的建議。趙盾又建議從魏邑開始，於是用靈公的名義召來壽餘，讓他監督士兵的操練和防守。壽餘說：「我管理著封邑，但是從來不懂軍事，況且黃河那麼長，到處都可以過河，守也沒用。」趙盾大怒，說：「你竟敢阻撓我的計策！限你三天之內把軍隊名冊報上來，不然就軍法處置。」

壽餘回家之後悶悶不樂，妻子問他怎麼了，他說：「趙盾不講道理，讓我去防守黃河河口，這要搞到什麼時候？你趕快收拾東西，跟我去秦國跟隨士會。」然後壽餘吩咐下人準備馬車，又喝了很多酒。吃飯的時候壽餘以吃的東西不乾淨為藉口打了做飯的人一頓。做飯的人心裡恨壽餘，於是到趙盾那裡告發壽餘要逃到秦國的事情。

趙盾讓韓厥帶人去抓壽餘，韓厥把壽餘放走了，只把壽餘的妻子和孩子抓了回來關到監牢裡。壽餘連夜逃到了秦國，向秦康公訴說了一切。秦康公問士會：「他說的是真的嗎？」士會說：「晉國人生性狡詐，不能輕易相信。如果壽餘真是來投降的，那有什麼東西獻上來呢？」壽餘從袖子裡拿出一封文書，上面記載的是魏邑的土地和百姓的數量。秦康公問士會：「能攻下魏邑嗎？」壽餘用眼睛看著士會，還踩了踩士會的腳。士會雖然人在秦國，但是心裡一直想著回到晉國，看壽餘這樣，就知道壽餘什麼意思了。於是士會對秦康公說：「秦國當初放棄了黃河東面的五座城池用來和晉國聯姻，現在兩國相互征伐了好幾年，城邑要靠實力來攻取。黃河東面的各個城池裡，魏邑是最大的，如果能攻下魏邑就可以慢慢收服黃河以東的地區。就怕魏邑的守官害怕晉國的討伐，不敢歸附我們。」壽餘說：「魏邑的守官雖然是晉國的大臣，但實際上是魏家自己的人。如果秦國能在黃河西岸駐紮一支軍隊，我就能勸說他們投降。」

秦康公帶著士會率軍來到黃河岸口，有人報告：「在黃河東岸有一支軍隊駐紮。」壽餘說：「這肯定是魏邑的人聽說有兵來了，事先做好了防備。我請求派一個對晉國熟悉的人跟我一起去，這樣才能說服魏邑的守官。」秦康公於是讓士會跟壽餘一起去。士會假裝推辭了一下，秦康公不知道士會有陰謀，就強要派他去。

士會跟壽餘過了黃河之後，不久就見到趙盾的兒子趙朔前來迎接。趙朔讓人放了一炮，然後帶著士會和壽餘回朝了。秦康公見士會已經跟晉軍走了，而且晉國又在對岸駐紮了大軍，沒有辦法追趕，只好帶兵回去了。

後來秦康公派人把士會的妻子和孩子送到了晉國，士會寫信感謝秦康公，並勸秦康公少用兵，專心休養生息。秦康公聽從了士會的建議，從此之後秦國和晉國十多年沒有交戰。

第二十八回　趙盾桃園進諫

趙盾見楚國變得越來越強勢，於是想要跟秦國結盟以抗拒楚國。趙穿建議說：「秦國有一個叫崇的屬國依附秦國很長時間了。如果派一支軍隊去攻打崇國，秦國肯定會去救援。然後我們趁機和他們講和，這樣我們就能佔上風了。」趙盾聽從了趙穿的意見，讓他帶兵攻打崇國。趙朔說：「秦國和晉國之間有很深的仇恨，現在又侵略他們的屬國，這只能讓秦國更恨晉國，怎麼會與我們講和。」趙盾說：「我已經同意趙穿的意見了。」趙朔把這件事告訴韓厥，韓厥笑了笑，在趙朔耳朵旁邊說：「趙相國這麼做是想樹立趙穿的威望，並不是為了跟秦國講和。」趙朔聽後沒有再說什麼。

秦國聽說晉國侵略崇國也不去救援，直接派兵攻打晉國。趙穿退兵回來救援，秦軍才撤退。趙穿從此開始參與軍政大事。後來臾駢生病去世了，趙穿就取代了臾駢的位置。

當時晉靈公已經長大了，荒淫無道，欺壓百姓，大肆興建宮殿，還特別喜歡遊玩。他寵信的人裡面有一個大夫叫屠岸賈（ㄍㄨˇ），是屠岸夷的孫子。屠岸賈最擅長阿諛奉承，而且總能猜中靈公的心思，只要是屠岸賈的建議，靈公全都聽從。

靈公讓屠岸賈在都城裡建了一座花園，命人到處去尋訪奇花異草。這些花裡面數桃花開得最旺盛，春天的時候一片燦爛，於是這座園子就被命名為桃園。園子中間建了一座三層高的臺子，中間建了一座絳霄樓，在樓上可以看到整個城市的風景。靈公經常來這裡眺望，或用彈弓打鳥，或與屠岸賈在此飲酒。

一天，靈公讓戲子在臺子上唱戲，園子外面有很多百姓圍過來觀看。靈公對屠岸賈說：「用彈弓打鳥很好玩，不知道打人怎麼樣。今天我們來試試，打中眼睛的就算贏，打中肩膀或者胳膊的就算平手，打不中的就罰一大杯酒。」於是靈公打右邊的人，屠岸賈打左邊的人，他們在臺子上大聲叫著，然後往人群裡射子彈。圍觀的百姓都嚇得慌忙逃竄，有不少人受傷。靈公又叫旁邊會用彈弓的人一起射，打得百姓們頭破血流，十分狼狽。靈公在臺子上見狀，把彈弓扔在地上哈哈大笑，對屠岸賈說：「我來這裡玩了這麼多次，沒有一次像今天這麼開心的。」從此百姓們只要看到臺子上有人就不敢從桃園前邊經過。

有人給晉靈公進獻了一隻凶猛的狗，名字叫靈獒，非常健壯，顏色像燒紅的炭一樣。而且它很能理解人的意思，如果誰有了過錯，靈公就讓靈獒去咬誰。靈獒會咬住人的額頭，直到把人咬死才鬆開。有一個下人專門餵養這隻靈獒，每天都餵靈獒幾斤羊肉，靈獒也很聽他的話，人們稱這個人為獒奴，他能享受到中大夫的俸祿。靈公不願上早朝，就讓大臣們到自己的寢宮來上朝。每次上朝的時候，靈公都讓獒奴用細鏈子牽著靈獒站在旁邊，下邊的那些大臣都非常害怕。

當時各個諸侯國都背離了晉國，百姓們對朝廷也有很多怨言。趙盾等大臣們經常進諫，勸靈公遠離奸臣，多考慮國家大事，但靈公就是不聽，反而總是猜忌身邊的大臣。

有一天下朝後，大夫們都離開了，只有趙盾和士會還留在宮門口。兩人說起靈公都有怨言。突然他們看到兩個僕人抬著一個竹籠子往外走，趙盾說：「宮裡面怎麼會有竹籠子要送出去？裡面肯定有東西。」於是趙盾就招呼抬籠子的僕人過來。兩個僕人低著頭不答應，趙盾問他們：「籠子裡面裝的是什麼東西？」其中一個僕人說：「你是相國，想看可以自己過來看，我不敢說。」趙盾心裡更加懷疑了，於是跟士會一起去看。他們發現有一隻手露在籠子外面，打開籠子一看，原來是一個已經被肢解的人。趙盾大吃一驚，問這是怎麼回事，僕人還不肯說，趙盾呵斥：「你要是再不說，我就先殺了你。」僕人這才說：「這個人是廚房做飯的，主公讓他煮熊掌。因為著急喝酒，主公就催了好幾次，他沒有辦法只好將熊掌獻了上去，主公吃了發現不熟就把他殺了，肢解以後讓我們丟到野外去。還讓我們辦完之後立刻回去稟報，晚了就要受罰。」

趙盾讓那兩個僕人走了，然後對士會說：「主公現在把殺人當成兒戲，國家很危險了。我跟你一起去勸諫，你看怎麼樣？」士會說：「如果我們兩個勸諫他也不聽，那接下來就沒人勸諫了。我先進去吧，如果主公不聽，你可以接著勸諫。」

當時靈公正在大堂上，看到士會走進來知道他會勸諫，於是迎上去說：「大夫不用說了，我已經知道錯了，以後肯定會改的。」士會說：「誰都免不了有過錯，您有了過錯能改正，那就是國家的福氣，大臣們也會很高興。」說完士會就退了出去跟趙盾說了。趙盾說：「主公如果真能改正錯誤，肯定很快就有行動了。」

到了第二天，靈公宣布不上朝了，讓人駕著車到桃園去玩。趙盾說：「這哪裡像是要改正錯誤的人啊？我今天不能不進諫了。」於是趙盾就來到桃園門口等著靈公。靈公到了之後，趙盾上前來拜見，靈公說：「我沒召見你，你為什麼來這裡？」趙盾說：「我有話要說，希望主公能夠採納。我聽說：『有道的君王可以讓天下人都高興，無道的君王則只能讓自己高興。』打獵遊玩就足夠讓自己高興了，沒聽說有殺人取樂的。現在主公讓猛獸咬人，用彈弓打人，又因為一點兒小過錯就肢解了做飯的人，有道的君王肯定不會這麼做的。把人命當成兒戲就會讓百姓叛離，諸侯也不信服，亡國的禍患就不遠了。如果今天我不說，以後就更沒有人說了。我不忍心看著國家滅亡所以冒死來進諫，希望主公能回去處理政事，改正以前的錯誤，讓晉國安穩下來。」

靈公有些慚愧，用袖子擋著自己的臉對趙盾說：「你先回去吧，讓我今天玩一次，下次一定聽你的。」趙盾用身體擋著園門不讓靈公進去。屠岸賈在旁邊說：「相國進諫雖然是好心，但是我們已經駕車來到這裡了，怎麼能就這樣回去？相國就讓我們進去吧，有什麼事明天早朝的時候再討論，這樣可以嗎？」靈公說：「明天早朝我會召見你的。」趙盾沒有辦法，只好讓靈公進去了。

靈公看趙盾總來煩自己，就問屠岸賈有沒有辦法除掉趙盾。屠岸賈說：「我有一個叫鉏麑（ㄔㄨˊ ㄋㄧˊ）的門客，平時我對他很好，他也願意為我出力。不如我讓他去刺殺相國。」靈公答應之後，屠岸賈把鉏麑找來，讓他去刺殺趙盾。

第二天天還沒亮，鉏麑來到趙盾家，見趙盾正坐著等天亮以後上朝。鉏麑也是個有愛國心的人，知道趙盾對國家忠心，是國家的支柱，不忍心殺趙盾。於是鉏麑來到大門口大聲喊道：「我是鉏麑，寧願違背主公的命令，也不忍心殺害忠臣。我現在自殺，只怕將來還有人要來殺相國，希望相國提防！」說完就一頭撞在門口的大槐樹上自殺了。守門的人把事情經過都跟趙盾說了，趙盾的屬下提彌明說：「相國今天不能上朝了，恐怕會有情況。」趙盾說：「主公說了讓我上朝，我如果不去是對君王無禮。」說完吩咐下人把鉏麑埋在槐樹旁邊就上朝去了。

靈公見趙盾來上朝，知道刺殺失敗了，退朝後問屠岸賈怎麼辦。屠岸賈說：「改天主公可以召趙盾到宮裡來喝酒，我們先在旁邊埋伏好士兵。等喝了幾杯酒，主公就借他的劍觀看，他一定會把劍呈上來的。到時候我就從旁邊喊：『趙盾在君王面前拔劍要刺殺君王，趕快來救駕！』然後讓埋伏的士兵出來把趙盾殺了。這樣外面就會說是趙盾的過錯，主公也不會落個殺大臣的罪名。」

第二天，靈公把趙盾召進宮來喝酒，提彌明想要跟著進去，屠岸賈把提彌明攔在了門口。靈公和趙盾喝了幾杯酒之後跟趙盾說：「我聽說你的佩劍非常鋒利，能不能讓我看一下？」趙盾不知道有陰謀，就要把劍解下來。提彌明在門口看到，大聲喊：「大臣與君王喝酒，為什麼酒後要在君王面前拔劍？」趙盾這才醒悟過來，提彌明衝進來扶著趙盾往外走。屠岸賈讓獒奴放靈獒去咬趙盾，靈獒正要撲向趙盾，提彌明一下把靈獒的脖子拗斷

等喝了幾杯酒，主公就借他的劍觀看，他一定會把劍呈上來的。

了。靈公非常生氣，讓埋伏的士兵去攻擊趙盾。提彌明掩護著趙盾，讓趙盾趕快走，自己則留下來阻擋。結果趙盾逃走了，而提彌明被那些士兵殺死了。

趙朔聽到消息後帶著所有家丁來救趙盾。半路上兩人相遇，趙盾說：「我們不能回家了，逃到翟國或者秦國去吧。」那些追殺趙盾的人看趙家人多也不敢再繼續追趕。趙盾和趙朔半路上遇到了趙穿，趙穿讓他們先不要出晉國，等自己的好消息。

趙穿來到桃園拜見晉靈公，說因為趙盾的關係要來請罪。靈公沒有怪罪他，他趁機鼓動靈公到各個地方去尋訪美女。這個建議正好符合靈公的心思，於是靈公讓屠岸賈到全國各地去挑選美女。趙穿看屠岸賈走了，於是召集士兵把靈公殺死了。趙穿把趙盾接了回來。屠岸賈聽說晉靈公被殺，偷偷跑回家不敢出門。趙穿打算把屠岸賈一起殺了，趙盾沒有同意。

趙盾回來後和大臣們商量立新君的事情，當時晉靈公沒有兒子，趙盾說：「晉文公還有一個兒子名叫黑臀，在周朝做官，不如立他為新君主。」大臣們都沒有意見，於是趙穿把黑臀迎接回來立為國君，稱晉成公。

第二十九回　鬬越椒謀反

周定王元年，楚莊王率領大軍討伐戎族，想渡過洛水威脅周天子，與周王朝平分天下。周定王讓大夫王孫滿和楚莊王談判，莊王問王孫滿：「我聽說大禹鑄造了九個鼎❶，傳了三代，是很貴重的寶物，現在在洛陽。不知道能不能告訴我鼎的大小和輕重？」王孫滿說：「三代相傳的是德行，並不只是鼎。當初大禹有了天下，各方的諸侯都貢獻金屬，最後鑄成了九個鼎。夏桀殘暴，鼎就歸商朝所有，商紂荒淫，鼎就歸周朝所有。如果有品德，鼎即使小也是重的；如果沒有品德，鼎即使很大也是輕的。成王定鼎在郟鄏❷，占卜的人說過會傳

---

❶【我聽說大禹鑄造了九個鼎】大禹建立夏朝後把天下劃分爲九州，又用九州獻上來的材料鑄造了九個鼎用來代表九州。從此之後九鼎就用來代表至高無上的王權。這裡楚莊王問鼎的大小輕重有爭奪周天下的意思，詞彙「問鼎」也是由此而來。

❷【郟鄏（ㄐㄧㄚˊ ㄖㄨˇ）】東周的都城，在現在的河南洛陽。

下去三十代，延續七百年。天命是注定的，鼎不可以問。」楚莊王羞愧地退走了，從此不敢再侵犯周王朝。

楚國當時的令尹是鬬越椒，之前楚莊王削弱了他的權勢，所以他對楚莊王心懷怨恨。而他仗著自己勇猛，受到人民的信服，早就有了謀反之心。他經常對人說：「楚國的賢人只有蔿（ㄨㄟˇ）賈一個人，其他的我都不放在眼裡。」莊王這次出征的時候也擔心鬬越椒會謀反，特意把蔿賈留在了楚國。

鬬越椒在莊王出征之後就決定發動叛亂，他想把本族的人都動員起來，鬬克因為不同意而被殺了。鬬越椒帶人殺死了蔿賈，蔿賈的兒子敖帶著母親逃到了夢澤。鬬越椒帶兵駐紮在蒸野，想在半路攔截莊王。

楚莊王聽說發生叛變，連忙帶兵往回趕，快到漳澨（ㄕˋ）的時候，鬬越椒領兵攔住莊王。鬬越椒帶著弓箭、拿著長戟在軍營前來回馳騁，莊王的士兵都很害怕。莊王說：「鬬家世代都對楚國有功勳，他可以辜負我，我不能辜負他。」於是讓大夫蘇從去鬬越椒的大營講和，答應赦免鬬越椒殺死大臣的罪過，並且讓王子作為人質。鬬越椒說：「我恥於做令尹，並不希望他赦免我，能打就儘管來打。」蘇從再三勸說，鬬越椒還是不聽。

蘇從走了之後，鬬越椒下令擊鼓進軍。楚莊王問手下的將領：「誰能擊退鬬越椒？」大將樂伯請求出戰，跟鬬越椒的兒子鬬賁（ㄅㄣˊ）皇打在一起。潘尫（ㄨㄤ）看樂伯沒辦法戰勝鬬賁皇，於是也駕車出戰，鬬越椒的弟弟鬬旗接住了他。莊王親自擂鼓助戰，鬬越椒看到莊王，一箭向莊王射去，正好射在莊王旁邊的鼓架上，莊王嚇得鼓槌都掉在地上了。莊王連忙讓人用竹盾擋箭，鬬越椒又射了一箭，結果把竹盾都射穿了。

莊王下令撤軍，鬬越椒想要追趕，卻遭到兩側的楚軍夾擊，只好退了回去。楚軍回去之後把鬬越椒的箭拿來看，見這枝箭比普通的箭長一半，箭尾是用鸛的羽毛做的，箭頭是用豹牙做的，人們都驚歎不已。到了晚上，莊王正在巡營，聽到軍營裡的士兵正在談論鬬越椒的箭，好像非常害怕。於是莊王讓人散布言論，說鬬越椒的箭是當年楚文王跟戎族人要的兩枝，名字叫「透骨風」，被鬬越椒偷去了。現在兩枝箭都射完，鬬越椒已經沒有箭了。人們這才安下心來。

莊王下令退兵到隨國，並且宣稱要聯合其他的諸侯國一起討伐鬬越椒。蘇從說：「我們現在正跟敵人對陣，如果我們退兵，他們肯定會趁機攻擊的，大王失算了啊！」公子側說：「大王這是在故意說謊，如果我們去見他，他一定會對我們說實話的。」然後幾個大臣一起去見莊王。莊王說：「鬬越椒的士氣高漲，我們要用計取勝。」然後把自己的計策告訴了幾名大將。

第二天一大早，楚莊王就退軍了，鬬越椒聽說後率領大軍來追趕。走了一天一夜，來到了清河橋，楚軍正在橋的北面做飯，看到鬬越椒追來連忙逃跑了。鬬越椒命令手下的士兵要等追到楚莊王才能吃飯。於是士兵們只好忍著餓繼續趕路。他們追上了潘尪的部隊，潘尪站在車上對鬬越椒說：「你的目標是大王，為什麼還不加速去追？」鬬越椒以為潘尪這是為他好，於是下令繼續趕路。來到青山之後，遇到了大將熊負羈，鬬越椒問：「楚王在哪裡？」熊負羈說：「大王還沒到。」鬬越椒有些懷疑，對熊負羈說：「你為我等著楚王，等將來得到了楚國，我分一半給你。」熊負羈說：「我看你的士兵都已經餓了，不如先吃飯，才有力氣作戰。」鬬越椒覺得很對，於是讓手下開始做飯。結果飯還沒做熟，楚軍就殺了過來，鬬越椒連忙領兵往後撤。到了清河橋的時候，發現橋已經斷了。

原來楚莊王親自帶兵在橋邊埋伏，等鬬越椒過去之後就把橋拆了，斷了他撤退的道路。鬬越椒讓人試探一下河的深淺，想要渡河過去，這時聽到對岸一聲炮響，大將樂伯已經守在那裡了。鬬越椒於是下令隔著河向對岸放箭。

樂伯的軍隊裡有一個小軍官，名叫養由基，很擅長射箭，人們都稱他為神箭養叔。養由基向樂伯請求跟鬬越椒比試射箭，然後對鬬越椒喊道：「河這麼寬，射箭也射不到。我聽說令尹擅長射箭，想和你較量一下。我們可以站在橋墩上各自射三箭，是死是活就聽天由命了。」鬬越椒問：「你是什麼人？」養由基說：「我是樂將軍的部下養由基。」鬬越椒說：「你是個無名小卒，要跟我比試射箭，得先讓我射三箭。」養由基說：「別說射三箭，就算射一百箭我也不怕，躲避的不是好漢。」

兩個人分別站在橋墩上，鬬越椒先射了一箭，養由基不慌不忙地用弓把箭撥開了，然後大聲喊：「快射，快射！」鬬越椒又射了一箭，養由基蹲下身子，箭從頭頂上飛了過去。鬬越椒說：「你說過不能躲避的，為什麼蹲下身子躲箭？」養由基說：「你還有一箭，這回我不躲了。如果這箭沒射中，就該我射了。」鬬越椒又射了一箭，養由基站著不動，等箭到了之後，張嘴把箭頭咬住了。

鬬越椒看三箭都沒有射中，有些慌亂了，只不過之前說好了不能反悔，於是說：「我也讓你射三箭，如果射不中，就該我射了。」養由基說：「用不了三箭，我一箭就能要你的命。」鬬越椒說：「不用說大話，你只管射吧。」養由基把箭拿在手裡，嘴裡喊著：「令尹看箭！」手卻只撥了一下弓弦。鬬越椒聽見弓弦響，以為箭真的射來了，於是往左邊一閃。養由基說：「箭還在我手上，我並沒有射。我們說好閃避的不是好漢，你怎麼又閃了？」鬬越椒說：「怕人閃躲也不算是會射箭。」養由基又拉了一下弓弦，鬬越椒以為這回是真的射了，於是往右邊一閃。養由基趁鬬越椒閃躲的時候放了一箭，正好射穿了鬬越椒的頭。

鬬越椒手下的士兵本來就餓了，看到鬬越椒死了都做鳥獸散。楚軍到處追殺，把那些士兵全都殺了。楚莊王獲勝之後回到朝廷，把被活捉的人都殺死，然後把鬬家的族人都殺了。只有鬬班的兒子鬬克黃因為去了齊國沒有被殺。鬬克黃快要回到楚國的時候，聽說了鬬越椒謀反的事情，他的下人都勸他不要回去，鬬克黃說：「君王就好像是天，我怎麼能背棄上天呢？」就回到了楚國。

鬬克黃回覆完命令之後，就自己到司寇那裡去請罪，說：「我的祖父子文曾經說過，鬬越椒有造反的面相，將來肯定會毀滅我們這個家族，臨終的時候囑咐我父親逃到其他的國家去。我父親因為顧念楚國的恩情，不忍心去別的國家，後來被鬬越椒殺了。現在我祖父的話果然應驗了，我既然不幸成為亂臣賊子的族人，又違背了祖父的教訓，甘願受罰。」楚莊王聽說後，說：「子文真是個神人啊，他對

「河這麼寬，射箭也射不到。我聽說令尹擅長射箭，想和你較量一下。我們可以站在橋墩上各自射三箭，是死是活就聽天由命了。」

楚國有大功，我怎麼忍心讓他絕後呢？」於是赦免了鬬克黃，恢復了他的官職，並給他改名為鬬生。

養由基因為殺死了鬬越椒立下大功，楚莊王重賞了他，給他升了官。當時令尹的位置還空著，楚莊王聽說虞邱很賢明，於是讓虞邱做了令尹。後來虞邱推薦了蔿賈的兒子蔿敖，楚莊王就讓虞邱把蔿敖接到了朝廷。蔿敖字孫叔，因此人們都稱他為孫叔敖，他是個很有才德的人。楚莊王讓孫叔敖做了令尹，在孫叔敖的治理下楚國變得更加強大。

第三十回 夏姬引起禍亂

陳國有一個叫夏御叔的大夫，封地在株林，他的妻子是鄭穆公的女兒，稱為夏姬。這個夏姬長得非常妖豔，讓人看了之後就神魂顛倒。而且她為人淫蕩，還沒有嫁人的時候就跟自己的哥哥子蠻有私情，不到三年子蠻就死了。後來夏姬嫁給了夏御叔，生了一個兒子，取名叫徵舒。徵舒十二歲的時候，夏御叔生病死了，夏姬帶著徵舒在株林居住。

陳國大夫孔寧和儀行父與夏御叔一起做官，曾經見過夏姬的容貌。這兩個人非常好色，想跟夏姬私通。夏御叔死了之後，兩人見機會來了，就先後與夏姬有了私情。孔寧與夏姬私通的時候偷了夏姬的一件貼身衣服，然後在儀行父面前大加炫耀。儀行父不甘心，也向夏姬要了一件貼身的衣服。

由於儀行父更能討夏姬歡心，所以夏姬與儀行父越走越近，並逐漸疏遠了孔寧。孔寧有些嫉妒儀行父，就想讓夏姬也疏遠儀行父，於是想到一個主意。一天，孔寧與陳國君主陳靈公閒聊，偶然間說起了夏姬的美色。陳靈公也是個好色之人，聽後便起了色心，在孔寧的引領下，陳靈公和夏姬也有了姦情。

後來陳靈公知道孔寧和儀行父也在和夏姬偷情卻不忌諱，竟然和兩人比較起來。一天，三個人在朝堂上攀比夏姬所送的貼身衣服，恰巧被朝門外的大臣泄冶聽到了。泄冶為人正直，回到朝堂向陳靈公直言進諫，並責備孔寧和儀行父兩人教唆靈公做這種事情。泄冶走了之後，三個人商量除掉泄冶，陳靈公不想自己落個殺大臣的罪名，於是讓孔寧派刺客把泄冶殺了。

泄冶死了之後，陳靈公三人更加肆無忌憚，原來他們還是偷偷摸摸的，後來竟然公開到夏姬這裡，還總是結伴而來。徵舒漸漸長大，對這些事有了了解，他很看不慣母親的行為，但是又不好說什麼，只好在陳靈公等人來株林的時候找藉口躲開。徵舒十八歲的時候長得一表人才，非常偉岸，陳靈公因為喜歡夏姬，於是把徵舒封為司馬。

一天，靈公和孔寧、儀行父又來到株林。徵舒為了感謝靈公把自己封為司馬，特意回家設宴招待靈公。因為兒子在，夏姬不敢出來陪酒，只好待在自己屋子裡。喝了不少酒之後，靈公和孔寧、儀行父又開起玩笑來。徵舒因為看不慣他們的姿態，就躲到屏風後面偷聽他們說什麼。靈公對儀行父說：「徵舒長得這麼高大，跟你有點兒像，是不是你的兒子？」儀行父笑著說：「徵舒的兩隻眼睛很有神，跟主公非常像，我覺得是主公的兒子。」孔寧插了一句：「主公和儀大夫的年紀還小，生不出徵舒這麼大的兒子，他有很多爹，是個雜種，就是夏姬自己也記不起來了。」說完之後三人大笑起來。

徵舒在屏風後面聽到他們的話，頓時怒火填胸，偷偷把夏姬的屋門鎖了，從旁門溜了出去，帶著隨從的軍隊一起衝進來，要殺掉陳靈公等三人。徵舒嘴裡喊著：「抓住淫賊！」陳靈公三人聽到之後連忙往後門跑。他們想到夏姬那裡去，誰知門被鎖住了。陳靈公記得東邊有一堵比較矮的牆，於是往東邊跑。徵舒追來用箭射死了陳靈公。孔寧和儀行父見徵舒去東邊追陳靈公了，於是就往西邊跑，從狗洞鑽出去逃走了。他們也不敢回家，直接逃到了楚國。徵舒回朝之後宣稱靈公是得暴病死的，假傳旨意立世子午為君，稱陳成公。徵舒怕諸侯討伐自己，於是強逼著陳成公去晉國結盟。

孔寧和儀行父來到楚國之後向楚莊王訴說了徵舒殺陳靈公的經過，卻對三個人同夏姬淫亂的事情隱瞞不說。楚莊王於是召集大臣商量該怎麼辦。楚國有個大夫名叫屈巫，也是個好色的人，他以前見過夏姬，知道夏姬的美色，想藉此機會把夏姬搶過來，就極力勸楚莊王去討伐徵舒。楚莊王問孫叔敖怎麼辦，孫叔敖也說該討伐，於是莊王帶兵進攻陳國。

陳國的百姓本來就不信服徵舒，看楚軍來到也不進行防備，楚國大軍直接來到了陳國國都。徵舒知道自己不得人心，偷偷逃回了株林。陳國大夫轅頗覺得楚國是為了徵舒來的，如果把徵舒抓起來獻給楚國就可以保全陳國。大臣們都同意這麼做，於是轅頗讓人去抓徵舒。

這時楚國大軍已經來到了陳國都城，百姓們自作主張打開了城門把楚軍放進了城。轅頗帶著大臣們迎接楚莊王，莊王問轅頗：「徵舒在哪裡？」轅頗說：「在株林。」莊王說：「這樣的亂臣賊子為什麼不誅殺他？」轅頗說：「不是不想，只不過是力量不足啊。」莊王於是讓轅頗帶路，自己帶著大軍來到株林，讓公子嬰齊帶兵守在陳國國都。

徵舒正要帶著夏姬逃到鄭國去，還沒來得及跑就被楚軍包圍了。莊王讓人把徵舒和夏姬都抓來，夏姬請求饒過自己的性命，表示願意去做奴婢。莊王見夏姬長得漂亮，聲音又好聽，就被迷惑住了，對身邊的大臣們說：「楚國後宮的妃嬪雖然很多，但是沒有像夏姬這麼漂亮的，我想要把她納為妃嬪，各位認為怎麼樣？」屈巫說：「絕對不可以，我們出兵是為了討伐徵舒的罪過，如果納夏姬為妃，那就是為了美色了。」楚莊王說：「你說得很對，不過這個女人長得這麼漂亮，要是再讓我看到，我肯定控制不了自己。」於是莊王命

莊王見夏姬長得漂亮，聲音又好聽，就被迷惑住了……

人把後邊的牆壁鑿開，讓夏姬離開。

當時公子側也在旁邊，看楚莊王不要夏姬了，於是說：「臣現在還沒有妻子，請求大王把她賜給我。」這時屈巫又說：「大王不能答應。這個女人是個不祥的人，我聽說她剋死了子蠻、夏御叔，害死了陳靈公，又使得孔寧和儀行父逃亡。天下這麼多的美人，為什麼要娶這個不祥的女人呢？」莊王說：「既然這樣，最近襄老的妻子剛去世，就把夏姬嫁給他吧。」於是讓人把大臣襄老召來，把夏姬賜給了他。屈巫阻止莊王和公子側娶夏姬，原本是想留給自己的，沒想到莊王把夏姬賜給了襄老，只好暗叫可惜。

莊王把徵舒押回陳國國都以車裂之刑處置。處理完徵舒的事之後，莊王直接收服陳國，讓陳國成為楚國的一個縣，命公子嬰齊負責守衛。然後莊公把陳國的大臣們都帶回了楚國。

楚國大臣們聽說楚王滅了陳國都來祝賀。當時大夫申叔時去齊國出使還沒有回來，申叔時回到楚國之後，只向楚莊王回覆了使命，並沒有向莊王祝賀。莊王讓人責備申叔時說：「夏徵舒殺了他們的君主，我帶兵討伐了他的罪過，把陳國的版圖收入到楚國當中。天下說我是正義的，都來恭賀，只有你沒有恭賀我，難道你認為我討伐陳國是錯誤的嗎？」申叔時於是回去拜見莊王，對莊王說：「大王聽說過『蹊（ㄒㄧ）田奪牛』的故事嗎？」莊王說：「沒聽說過。」申叔時說：「有個人牽著牛從別人的地裡經過，踩壞了那家的秧苗。那家的主人很生氣，就把他的牛搶走了。這件案子如果由大王來審理，大王會怎麼判？」莊王說：

「牽著牛踩壞的秧苗又不多，卻把他的牛奪走，這有點過分了。如果讓我來斷案，把踩人秧苗的人責備一番，然後把牛還給他。你覺得這樣妥當嗎？」申叔時說：「大王為什麼在斷案方面這麼明白，在處理陳國的事務上卻這麼糊塗呢？徵舒的罪過只不過是殺了君主，還沒有到滅亡國家的地步。大王去討伐他，又滅掉了陳國，這跟把人家的牛牽走有什麼區別，又有什麼好恭喜的呢？」

聽了申叔時的話，楚莊王恍然大悟，把陳國的大臣都召來，讓他們回去迎接陳成公即位，不過要求陳國世世代代都依附楚國。同時楚莊王把孔寧和儀行父也放了回去，讓他們輔佐陳成公。轅頗明知道兩個人是陳國的禍根，但也不好說破，只好含糊著答應了。陳國的大臣把陳成公接回了陳國，公子嬰齊把版圖交還之後就回了楚國。

第三十一回　華元退楚軍

楚國令尹孫叔敖去世之後，晉國認為楚國暫時無法出兵，便決定討伐一直依附於楚國的鄭國。鄭國聽說晉國來進攻，連忙派人去向楚莊王求救。

楚莊王召集大臣們商量對策，公子側說：「宋國向來服從晉國，如果我們出兵攻打宋國，晉國肯定會去救援，那樣就沒辦法去攻打鄭國了。」莊王說：「這個辦法雖然好，但是我們現在跟宋國又沒有矛盾，以什麼藉口去討伐呢？」公子嬰齊說：「齊國好幾次來請求聯姻，我們都沒有回覆。現在我們可以派使者去回覆齊國，路上從宋國經過，讓使者不要向宋國借道來試探宋國的反應。如果宋國不計較那就是怕我們，肯定不會拒絕和我們聯盟；如果因為無禮而侮辱我們的使者，那我們攻打宋國就有藉口了。」莊王問：「那該派誰去出使呢？」公子嬰齊推薦了申無畏，於是莊王讓申無畏出使齊國。

申無畏對楚莊王說：「去齊國要經過宋國，一定要有借道的文書才能過關。」莊王說：「你害怕他們阻擋我們的使臣嗎？」申無畏說：「當初與宋國會盟的時候，我殺了宋國國君

的僕人，宋國一定非常恨我。這次如果沒有借道的文書，他們一定會殺了我的。」莊王說：「那在文書上把你的名字改成申舟，不用申無畏的名字好了。」申無畏還是不肯去，說：「名字可以改，但樣貌是改不了的。」莊王很生氣，說：「如果他們殺了你，我就起兵滅了宋國為你報仇。」申無畏這才不敢推辭。

第二天，申無畏帶著自己的兒子申犀來見楚莊王，對莊王說：「臣下為國家而死，那是理所應當的，不過請大王好好照顧我的兒子。」莊王說：「這是我的事，你就不用多想了。」申無畏領了給齊國的禮物之後就出城了，申犀把他送到了郊外。申無畏對申犀說：「我這次出使肯定會死在宋國。你一定要請求主公為我報仇。」

申無畏來到睢（ㄙㄨㄟ）陽之後，守關的人知道了他是楚國的使臣，就向他索要借道的文書。申無畏說：「我奉楚王之命，只有出使齊國的文書，沒有借道的文書。」於是守關的人把申無畏抓了起來然後報告給宋文公。當時宋國的執政大臣是華元，華元對宋文公說：「楚國跟我們世代都是仇敵，現在派遣使者經過宋國卻不遵循借道的禮節，實在是欺人太甚，請大王殺了這個使臣。」宋文公說：「殺楚國的使臣，楚國一定會討伐我們的，到時候如何應對？」華元說：「欺壓比討伐對我們的侮辱更大，況且楚國欺壓了我們之後，將來一定還會討伐我們，都是要討伐，不如洗刷了以前的恥辱。」於是宋文公讓人把申無畏押到了朝堂。

華元見了申無畏之後認出是他，更加憤怒了，對申無畏說：「你曾經殺死我國君主的僕人，現在改了名字是想要逃避懲罰嗎？」申無畏知道自己必死無疑，於是把宋國的君臣大罵一頓。華元讓人先把他的舌頭割了，然後才殺了他。

申無畏的隨從跑回楚國向楚莊王報告這件事情，莊王當時正在吃午飯，聽說申無畏被宋國殺了，把筷子一扔，立刻召集軍隊。莊王封公子側為大將軍、申叔時為副將率領大軍討伐宋國，同時在軍隊裡給申無畏之子申犀安排了一個職位。

楚國大軍到達宋國，把睢陽城圍了起來。華元一面帶領士兵和百姓守衛城池，一面派大夫樂嬰齊到晉國去求援。晉景公想要發兵救援宋國，大臣伯宗說：「去救援也不一定能成功啊。」晉景公說：「現在只有宋國和晉國比較親近，如果不救就連宋國也會失去。」伯宗說：「楚國距離宋國兩千多里，糧食運輸跟不上，肯定不能堅持很長時間。我們可以派一個使臣去宋國，就說晉國援軍快要到了，讓他們堅守城池。過不了多長時間，楚軍就會自己退走的。」於是晉景公派大夫解揚出使宋國。

解揚剛到宋國郊外就被楚國的巡邏兵抓住了。楚莊王認出了他，問他來這裡幹什麼。解揚說：「我奉主公之命，告訴宋國堅守城池，等待救援。」楚莊王說：「原來是來做使臣的，上次我們兩國交戰的時候你被我們抓住，我沒有殺你，把你放了回去。現在你又自己送上門來了，還有什麼話好說？」解揚說：「晉國和楚國本來就是仇敵，殺了我是理所應當，沒什麼好說的。」

楚莊王從解揚的身上搜到了給宋國的文書，看完之後對解揚說：「宋國很快就要被攻破了，我要你告訴宋國，晉國無法出兵救援，那樣宋國人肯定會絕望，必然會出來投降，如此兩國百姓也能免於戰爭之苦。如果你能按照我說的做，將來我就讓你到楚國做高官。」解揚低頭不語，楚莊王說：「如果你不答應，我就殺了你。」解揚本來不想答應，但是他怕自己死了以後沒有人傳達晉景公的命令，所以就假裝答應了。

莊王讓解揚對宋國人喊話，解揚大聲喊道：「我是晉國的使臣解揚，被楚軍抓住了，讓我引誘你們出來投降，你們千萬不要投降。我們主公親自率領大軍來救你們，不久就要到了。」莊王聽了之後，連忙讓人把解揚押過來，責備他說：「你已經答應我了，現在又背叛我，是你自己不講信用，不能怪我了。」命令手下殺掉解揚。解揚毫無懼色，說道：「我並沒有不講信用，如果我對楚國講信用，就一定會失信於晉國。如果楚國有人背棄自己的主人而討好別的國家，你認為那是講信義嗎？」莊王很佩服解揚的膽色，把他放了。

華元聽說了解揚傳達的消息之後，守衛的意志更加堅定了。楚軍把睢陽城圍困了九個月，城裡的糧食都吃光了，已經到了吃人的地步，但是宋國人絲毫沒有投降的意思。楚國的軍營裡只剩下七天的糧食了，楚莊王說：「我沒想到宋國這麼難攻打。」看到城頭的守衛依然非常森嚴，於是便和公子側商量撤軍。申犀哭著拜倒在楚莊王的前面，說：「我的父親是奉了大王的命令而死的，難道大王要失信於我的父親嗎？」莊王也覺得有些慚愧，申叔時說：「宋國之所以不投降是覺得我們不能堅持很長時間，如果讓士兵們進行耕種，表示我們要在這裡長久地待下去，宋國人肯定會害怕的。」莊王於是下令讓楚國的士兵們建起了房子，並且輪流耕種土地。

華元聽說之後，怕宋國真的堅持不下去，於是決定到楚國軍營去劫持公子側。華元打聽到公子側在攻城的土山上住，並且探聽好了守衛的情況。到了半夜，華元裝扮成進見的人，偷偷從城頭上順著繩子下來到土山旁邊，遇到了楚軍巡邏的士兵就問：「將軍在上面嗎？」士兵說：「在。」華元又問：「睡了嗎？」士兵說：「這些天一直很累，今天大王賞了他一些酒，他喝了之後就睡了。」華元走上土山，被守衛的人攔住了，華元說：「我叫庸僚，是大王派來傳達命令的，有事情要吩咐將軍。因為剛才賞賜了一些酒，怕將軍喝醉睡著，特意派我來當面傳達，馬上就要回覆命令。」守衛的士兵信以為真，於是把華元放了進去。

華元來到公子側的床上，把公子側推醒了。公子側的兩隻袖子都被華元坐住了，連忙問：「你是誰？」華元說：「將軍不要害怕，我是宋國的華元，特地來求和。如果將軍順從，宋國就世世代代和楚國交好；如果將軍不答應，我們就同歸於盡。」說完，華元亮了亮右手的匕首。公子側說：「有事好商量。」華元說自己也是迫不得已。公子側問他：「你們的情況怎麼樣了？」華元說：「已經到了人吃人的地步了。」公子側大吃一驚，說：「沒想到你們已經這麼困難了，你為什麼要告訴我實情呢？」華元說：「將軍是位君子，我才敢實話實說。」公子側問：「那為什麼還不投降呢？」華元說：「國家可以圍困，但人的志氣不能被困。如果貴國答應退兵三十里，我們願意依附貴國。」公子側說：「不瞞你說，楚軍只剩七天的糧食了，如果七天之後還沒有攻下城池，我們也會撤軍的。明天我就去向楚王請求退兵。」兩人一起立下了誓言，華元表示將來願意到楚國去做人質。

第二天，公子側把晚上的事情告訴了楚莊王，莊王說：「宋國既然已經這麼困難了，我一定要攻下來再回去。」公子側說：「我已經跟他說了楚軍只剩七天的糧食了。」莊王勃然大怒，問他為什麼說出實情。公子側說：「小小的宋國都有不說謊言的臣子，更何況我們楚國呢？」莊王覺得公子側說的也對，於是下令後撤三十里。

申犀不敢阻攔撤軍，只好自己大哭起來，莊王安慰了他一番。之後華元來到楚軍軍營與楚國結成聯盟。隨後宋文公派華元將申無畏的棺木送到了楚軍大營，莊王回到楚國後下令厚葬了申無畏，並把申犀封為大夫。之後華元在楚國做了六年人質，宋文公死後才回到宋國。

第三十二回　趙氏孤兒

晉靈公死後，趙盾執掌了晉國的政權，他不想造成太多的殺戮就沒有殺屠岸賈。後來趙盾病死，晉成公不久也生病去世了，晉景公即位。這個晉景公和當初的晉靈公一樣是個荒淫愚昧的人，也喜歡到處遊玩，而屠岸賈正合他的口味，於是晉景公開始重用屠岸賈。

有一次，梁山不知道什麼原因崩塌了，阻塞了河流，三天都沒有通。晉景公讓太史占卜一下，太史因為收了屠岸賈的賄賂，就說原因是「刑罰不中」。景公問：「我從來沒有對人用過刑罰啊，怎麼會不中？」屠岸賈說：「刑罰過分寬鬆和過分嚴厲都叫做不中，趙盾在桃園殺死了靈公，這件事已經被記載到了史書當中。這是不能赦免的罪過，成公不但沒有殺他，還把國家交給他管理。到了現在，整個朝廷都是他的子孫，這樣怎麼能懲戒後人呢？梁山崩塌就是上天想要主公為靈公申冤，懲治趙氏家族的罪過啊！」

當時趙家比較有權勢的包括趙盾的兒子趙朔、趙盾同父異母的兄弟趙同和趙括，趙嬰齊與趙同、趙括是同母兄弟，本來也是他們中的一員，但是因為趙嬰齊和另外兩兄弟產生了矛

盾，被驅逐到了齊國。以往晉國和楚國打仗的時候，晉景公就看不慣趙同和趙括的專橫，現在聽了屠岸賈的話就信以為真。景公問韓厥這件事，韓厥說：「靈公被殺並不關趙盾的事，而且趙家世代都為晉國立下過大功，主公為什麼要聽信小人的讒言，而去懷疑功臣呢？」景公心裡還是有些猶豫不定，又去問其他的大臣。那些大臣受到屠岸賈的脅迫不敢替趙家分辯。景公由此認為屠岸賈說的是對的，於是親自寫了一封討罪書，讓屠岸賈去處置趙氏家族。

韓厥得到消息，連夜來到下宮[1]通知趙朔趕快逃跑。趙朔說：「我的父親有殺死君主的罪名，現在屠岸賈奉了主公的命令殺我，我怎麼敢逃避？只不過我的妻子現在懷有身孕，馬上就要生產了。如果生下女孩那沒辦法，如果有幸生下男孩還能延續趙家的血脈。希望您能盡力保全這個孩子，我就算死也瞑目了。」韓厥哭著說：「我是因為得到趙相國的賞識才有今天的成就，他和我之間情同父子。今天我能力有限，不能殺了小人。您交代的事情，我怎麼敢不盡力去做？現在我們沒辦法抵抗屠岸賈，不如把夫人偷偷送到王宮裡。等將來公子長大了，還能有報仇的機會。」趙朔的妻子稱作莊姬，是晉成公的女兒，她的母親是成夫人。韓厥走了之後，趙朔跟莊姬說：「生女兒就起名為文，生兒子就取名為武。文人沒什麼用

---

[1]【下宮】原本指宗廟，這裡應該是指趙氏家族居住的地方。

處，武將卻可以報仇。」然後趙朔委託門客程嬰把莊姬送到了成夫人那裡。

天亮以後，屠岸賈親自帶領士兵包圍了下宮，把景公寫的討罪書掛在大門上聲稱要討伐叛逆，然後帶人把趙家的男女老少都殺了。之後屠岸賈清點人數發現莊姬不見了，說：「公主殺不殺沒什麼要緊的，不過聽說她有了身孕，萬一將來生了個男孩，肯定會有禍患。」有人向屠岸賈報告，說半夜裡有車駕進入了王宮。屠岸賈料定是莊姬，隨即向晉景公稟告，說：「趙家一族都已經被殺了，只有公主逃到了宮裡，主公認為該怎麼辦？」景公說：「莊姬是成夫人的女兒，不能去抓她。」屠岸賈說：「公主懷了身孕，很快就要生產了，如果生了個男孩，將來肯定要報仇的，或許還會發生桃園那樣的事情，主公不能不考慮啊！」景公說：「生了男孩就除掉。」

當時景公沉迷於享樂當中，國家所有的事情都交給屠岸賈去處理，屠岸賈做什麼他都不管。屠岸賈每天都讓人打聽莊姬生產的消息，幾天之後，莊姬果然生下了一個男孩，成夫人囑咐過下人，讓他們都說生的是女孩。屠岸賈不相信，想讓自己家的奶媽到宮裡查驗。莊姬與成夫人對外宣稱孩子已經死了。屠岸賈懷疑生的不是女孩，而且也沒有死，於是讓女僕人搜遍了宮裡。莊姬把孩子放在褲子裡，女僕人過來的搜的時候，褲子裡竟然沒有出現哭聲。

屠岸賈當時雖然沒在宮裡，但是始終懷疑孩子還沒死，心想：「難道孩子已經被送出宮去了？」於是他在朝門貼出了告示：「如果有人第一個揭發了孩子的消息且查證屬實，就賞賜一千兩黃金。如果知情不報，就按窩藏罪處置，全家處斬。」然後吩咐守衛宮門的人嚴格盤查進出的人。

公孫杵（ㄔㄨˇ）臼和程嬰都是對趙盾很忠心的門客，聽說屠岸賈包圍了下宮的時候，公孫杵臼就想要和程嬰一起去赴死。程嬰說：「屠岸賈假借君主的命令宣稱討伐逆賊，我們都死了對趙家有什麼好處？」公孫杵臼說：「雖然沒有好處，但是主人有難，我們不能逃避啊。」程嬰說：「莊姬懷有身孕，如果是男孩，我們就共同輔佐這個男孩。如果生了個女孩，我們再死也不晚啊。」等到聽說莊姬生了個女孩，公孫杵臼信以為真，程嬰說：「不能輕易相信，我去查探一下。」程嬰買通了宮裡人，讓人給莊姬送信。莊姬知道程嬰的忠心，就秘密地寫了個「武」字讓宮人傳了出來。程嬰看了之後高興地說：「公主果然生了個男孩。」

屠岸賈在宮中沒有搜到孩子，程嬰對公孫杵臼說：「孩子還在宮裡，沒被搜到算是幸運。但這也瞞不了太久，時間長了肯定會暴露的。一定要把孩子偷出來藏到別的地方才能保證安全。」公孫杵臼問程嬰：「保護孤兒和赴死，哪個更難？」程嬰說：「死很容易，保護孤兒就困難了。」公孫杵臼說：「我做容易的，你做困難的，怎麼樣？」程嬰問他什麼意思，公孫杵臼說：「用別人的孩子代替趙家的孩子，我抱著逃到首陽山。然後你去告密，說出我們的藏身地點。屠岸賈得到了假的孤兒，真的孤兒就能倖免了。」程嬰說：「嬰兒很容易找，但是要把孩子偷出宮來就難了。」公孫杵臼說：「朝廷將領中只有韓厥受趙家的恩德最深，可以讓他去辦這件事。」程嬰說：「我有一個剛出生的兒子，和趙家孤兒出生的日子差不多，可以做假孤兒。但是你有藏匿的罪名，肯定要被殺的，我怎麼忍心啊？」說完就哭了起來，公孫杵臼大怒，說：「這是大事，也是一件美差事，有什麼好哭的！」

半夜，程嬰把自己的兒子交給了公孫杵臼，然後去見韓厥。程嬰先讓韓厥看了一下「武」字，然後把公孫杵臼的計策告訴了他。韓厥說：「莊姬正好有病，讓我去找大夫。如果你能讓屠岸賈親自去首陽山，我自然有辦法把孩子偷出來。」程嬰於是對外揚言，說自己知道孩子的去處。

「我有一個剛出生的兒子，和趙家孤兒出生的日子差不多，可以做假孤兒。但是你有藏匿的罪名，肯定要被殺的，我怎麼忍心啊？」

屠岸賈的門客聽到後，問程嬰：「你真的知道趙家的孤兒在哪裡嗎？」程嬰說：「給我一千兩金子，我才能告訴你。」門客把他帶到屠岸賈那裡，屠岸賈問他的姓名，程嬰說：「我叫程嬰，與公孫杵臼都是趙家的門客。公主生下孩子之後就讓人抱出宮來交給我們兩個。我怕將來事情暴露，有人揭發我們。怎麼能讓別人得到千兩黃金的賞賜，我卻要全家被殺？所以我來告發。」屠岸賈問：「孩子現在在哪裡？」程嬰說：「讓別人都退出去我才敢說。」屠岸賈讓別人都退了出去，程嬰說：「在首陽山裡，現在去還能抓住，如果晚了就跑到秦國去了。不過您一定要親自去，其他的人多數都跟趙家有關係，不能輕易相信。」

屠岸賈親自帶著三千人，在程嬰的帶領下來到首陽山，發現幾間草屋，程嬰說：「孩子就藏在這裡。」然後去敲門，公孫杵臼出來後，看到來了這麼多士兵，假裝要逃走，被士兵給抓住了。屠岸賈讓人搜索草屋，在一個小屋子裡搜到了孩子。公孫杵臼大罵：「程嬰你這個小人。你跟我一起把孩子藏到這裡，卻又出賣我！」程嬰裝作很羞愧的樣子，勸屠岸賈殺了公孫杵臼。屠岸賈命人把公孫杵臼斬首，然後把孩子摔死了。

守衛宮門的人聽說屠岸賈去抓孩子了，盤問的時候就有些鬆懈。韓厥讓人假扮成大夫，到宮裡去看病。那人把「武」字給莊姬看了，莊姬知道什麼意思，就把孩子交給了假扮的大夫。出宮的時候，假大夫把孩子藏在盛藥的包裹裡，守衛宮門的人也沒有盤問。韓厥得到孩子之後，藏在很秘密的地方讓人撫養，連他的家人都不知道。

屠岸賈回來之後要賞賜程嬰，程嬰不接受。屠岸賈問：「你不是為了賞賜來的嗎，為什麼又不接受？」程嬰說：「我辜負了趙家人，已經很自責了，怎麼還敢接受賞賜？如果您顧念我的功勞，就請讓我用這些錢去收殮趙家人的屍體吧。」屠岸賈欣賞他的義氣就答應了他。程嬰收殮完趙家人的屍體來找韓厥，韓厥把孩子交給了他。之後程嬰帶著孩子逃到盂山[2]藏了起來。後來人們為了紀念這件事，就把這座山改名為藏山。

❷【盂（ㄩˊ）山】即現在的盂縣藏山，位於山西盂縣西北，距離盂縣縣城十八公里。

第三十三回　養叔獻藝

晉景公讓屠岸賈滅了趙家一族之後，沒有幾年就病死了。上卿欒書擁立世子州蒲為君，稱晉厲公。當時雖然很多人提起趙家的冤屈，但是欒書等大臣都和屠岸賈的關係很好，韓厥自己一個人也沒辦法做什麼。

當時宋國派華元來晉國弔唁晉景公，並恭賀晉厲公即位。華元與欒書商量聯盟的事，想讓晉國和楚國結成聯盟。因為不知道楚國有何打算，欒書就讓自己的兒子欒錡（ㄑㄧˊ）跟著華元去楚國拜見公子嬰齊。嬰齊知道欒錡是欒書的兒子之後，想試探一下他的才幹，於是就問：「請問貴國用兵有什麼特點？」欒錡說：「整。」嬰齊問：「有什麼長處呢？」欒錡說：「暇。」嬰齊說：「對方混亂而我嚴整，對方匆忙而我閒暇，這樣跟誰作戰都能勝利啊。」公子嬰齊欣賞欒錡的才能，於是向楚共王建議會盟。之後楚國和晉國在宋國西門外邊歃血結盟。

由於結盟之事事前沒有與楚國司馬公子側商量，所以公子側很生氣，打算離間這個聯盟。他極力鼓動楚共王去攻打依附於晉國的鄭國，結果楚共王被他說動，下令發兵攻打鄭國。鄭國沒辦法，只好背棄晉國，依附楚國。晉厲公聽到消息後非常生氣，準備討伐鄭國。當時晉國執政的大臣是欒書，郤錡、郤犨、郤至三個人的勢力也非常大。這些人都主張討伐鄭國，只有士燮（ㄒㄧㄝˋ）一個人反對，最終晉厲公決定討伐鄭國，同時邀請魯國和衛國來助戰。

鄭成公聽說晉國來勢洶洶就打算投降，大夫姚鉤說：「我們夾在兩個大國之間，應該只選擇一個大國依附，不然每年都會遭到攻打。」鄭成公於是派人向楚國告急。楚共王不想出兵救援，就問公子嬰齊該怎麼辦，公子嬰齊主張不出兵。公子側說：「鄭國不忍心背棄楚國所以才來求援。我們之前不救援齊國，現在又不救援鄭國，那以後還有誰敢歸附我們？我願意率領兵馬保護您去救援鄭國。」楚共王很高興，於是命公子側為元帥，親自領兵往鄭國進發。

兩軍相遇之後，各自紮下營寨。第二天天還沒亮，守營的士兵就來報告，說楚軍已經逼近晉軍的大營了。由於楚軍太近，晉軍沒辦法列陣，所有人都很著急。士燮的兒子士匄（ㄍㄞˋ）當時才十六歲，聽說這件事情後來到中軍，他說：「讓士兵們把做飯的灶坑填平，上面蓋上木板，很快就可以有列陣的地方了。」欒書說：「灶坑都填平了，我們怎麼做飯呢？」士匄說：「讓士兵們準備好一兩天的糧食，等布好了陣，再讓人去後面挖灶坑就行了。」欒書採用了他的建議，果然很快就有地方布陣了。

楚共王本來以為自己出其不意，晉軍肯定會慌亂，沒想到並沒有看到有什麼動靜，於是就向太宰伯州犁詢問。伯州犁原本是晉國人，他的父親被郤錡等三人誹謗殺死，他自己逃到了楚國。楚共王站在車上，把晉軍的行動告訴伯州犁，伯州犁一一為他解答。楚共王對晉軍的情況都清楚了，知道不能輕易取勝，於是決定第二天再作戰。

當天兩邊沒有作戰，楚軍的大將潘黨在後營射箭，連續三箭都射中了紅心，贏來一片讚美聲。這時養由基來了，大家都說：「神射手來了！」潘黨很生氣，說：「我射箭就比不上養叔嗎？」養由基說：「你只不過能射中紅心，那並不稀奇，而我能百步穿楊。」將士們都問：「什麼是百步穿楊？」養由基說：「以前有人在一片楊樹葉上做了顏色標記，我在一百步以外射中了葉子上的標記，所以叫百步穿楊。」將士們說：「這裡就有楊樹，能給我們表演一下嗎？」養由基說：「當然可以。」

於是有人拿來墨汁，在楊樹上找了一片葉子塗上記號。養由基從一百步以外射那片葉子，但是箭沒有落下。人們去查看，發現箭被楊樹枝掛住了，箭頭正好穿在葉子的標記上。潘黨說：「一箭只不過是偶然命中的罷了。要我說，把三片葉子按順序做好記號，你按順序射中，這樣才算是高手。」養由基說：「不知道能不能行，試一下吧！」潘黨在楊樹上找了高低不同的三片葉子，依次寫上「一」、「二」、「三」的字樣。養由基看好之後，退到一百步以外，把三枝箭也做上了「一」、「二」、「三」的記號，然後依次射出，全都按順序命中了。將士們都說：「養叔真是個神人！」

潘黨雖然也很佩服養由基，但還是想要展露一下自己的長處，於是對養由基說：「養叔的射箭技術可以說非常巧妙，但殺人還是要以力量取勝，我能射穿好幾層盔甲，也想給大家表演一下。」潘黨讓身邊的士兵把盔甲脫下然後疊起來，疊了五層。將士們都說：「差不多了。」潘黨不滿意，又追加了兩層，一共是七層盔甲。將士們心裡都想：「這七層盔甲差不多有一尺厚，怎麼能射得穿？」潘黨讓人把那七層盔甲綁在箭靶上，然後站在一百步以外用盡全力把箭射出去。將士們過去查看，發現箭透過七層盔甲，牢牢穿在上面。

潘黨有些得意，讓人把盔甲和箭都拿下來，想要到軍營裡去炫耀一下。養由基說：「先別動，我也想試一下。」之後拉開弓，剛要射又停下了，說：「只是照著射穿盔甲並不稀奇，我有個送箭的法子。」說完拉開弓，一箭射了出去。那枝箭正好把潘黨的箭頂出去，自己的則穿在了盔甲上。潘黨看到心裡才服氣。

將士們把帶箭的盔甲抬到楚共王面前，向楚共王說了兩人比試射箭的事，還說：「有這樣兩個神箭手，晉軍有再多也不怕。」楚共王勃然大怒，對養由基說：「將領應該用謀略取勝，射箭算什麼！你倚仗這個，將來一定會死在這上面。」於是把養由基的箭全都沒收了，不允許他再射箭。

第二天一早，晉軍和楚軍交戰。晉厲公親自駕車衝向楚軍，不小心陷到了一片泥潭裡。

楚共王的兒子熊茷（ㄈㄚˊ）見到之後便趕車往這邊殺過來。這時欒書帶著兵馬趕到，熊茷見軍旗上寫著「中軍元帥」，知道是大軍到了連忙往回跑，結果被欒書追上活捉了回去。楚軍想要來救，被晉軍給攔了回去，兩邊於是各自收兵。晉厲公想要殺了熊茷，逃亡到晉國的楚國將領苗賁皇說：「楚王知道熊茷被捉了，明天肯定會親自出戰的，到時候可以用熊茷來引誘楚王。」

第二天，晉軍和楚軍交戰，晉軍把關著熊茷的囚車推了出來。楚共王見到兒子心裡焦急，連忙驅車來救兒

「將領應該用謀略取勝，射箭算什麼！你倚仗這個，將來一定會死在這上面。」

子。晉國大將魏錡見楚共王過來便一箭射過去，正好射中共王的左眼。潘黨拼盡全力把共王救了回來，共王忍著劇痛把箭拔了出來，連眼球也帶了出來掉在地上。旁邊的士兵把眼球撿起來，說：「這是龍的眼睛，不能輕易丟棄。」楚共王於是把眼球裝在口袋裡。

楚共王非常生氣，把養由基叫來說：「射我的人是一個穿綠衣服，滿臉鬍子的人，請將軍為我報仇，你技藝高超，應該不需要太多的箭。」然後拿了兩枝箭遞給養由基。養由基接過箭之後，駕車進入戰場，正好看到魏錡就一箭過去，射中了魏錡的脖子，魏錡當場死了。養由基回去把剩下的一枝箭還給了楚共王。共王很高興，賞給養由基一百枝箭。之後楚軍的人就把養由基稱為「養一箭」，意思就是不需要第二箭。

兩邊誰也不能取勝，只好收兵準備下一次戰鬥。這時有人報告楚共王，說魯國和衛國的軍隊也來了。楚共王大吃一驚，連忙派人去叫公子側商量對策。誰知公子側那天晚上喝醉了，怎麼也喊不醒。楚共王沒有辦法，只好趁晉國不知道的時候偷偷下令撤軍。等到撤出二百里之後，共王才安下心來。

公子側因為喝醉了，楚共王把他交給了養由基，養由基讓人把他綁在了車上。走到半路的時候，公子側醒了過來，發現自己被綁住了，大喊：「誰綁的？」旁邊的人看他醒過來，跟他解釋了一下，就把繩子割開了。公子側雙眼還有些矇矓，問現在是在往哪裡走，士兵說正在回楚國。公子側問：「為什麼要撤軍？」士兵說：「楚王半夜裡召了您好幾次，您喝醉了起不來，楚王怕晉軍來攻打的時候沒有人抵抗，所以就下令撤軍了。」公子側聽了之後大哭，怪自己喝酒誤事。

楚共王怕公子側畏罪自殺，所以派人跟公子側說：「錯在我，跟你沒關係。」公子嬰齊因為跟公子側不合，怕公子側不死，就派人去責備他。公子側自己也十分愧疚，於是就上吊自殺了。

第三十四回　胥童亂晉國

晉厲公得勝回朝之後志得意滿，認為自己天下無敵了，就越發驕縱起來。士燮覺得晉國肯定會發生禍亂，總是憂心忡忡，沒過多長時間就去世了，他的兒子士匄繼承了他的職位。

當時晉厲公寵信胥童、長魚矯、夷羊五、匠麗氏等人，其中胥童因為善於諂媚最得晉厲公的歡心。晉厲公想把胥童封為卿大夫，可是沒有空缺的位置，胥童說：「現在郤錡、郤犨、郤至三個人共同執掌兵權，家族勢力很大，將來肯定會圖謀不軌，不如現在把他們剷除，這樣卿大夫的位置也有了。」厲公說：「他們謀反的跡象還不明顯啊，殺了他們恐怕大臣們會不服氣。」胥童說：「當初跟鄭國作戰的時候，郤至已經圍住了鄭國君主了，但是兩人說了幾句話以後，郤至就把鄭國君主放了。鄭國依附楚國，郤至肯定有私通楚國的情況。只要問問熊茷就知道郤至有沒有私通楚國的事情了。」

厲公讓胥童去召熊茷，胥童以回楚國為條件買通了熊茷。熊茷被召來之後，晉厲公讓旁邊的下人都出去，然後問熊茷：「郤至有沒有跟楚國私通過？」熊茷說：「郤家人跟我國的

公子嬰齊關係很好，經常互相寫信，郤家人在信裡說：『我國主公不信任大臣，很不得人心。人們想要擁立晉襄公的孫子孫周，將來兩國交戰，如果我們失敗了，就擁立孫周，依附楚國。』這件事只有我清楚，別人都不知道。」熊茷剛說完，胥童就接著說：「難怪當初郤犨與嬰齊對陣的時候，兩人都不攻擊。郤至公開放走鄭國君主，這還有什麼可疑慮的？主公如果不信，可以派郤至到周朝去稟報軍情，讓人暗中觀察他。如果真有陰謀，孫周一定會私底下見他的。」厲公同意了胥童的建議，於是把郤至派往周朝。

胥童暗中讓人告訴孫周：「晉國的政權有一半是被郤氏家族掌握的，現在郤至來這裡，不如見一見他，將來您回晉國之後也能有個朋友。」孫周認為很對，等郤至來了之後就去拜訪他。兩人聊了半天晉國的國情之後，孫周離開了。厲公派去打探的人回來如實稟報，於是厲公有了除掉郤氏家族的想法。

一天，厲公正在喝酒，想要用鹿肉做下酒菜，就讓下人孟張到集市上去買鹿。正好那天集市上沒有賣鹿的，郤至從郊外回來，路過集市，車上有一隻鹿。孟張也不說話，直接把鹿搶走了。郤至很生氣，一箭把孟張射死，把鹿拿了回來。厲公聽說後非常生氣，就召集胥童、夷羊五等人，商量把郤至殺了。胥童說：「光殺郤至，郤錡、郤犨肯定會謀反，不如把他們一起除掉。」厲公於是派了一個叫清沸魋（ㄊㄨㄟˊ）的武士去幫他們。

這天，郤錡、郤犨、郤至正在講武堂商量事情，長魚矯和清沸魋假裝打架，扭打到了講武堂請求郤犨評理。郤犨不知道這是陰謀，就坐下給他們評理。清沸魋假裝上前去回話，趁機把郤犨殺死了。長魚矯和清沸魋合力把郤錡殺死了。郤至趁亂想要逃跑，結果胥童帶著八百名武士衝過來，把郤至也殺死了。然後他們割了三個人的頭顱，回去向晉厲公稟報。

上軍副將荀偃聽說郤錡等人遇刺，不知道是什麼人幹的，連忙駕車進朝，想讓晉厲公派人去抓殺死郤錡等人的凶手。半

當時晉厲公寵信胥童、長魚矯、夷羊五、匠麗氏等人，其中胥童因為善於諂媚最得晉厲公的歡心。

路上遇到了欒書，兩人一起來到朝門，正好看到胥童帶著人回來。欒書和荀偃大怒，說：「我以為是誰，原來是你們這些人。這裡是禁地，你們武士誰敢過來？還不快散了！」胥童對這些武士說：「欒書和荀偃是郤氏的同黨，把他們拿下，重重有賞。」這些人一起圍上去，把欒書和荀偃綁到了朝堂上。

胥童等人請求晉厲公把欒書和荀偃一起殺了，晉厲公說：「這件事跟他們沒關係。」長魚矯說：「他們兩人與郤氏的關係很親密，現在如果不殺他們，他們將來一定會為郤氏報仇的。」厲公說：「一天殺了三個大臣，又波及其他人，我不忍心啊！」於是赦免了欒書和荀偃，讓他們官復原職。長魚矯認為他們將來一定會報仇，就逃到西戎去了。晉厲公把三個人的屍體在朝門掛了三天，把郤家在朝廷做官的人都免了職，然後任命胥童為上軍元帥，夷羊五為新軍元帥，清沸魋為新軍副將，把公子熊茷放回了楚國。

欒書、荀偃不願與胥童同朝為官，所以經常假稱生病不去上朝。胥童仗著晉厲公的寵信也不去管他們。一天，晉厲公和胥童到匠麗氏家裡去玩，匠麗氏的家在太陰山，離都城二十多里，兩個人三天都沒有回朝。荀偃跟欒書商量說：「現在主公不賢明，我們裝病不上朝，目前雖然安全，但是將來胥童如果懷疑我們，肯定會置我們於死地。」欒書說：「那怎麼辦呢？」荀偃說：「你現在掌握著兵權，如果殺了厲公，擁立新君，誰敢不聽從你的？」欒書說：「事情一定能成功嗎？」荀偃說：「厲公現在在匠麗氏那裡遊玩，三天都沒有回來，這正是大好的機會啊！」欒書歎息道：「我家世代對晉國忠心，現在為了國家的存亡，只好做這種叛逆的事了。」

第二天兩人都忽然宣稱病痊癒了，要去覲見晉厲公商量事情。他們預先讓屬下程滑帶著三百名士兵埋伏在太陰山，然後來到匠麗氏的家裡覲見晉厲公。欒書對晉厲公說：「主公放著國家大事不管跑出來遊玩，三天都沒有回去，臣民們都很失望，所以我們特地來迎接主公回朝。」晉厲公沒有辦法，只好跟他們一起回朝。

胥童在前頭走，欒書、荀偃在後面跟著，走到太陰山下面的時候，突然一聲炮響，旁邊埋伏的人都衝了出來。程滑一刀把胥童砍死了，晉厲公大吃一驚，從車上跌了下來。欒書、荀偃命人抓住晉厲公，把軍隊駐紮在太陰山下。欒書說：「士匄和韓厥兩個人將來恐怕會反對我們，不如假借主公的命令宣召他們。」於是讓人分別去宣召士匄、韓厥兩人。使者來到士匄家，士匄問：「主公召見我有什麼事情？」使者答不上來。士匄覺得非常可疑，就派人去打聽韓厥的動靜。聽說韓厥假裝有病推辭了，士匄說：「智者的想法都是一樣的啊！」於是也沒有應召。

欒書看士匄和韓厥都沒有來，問荀偃：「現在該怎麼辦？」荀偃說：「我們已經沒有辦法回頭了。」欒書點了點頭。當天晚上，他們讓程滑給晉厲公送去毒酒，把晉厲公毒死了。然後他們收殮厲公的屍體，葬在了城東。士匄和韓厥聽說晉厲公死了都出城來奔喪，也不問厲公是怎麼死的。辦完喪事之後，欒書召集大臣們商量立新君的事。荀偃說：「當初郤家的三個人被殺，就是因為胥童造謠說要擁立孫周，我們現在不如就擁立他。」大臣們都贊同，於是欒書派荀偃到王都去迎接孫周。

孫周回晉國即位，稱晉悼公。當時晉悼公雖然只有十四歲，但是非常聰明，很有謀略。即位的第二天他就殺了夷羊五、清沸魋等人，把他們的族人都驅逐出晉國。然後又把晉厲公的死怪罪到程滑頭上，把程滑殺了。欒書嚇得整天睡不著覺，不久就告老回家了。欒書臨走的時候推薦韓厥代替自己的位置，悼公很早就聽說韓厥很賢德，於是封韓厥為中軍元帥。

韓厥私下對晉悼公說：「我們都是仰仗先人的功勞才有這樣的地位，但是先人的功勞沒有大過趙家的：趙衰輔佐文公，趙盾輔佐襄公，功勞都很大。後來趙家被屠岸賈滅族了，到現在民怨都沒有平息，不過幸好趙家還有一個叫趙武的孩子活著。主公既然已經嚴明了刑罰，怎麼能不追賞趙家的功勞呢？」晉悼公聽說後，就讓韓厥去把趙武接回來。韓厥說：「屠岸賈現在還在朝中，一定要秘密地做這件事才行。」悼公點頭答應，然後韓厥就去盂山迎接趙武。趙武和程嬰一起回到都城，晉悼公把趙武藏在宮裡，假稱自己有病。

第二天，大臣們到宮裡來問安，屠岸賈也在其中。悼公說：「你們知道我是什麼病嗎？只是因為還有一件事沒弄清楚，所以心裡不痛快。」大臣們問是什麼事，晉悼公說：「趙衰、趙盾兩個人對國家都有很大的功勞，我怎麼忍心他們的血脈斷絕呢？」大臣們說：「趙家被滅族已經十五年，沒有後人了。」悼公把趙武叫了出來，韓厥說：「這就是趙家的孤兒，之前被殺的那個孩子，是門客程嬰的兒子。」

屠岸賈這時已經嚇得趴在地上了，一句話都說不出來。悼公說：「這件事都是屠岸賈做的，不殺他怎麼對得起趙家人？」說完就讓人殺了屠岸賈，派韓厥把屠岸賈的一家老小都殺了。晉悼公把趙武封為司寇，代替屠岸賈的位置。悼公還想給程嬰封官，程嬰說：「現在趙家的冤屈得以昭雪，我怎麼能貪圖富貴，讓公孫杵臼一個人去死呢？」說完就拔劍自殺了。晉悼公讓人把程嬰和公孫杵臼都葬在雲中山，把他們的墳墓稱為「二義塚」。

第三十五回　孫林父驅逐衛獻公

周簡王十年，衛定公去世，公子衎（ㄎㄢˋ）即位，稱衛獻公。在為衛定公送葬的時候，衛獻公並沒有表現出悲傷，她的母親定姜覺得他將來守不住君主的位子，於是經常規勸他，衛獻公也不聽。接管國家之後，衛獻公就越來越放縱自己，親近那些善於阿諛奉承的人，喜歡到處遊玩打獵。

當初衛定公有個弟弟叫黑肩，後來黑肩的兒子公孫剽繼承了黑肩的爵位成為衛國的大夫。公孫剽非常有謀略，上卿孫林父、亞卿甯殖看衛獻公昏庸就跟公孫剽結交。同時孫林父還暗中結交晉國，把自己的財物都轉移到了戚城，讓自己的妻子搬到那裡居住。衛獻公懷疑孫林父有謀反的念頭，但是一方面他謀反的形跡還不明顯，另一方面獻公也怕他的勢力太大，所以一直沒有對孫林父採取行動。

突然有一天，衛獻公約孫林父和甯殖一起吃午飯。兩個人在宮門外等了半天，從上完朝一直到中午也不見有人來召自己，宮裡面也沒有人出來。孫林父和甯殖有些懷疑，而且肚子

也非常餓了，就敲宮門請求覲見。守衛宮門的人說：「主公在後花園射箭呢，如果兩位大夫要覲見可以自己過去。」

孫林父和甯殖很生氣，於是忍著饑餓來到後花園，看到獻公正與射箭師父公孫丁較量射箭。獻公見孫林父和甯殖兩個人過來，把弓挎在胳膊上，問他們：「兩位今天來這裡有什麼事嗎？」孫林父和甯殖一起回答：「主公約我們一起吃午飯，我們一直等到現在，肚子非常餓了，又怕違背了主公的命令，所以到這裡來。」獻公說：「我因為射箭太專心就給忘了，你們兩個先退下吧，等改天再約也可以啊。」說完正好有一隻大雁飛過，獻公對公孫丁說：「我跟你比試射這隻大雁。」

孫林父和甯殖尷尬地退了出來，孫林父說：「主公沉迷在遊樂裡，親近奸佞的小人，根本沒有尊敬大臣的意思，我們將來肯定要遭殃的，這該怎麼辦？」甯殖說：「君主昏庸只能自取其咎，怎麼能連累別人？」孫林父說：「我想要擁立公孫剽為君主，你認為怎麼樣？」甯殖說：「這樣做很好，我們看情況行動吧。」

孫林父連夜趕到了戚城，把手下庾公差、尹公佗等人都叫了來，讓他們整理盔甲兵器，為謀反做準備。然後孫林父派自己的兒子孫蒯（ㄎㄨㄞˇ）去見衛獻公，探聽一下獻公的口氣。孫蒯來到宮裡對衛獻公說：「我父親突然得了風寒，暫時住在黃河邊調養，希望主公能寬恕。」獻公笑著說：「我想你父親的病是因為太餓了，今天我不敢再讓你餓著了。」然後讓僕人拿來酒，又叫來樂師唱詩。

太師[1]問獻公：「要唱什麼詩？」獻公說：「就唱《巧言》吧。」太師說：「這首詩的意境不太好，恐怕不適合在吃飯的時候唱。」樂師中有一個叫師曹的非常擅長彈琴，曾教獻公的愛妾彈琴。因為總教不會，師曹就打了那個妾十下。那個妾哭著把事情告訴了獻公，獻公就當著妾的面打了師曹三百鞭子，師曹一直懷恨在心。所以當太師說這首詩不合適的時候，師曹就大聲喊：「主公讓唱就唱，說那麼多幹什麼！」

《巧言》這首詩是說大臣作亂的，衛獻公想要用這首詩來警告孫林父。孫蒯聽了歌坐立難安，過了一會兒就要告辭離開。獻公說：「剛才師曹所唱的詩，你回去跟你父親說一下。你父親雖然在黃河邊，但是他的動靜我都知道。讓他小心些，好好養病。」孫蒯跪下磕頭，連聲說著「不敢」，退了出去。

孫蒯回去之後把經歷的事情都跟孫林父說了，孫林父說：「主公已經非常忌憚我了，我不能坐著等死。大夫蘧（ㄑㄩˊ）伯玉是衛國非常賢明的大臣，如果得到他的支持，事情肯定能成功。」於是孫林父私下來見蘧伯玉，說：「主公荒淫無度這您也知道，將來恐怕會有亡國的危險，這該怎麼辦呢？」蘧伯玉說：「臣子輔佐君王，能進諫就進諫，不能進諫就離開，其

---

❶【太師】周朝時指樂師的長官。

他的我就不知道了。」孫林父知道不能說動蘧伯玉就離開了。蘧伯玉當天就逃到了魯國。

孫林父把自己的士兵聚集在邱宮打算圍攻獻公。獻公非常害怕，就派使者去和孫林父講和，結果使者被孫林父給殺了。獻公又讓人去查探甯殖的動靜，發現甯殖已經整頓車馬準備接應孫林父了。獻公沒辦法，只好去召北宮括，北宮括稱病不來。公孫丁說：「現在事情緊急，趕快逃走，將來還有可能回來復國。」於是獻公和公孫丁帶著兩百多名士兵從東門逃了出去，打算逃奔到齊國。

孫蒯、孫嘉兩兄弟帶人追了上來，把獻公帶的兩百多名士兵都殺散了，只剩下十幾個人。幸虧公孫丁箭術好，凡是靠近的人都會被公孫丁射死。公孫丁保護著獻公邊打邊走，孫蒯兄弟兩人不敢再繼續追趕，只好返回。回來的路上他們遇到庾公差、尹公佗兩個人帶兵過來，庾公差說：「我們奉孫大夫的命令，一定要捉到獻公。」孫蒯和孫嘉說：「有一個箭術超群的人在保護獻公，兩位將軍一定要小心。」庾公差說：「難道是我師父公孫丁？」原來尹公佗是庾公差的徒弟，庾公差是公孫丁的徒弟，他們三個人一脈相承，彼此都知道對方的能耐。

尹公佗說：「獻公跑得還不遠，我們趕快去追。」追了大概十五里，他們趕上了獻公。因為獻公的車夫受傷了，只好由公孫丁趕車。公孫丁趕著車回頭一看，遠遠認出了庾公差，於是對獻公說：「追來的人是我的徒弟，徒弟不會傷害師父的，主公不要擔心。」於是就停下車等著。

庾公差追上來之後對尹公佗說：「原來真是我師父。」於是下車拜見。公孫丁揮了揮手，讓庾公差離開。庾公差上了車說：「我們各為其主，我若向您射箭，那就是背叛師父；如果我不射箭，那就是背叛主人。現在我有個兩全的辦法。」說完抽出箭來去敲車輪，把箭頭敲掉了，大聲對公孫丁說：「師父不要驚慌。」然後庾公差接連射了四箭，分別射在車的四邊，既顯露了本事，又賣了公孫丁一個

那個妾哭著把事情告訴了獻公，獻公就當著妾的面打了師曹三百鞭子……

人情。射完之後，庾公差說：「師父保重。」就帶人離開了。公孫丁和獻公繼續逃跑。

回去的路上，尹公佗有些後悔。剛才追上獻公，他本想顯示一下自己的本事，但是因為有庾公差在，他沒敢怎麼樣。現在想起來，覺得自己什麼也沒幹不太好，於是對庾公差說：「您和公孫丁有師徒的名分，所以賣他人情。但是我和他已經隔了一層，情分就比較淡薄了，主人的命令更加重要。如果什麼都沒做就回去，怎麼向主人交代呢？」庾公差說：「我師父的射箭技術不比養由基差，你不是他的對手，不過是白白送上性命罷了。」尹公佗不信，於是自己返回去追獻公和公孫丁。

追了二十多里之後，尹公佗追上了獻公。公孫丁問他來幹什麼，尹公佗說：「我師父和你有師徒的情分，我是庾公差的弟子，沒有向你學過射箭，跟你的情分就和路人一樣，我怎麼能對一個路人徇私情，而背叛自己的主人呢？」公孫丁說：「你曾經跟庾公差學過射箭，應該知道他的射箭技術從哪裡來的。做人不能忘本，你趕快走吧，不要傷了和氣。」尹公佗不聽，拉滿弓向公孫丁射了一箭。

公孫丁也不慌亂，把馬韁交給獻公，等箭到了之後，用手輕輕一握就把箭接住了。然後他拉滿弓弦，把箭又射向了尹公佗。尹公佗連忙躲避，結果沒有躲過去，那枝箭射穿了他的左胳膊。尹公佗忍著劇痛把弓丟下就跑，公孫丁又射了一箭，把尹公佗射死了，隨尹公佗一起來的人都嚇得逃走了。獻公說：「如果不是你的神箭，我今天恐怕就沒命了。」兩人繼續趕路。

走了十多里，後面又有車追來。獻公說：「又有追兵來了，我們怎麼辦？」正在著急的時候，後面的車已經十分接近了，原來是他的弟弟公子魚，專門趕來追隨他的，獻公這才放下心來。然後這些人一起逃奔到了齊國，齊靈公把他們安頓在了萊城。

孫林父驅逐了獻公，和甯殖一起迎立公孫剽為君，稱衛殤（ㄕㄤ）公。

第三十六回　諸侯共圍齊國

衛殤公即位之後，派人去通告晉國。晉悼公問荀偃：「衛國人驅逐了一個君主，又立了一位新君，這不合禮儀，該怎麼處置呢？」荀偃說：「衛獻公荒淫無道，這是諸侯都知道的。現在衛國的臣民自願立公孫剽，我們還是不要干涉的好。」晉悼公點頭答應。齊靈公聽說晉國不討伐孫林父、甯殖驅逐君主的罪過，就說：「晉悼公的志氣已經懈怠了，我應該趁這個機會爭奪霸主。」於是齊靈公發兵攻打魯國，在郕（ㄔㄥˊ）地擄掠了一番。

齊國之所以攻打魯國，與齊國的太子有關。齊靈公的第一個兒子叫光，被齊靈公立為太子。後來齊靈公寵幸的妃子戎子把自己姐姐的兒子牙收為養子。戎子仗著齊靈公的寵愛，非要齊靈公立牙為太子，齊靈公答應了。大臣仲子進諫說：「公子光已經被立為太子很久了，而且見了諸侯很多次，現在無緣無故把他廢了，恐怕人們會不服啊。」靈公說：「太子的廢立是我說了算的，誰敢不服！」然後齊靈公讓公子光去守衛即墨，公子光剛走，齊靈公就下旨把太子廢了，立牙為太子。魯國聽說齊靈公把公子光廢了，就派遣使者來詢問公子光犯了什麼罪。齊靈公回答

不上來，反倒懷疑魯國將來會幫助公子光爭奪君位，所以就率先發兵攻打魯國。

魯國派人向晉國求援，晉悼公因為有病在身無法發兵。這年冬天，晉悼公去世了，世子彪即位，稱晉平公。魯國又派使者來弔唁和恭賀，同時稟報齊國侵犯的事情。荀偃說：「等到明年春天，可以與諸侯會盟，如果齊國到時候不參加會盟，再討伐也不晚。」

第二年，晉平公與諸侯會盟。齊靈公果然沒有親自來，而是派大夫高厚參加的。荀偃很生氣，要把高厚抓起來，結果被他逃脫了。之後齊國又發兵攻打魯國，侵佔了魯國的北部。魯國再次派人向晉國求救，晉平公於是命令荀偃帶兵與諸侯一起征討齊國。當時參加征討的有晉、宋、魯、衛、鄭、曹、莒、邾、滕、薛、杞、小邾十二個國家，一起往齊國進發。

齊靈公讓高厚輔佐太子牙守衛都城，自己率領大軍駐紮在平陰，抵擋諸侯的兵馬。齊靈公讓人在城外面挖了很深的壕溝，然後派人把守。宦官❶夙沙衛說：「這十二個國家的心思並不一致，趁他們剛到這裡，出奇兵打敗其中一個國家，那其他的國家肯定會喪失信心的。如果不想作戰，就該選擇險要的地方防守。這樣一道壕溝是防不住他們的。」齊靈公說：「溝這麼深，他們能飛過來嗎？」

荀偃聽說齊軍挖了壕溝來守衛城池，笑著說：「齊國怕我們了，肯定不會出來跟我們作

---

❶【宦官】專門服侍王室的官員。周朝時候並不都是閹割過的人，東漢以後的宦官則全都需要閹割。

戰，我們要用計策進攻。」他讓魯國和衛國往須句（ㄑㄩ）進發，讓邾國和莒國往城陽進發，剩下的兵馬進攻平陰，約定好在臨淄城下會合。荀偃又吩咐人在山上險要的地方插滿旗幟，讓戰車來回奔跑，用來迷惑齊軍。進攻的時候，荀偃事先命人準備了很多木頭和石塊，每個士兵攜帶一個裝滿土的袋子。到了壕溝前面，士兵把木頭、石塊和裝土的袋子全都填了進去，很快就把壕溝填滿了。大軍越過壕溝，把守衛壕溝的齊軍殺得大敗。

晉、宋、魯、衛、鄭、曹、莒、邾、滕、薛、杞、小邾十二個國家，一起往齊國進發。

齊靈公看諸侯大軍越過了壕溝，這才害怕起來，又見外面山上都是旗幟，有很多車馬往來，吃驚地說道：「諸侯的兵馬怎麼這麼多？我們還是暫時躲避一下吧。」然後問手下的將領：「你們誰敢斷後？」夙沙衛說：「我願意帶一隊兵馬斷後，保證讓主公安全。」靈公非常高興，這時又有兩個人站出來，說：「我們堂堂齊國，難道就沒有勇敢的將領，非要讓一個宦官斷後嗎？我們兩人願意讓夙沙衛先走，我們斷後。」這兩個人一個叫殖綽，一個叫郭最，都是非常勇猛的人。齊靈公說：「有將軍為我斷後，我就沒什麼好擔心的了。」夙沙衛沒辦法，只好跟齊靈公先走。

走了二十多里之後，來到了石門山，這裡是一個非常險要的地方，兩邊都是巨石，只有中間一條道路。夙沙衛因為記恨殖綽、郭最兩人，等齊靈公過去之後，就讓人殺了三十多匹馬堵在道路中間，又把幾輛大車連起來橫堵在路上。殖綽、郭最兩人帶著一隊兵馬斷後，退到石門山的時候，看到路上堆滿了馬的屍體和車輛沒辦法過去，就說：「這一定是夙沙衛記恨我們，故意這麼做的。」連忙讓人清理道路。

因為地方比較狹窄，死馬和車輛清理起來很費勁，半天也沒把道路清理出來。這時晉國的追兵到了，殖綽正要去迎戰，對方一箭射過來，正好射中了殖綽左邊的肩膀。郭最拿著弓箭來救殖綽，殖綽搖了搖手，晉國的將領見殖綽這樣也沒有繼續動手。殖綽不慌不忙地把箭拔出來，問對面的人：「你是什麼人？能射中我殖綽的肩膀也算是條好漢了，請問一下姓名。」對方說：「我是晉國名將州綽。」殖綽說：「我不是別人，我是齊國名將殖綽。將軍難道沒有聽過『二綽』的稱號嗎？說的就是咱們倆。我們都是以勇猛而聞名，好漢惺惺相惜，何必自相殘殺呢？」州綽說：「你說的雖然很對，但是我們各為其主，我不得不這麼做。如果將軍肯投降的話，那我肯定能讓將軍不死。」殖綽說：「你不會騙我吧？」州綽說：「將軍如果不信，我可以發誓。如果不能保住將軍的性命，我願意跟將軍一起死。」見州綽這麼說，殖綽和郭最就一起投降了。

州綽回來之後，荀偃讓人先把殖綽和郭最關起來，等回去以後再處置。然後率領大軍穿過平陰，來到臨淄城外，這時魯、衛、邾、莒四國的兵馬也都趕到了。諸侯大軍開始一起攻城，齊靈公非常害怕，偷偷讓下人駕車想從東門逃走。高厚知道以後，連忙趕過來把馬車的繩子砍斷了，對齊靈公說：「諸侯軍隊雖然攻勢很猛，但是他們遠離本土，國內肯定會有變故，不久就會撤退的。主公如果跑了，都城就守不住了。請再堅持十天，如果到時候還不行，再逃跑也不晚啊。」靈公於是留了下來。高厚帶領臣民繼續堅守城池。

到了第六天，鄭簡公突然收到一封信，是鄭國大夫公孫舍之和公孫夏寫來的，說是鄭國大臣子孔謀反，要聯合楚國攻打鄭國，楚國的兵馬馬上就要到鄭國了。鄭簡公非常著急，把信拿給晉平公看。晉平公與荀偃商量這件事，荀偃說：「我們本來想要一鼓作氣攻下臨淄的，現在臨淄城並沒有出現破綻，鄭國又遭到楚國的侵犯。如果鄭國有什麼損失，那就是晉國的過錯。不如暫且撤軍去救援鄭國。這次雖然沒有攻下齊國，不過齊靈公應該已經害怕，不會再侵犯魯國了。」晉平公於是決定撤軍，鄭簡公因為著急，先走了一步。

諸侯大軍走到半路，晉平公因為憂慮楚軍，與諸侯喝酒的時候也鬱鬱寡歡。師曠說：

「我用音樂來占卜一下吧。」說完吹奏了《南風》和《北風》兩首曲子，《北風》的音調很柔和，《南風》的聲音則很低沉，充滿殺氣。師曠說：「《南風》的聲音不好，預示著楚國不會成功。不出三天一定會有好消息傳來。」

師曠字子野，是晉國第一聰明的人。他從小就喜歡音樂，只是因為用心不專而非常苦惱。他認為用心不專的原因是看到的東西太多，所以就用艾葉熏瞎了自己的眼睛。從此以後他專門學習音樂，能從音樂裡預知世事。晉平公非常信任他，所以行軍的時候也帶著他。

還沒過三天，鄭國大夫公孫蠆（ㄔㄞˋ）就來報告，說楚軍已經離開了。晉平公問怎麼回事，公孫蠆說：「子孔私下勾結楚國，約定楚國進攻鄭國的時候，子孔做內應放楚軍進城。幸好公孫舍之和公孫夏預先知道了子孔的陰謀，讓人嚴格盤查進出的人。子孔出不去，沒辦法接應楚軍。楚軍接不到消息，駐紮的地方又下起大雨雪，好幾天都沒有停，士兵差不多死了一半。楚軍沒有辦法只好撤軍了。我家主公已將子孔治罪，派我連夜趕來通報一聲。」晉平公很高興，說：「師曠在音樂方面真是個聖人啊。」然後各個諸侯都返回了自己的國家。

回去的途中，荀偃的頭上忽然生了一個癰疽❷，沒過多久荀偃就死了。殖綽和郭最趁亂逃跑回到了齊國。晉平公讓士匄做了中軍元帥，讓荀偃的兒子吳做了副將。

---

❷【癰疽（ㄩㄥ ㄐㄩ）】是一種毒瘡，大片的毒瘡稱爲癰，比較深的稱爲疽。

第三十七回　崔杼、慶封弒齊君

諸侯圍攻齊國的當年夏天，齊靈公病重，大夫崔杼和慶封決定發動政變。兩人把公子光迎接回來，慶封帶人半夜裡來到大夫高厚家將其殺死。公子光和崔杼進入宮中，先殺了戎子，又殺了公子牙。靈公聽說後氣得吐了很多血，當場就咽氣了。之後公子光即位，稱齊莊公。

齊莊公生性爭強好勝，最欣賞那些勇猛的人，讓人到處尋找勇士。同時莊公在卿大夫之外又設置了「勇爵」的爵位，俸祿與大夫一樣，入選的人必須能舉起千斤的重量，用箭能射穿七副盔甲。他先是得到了殖綽、郭最、賈舉等五人，後來晉國大臣欒盈因為被驅逐來投奔齊莊公，莊公看中了他手下的州綽和邢蒯，於是州綽和邢蒯也成了莊公手下的勇士。後來殖綽、郭最和州綽、邢蒯因為位次問題發生了矛盾，莊公就設立了「龍」和「虎」兩個相同的爵位。「龍爵」以州綽、邢蒯為首，下面有盧蒲癸、王何等人，「虎爵」以殖綽、郭最為首，下面有賈舉等人。

當時崔杼和慶封因為迎立齊莊公有功，都被封為上卿。莊公經常到他們家裡喝酒遊玩，

練武射箭，君臣之間非常親密。有一次，齊莊公到崔杼家裡喝酒，崔杼讓自己的妻子棠姜出來倒酒。棠姜長得非常漂亮，莊公一眼就看中了她。於是莊公收買了棠姜的哥哥東郭偃，在東郭偃的聯絡下，齊莊公和棠姜開始私通。

棠姜是崔杼的後妻，崔杼的前妻生下崔成和崔強兩個兒子後沒過幾年就死了。有一次崔杼去弔唁一個叫棠公的人，看到棠公的妻子棠姜非常漂亮，於是請東郭偃說媒，把棠姜娶了過來。後來棠姜給崔杼生了個兒子，取名為崔明。崔杼因為寵愛棠姜，就讓東郭偃和棠姜與棠公的兒子棠無咎做自己的家臣。崔杼經常對棠姜說：「等將來崔明長大了，就把他立為世子。」

齊莊公和棠姜的來往多了之後，崔杼漸漸有了察覺，於是盤問棠姜。棠姜說：「確實有這樣的事。他是一國之君，我一個女人怎麼敢拒絕他？」崔杼說：「那你為什麼不跟我說呢？」棠姜說：「我知道自己有罪，所以不敢說。」崔杼沉默了一會兒，說：「這件事不怪你。」從此崔杼就有了殺齊莊公的念頭。

周靈王二十二年，吳王諸樊向晉國求婚，晉平公把自己的女兒嫁給了他。齊莊公聽說後跟崔杼商量：「我答應讓欒盈回到晉國，只是沒有找到機會。聽說曲沃的守臣是欒盈的好朋友，我現在以送妾的名義讓欒盈入主曲沃，然後讓他襲擊晉國，你看怎麼樣？」崔杼心裡恨齊莊公，本來就想讓齊莊公與晉國結怨，他好藉機殺了莊公討好晉國。現在莊公跟他商量幫欒盈回晉國的事，正好讓他的計謀得逞。於是崔杼對莊公說：「曲沃的守臣雖然是欒盈的朋友，但是就怕不會背叛晉國。主公一定要親自率領一支軍隊作為欒盈的後援，等欒盈入主曲沃之後，主公假稱討伐衛國，與欒盈兩邊夾擊晉國，晉國肯定無法抵擋。」莊公覺得很對，就按照崔杼的計策去做。

欒盈聽說齊莊公要幫自己回到晉國非常高興，於是和莊公約定好了行事的計畫。欒盈很順利地佔領了曲沃，但是當齊莊公從另一路攻打晉國的時候，欒盈卻兵敗被殺了，齊莊公聽說欒盈被殺也只好撤了回來。

到了齊國邊境的時候，齊莊公還不死心，覺得應該取得些戰果再回去，於是率領軍隊去攻打莒國。莒國沒辦法抵擋，只好向齊莊公求和。這時莊公得到消息，說晉國正和宋國、魯國等諸侯國商量討伐齊國，莊公就答應了莒國的請求，然後率軍回到齊國。這一年正好黃河發大水，因此晉國決定暫時不討伐齊國。

崔杼心裡嫉恨齊莊公，一直盼著晉國來討伐齊國，他好趁機與慶封一起謀反，平分齊國。結果因為發大水，晉國無法來討伐，崔杼的心裡很不高興。後來莊公有一個叫賈豎的下人，因為一點小事被莊公打了一百鞭子，對莊公懷恨在心。崔杼知道賈豎恨莊公，於是收買了賈豎，讓他隨時彙報莊公的動靜。

周靈王二十三年夏天，莒國的黎比公來齊國朝貢，莊公很高興，在北郭設宴招待黎比公。崔杼的家正好在北郭，崔杼就有了找機會殺掉莊公的想法，他假裝得了風寒無法赴宴，並讓人去問賈豎有什麼消息，賈豎說：「主公等散席之後就來探望相國。」崔杼笑著說：「他哪是擔心我的病啊，是想以探望我為藉口，做些無恥的事情。」崔杼對妻子棠姜說：「我今天想要除掉這個無道的昏君。你如果按我說的去做，我就不宣揚你的醜事，還把你的兒子立為世子。如果不按我說的做，我就先殺了你們母子。」棠姜說：「女人只能聽從丈夫，你有命令，我怎麼敢不順從。」於是崔杼讓棠無咎帶著一百多人埋伏在裡屋，讓崔成和崔強帶兵埋伏在門裡邊，讓東郭偃帶人埋伏在門外邊，說好以敲鐘作為號令。

莊公一直貪戀棠姜的美色，只是因為崔杼的防範有些嚴，所以不能經常來。今天見崔杼生病了，正好得到機會，匆匆吃完飯就來到崔杼的家。崔杼的門衛對莊公說：「他病得很重，剛服了藥睡下。」莊公問：「睡在哪裡？」門衛說：「睡在外屋了。」莊公很高興，直接來到了裡屋。

當時跟隨莊公來的還有州綽、賈舉、公孫傲、僂堙（ㄌㄡˊ 一ㄣ）、賈豎幾個人，賈豎說：「君主要做什麼你們也知道，不要都進去驚動了相國。」州綽等人覺得很對，於是都停在了門外邊，只有賈舉不肯出來待在了堂屋內，說：「留一個人也沒關係。」賈豎出去關上中門後，門衛也鎖上了大門。

莊公來到裡屋，棠姜濃妝豔抹出來迎接莊公，還沒等說話，一個婢女過來說：「相國口渴了，想要喝蜜湯。」棠姜說：「我去送完蜜湯馬上就回來。」棠姜說完就跟婢女從偏門出去了，莊公靠著窗戶等著，嘴裡唱起了歌，剛唱完就聽到外面有刀劍的聲音。莊公很驚訝，說：「這裡怎麼會有士兵？」於是就喊賈豎，賈豎沒有答應，旁邊埋伏的士兵卻突然衝了出來。莊公大吃一驚，知道自己有危險連忙往後門跑，可後門關住了。莊公的力氣很大，撞破門衝了出去，然後登上了一座樓。

棠無咎帶人圍住樓，嘴裡喊著：「奉相國的命令來捉拿淫賊。」莊公靠著窗戶說：「我是你的君主，你讓我離開吧。」棠無咎說：「相國有令，我不敢自己作主。」莊公說：「相國去哪裡了？我願意跟他立誓不傷害對方。」棠無咎說：「相國生病了，沒辦法過來。」莊公說：「我已經知道錯了，請讓我到太廟自盡吧。」棠無咎說：「我們只知道擒拿淫賊，不知道有君主，君主既然知道自己錯了，就自己動手吧，不要空受別人的侮辱。」莊公看沒辦法了，就想從牆上跳出去。棠無咎用箭射中了莊公的左腿，莊公從牆上掉了下來，士兵們圍上去把莊公殺死了。棠無咎敲響了鐘，事先埋伏好的人都衝了出來，齊莊公的隨從也都被殺了。

聽說莊公被殺，好幾個大臣都自殺了，王何也約盧蒲癸一起自殺。盧蒲癸說：「死了對國家也沒什麼幫助，不如逃走吧，以後還可以有別的打算。」王何聽從了他的建議逃到了莒國。盧蒲癸臨走之前，對弟弟盧蒲嫳（ㄆㄧˋㄝ）說：「君主立勇爵是為了保護自己，與君主一起死也無濟於事。我走了以後，你一定要依附崔杼和慶封，日後讓我回到齊國，然後我就可以為君主報仇，這樣就算死也值了。」盧蒲嫳答應了，盧蒲癸於是逃到了晉國。

慶封讓兒子慶舍帶人把莊公的人都殺了，然後把崔杼迎接到朝堂。崔杼召集大臣商量立新君的事情，大臣們都讓崔杼作主。崔杼說：「靈公的兒子杵臼已經長大了，他的母親是魯國大夫孫僑如的女兒，立他為君可以與魯國交好。」大臣們都答應了，於是迎立公子杵臼為君，稱齊景公。當時景公年紀還小，崔杼自立為右相，立慶封為左相，兩人共同執掌朝政。

崔杼讓太史伯在史書上寫莊公死於瘧疾，太史伯不從，在史書上寫下了崔杼弒君的經過。崔杼很生氣，就殺了太史伯。太史還有三個

棠姜說：「我去送完蜜湯馬上就回來。」

弟弟，分別為仲、叔、季。仲還是按照伯那樣寫的，崔杼殺了仲。叔還是如實寫，崔杼又殺了叔。季沒有屈服依然如實寫，崔杼搶過書簡，對季說：「你的三個哥哥都死了，你就不怕死嗎？你如果按我說的寫，我就饒了你。」季說：「照事實寫史書是我們的責任，如果失職還不如死掉。即便我不寫，還會有別人寫，不寫不能掩蓋相國所做的事情，只能讓別人笑話，所以我不怕死。請相國看著辦吧。」崔杼說：「我是怕國家滅亡所以才這麼做的，就算你這麼寫，人們也會諒解我的。」然後把書簡扔給了季。

季出來之後，遇到南史氏❶過來，季問他為什麼過來，南史氏說：「我聽說你的哥哥都死了，我怕沒有人寫下這次動亂，所以就來了。」季把自己的書簡給他看，南史氏看完轉身離開了。

---

❶【南史氏】南方另一個記史家族的成員。

第三十八回　盧蒲癸設計逐慶封

右相崔杼自從殺了莊公、擁立景公之後就把持了齊國的政權。左相慶封喜歡喝酒，愛好出遊打獵，所以經常不在朝堂。崔杼獨自掌管著政權，越來越驕橫。慶封心裡對此有些不滿。崔杼原來答應棠姜把崔明立為世子，但是長子崔成在殺莊公的事情中胳膊受了傷，崔杼總覺得不忍心。崔成知道崔杼的心意，表示願意讓出自己的位置，只到崔邑去養老。東郭偃和棠無咎不答應，認為崔邑應該是由世子掌管的。崔成跟弟弟崔強商量這件事，崔強說：「世子的位置已經讓出來了，也不在乎一個城邑。就怕將來父親死了以後，我們就更加沒有地位了。」崔成說：「我們去請教一下左相吧。」

崔成和崔強來拜見慶封，把情況說了一下。慶封說：「你們的父親只聽東郭偃和棠無咎的，我就算為你們說話，恐怕他也不會聽。為什麼不把他們兩人除掉？」崔成說：「我們也有這想法，但是力量不足，怕不能成功啊。」慶封說：「等我想出辦法來再跟你們商量吧。」崔成和崔強離開後，慶封把這件事告訴了自己的心腹盧蒲嫳。盧蒲嫳說：「崔家有亂事，對您是有好處的啊。」慶封明白了他的意思，等崔成和崔強再來的時候，慶封就說：「你們如果有本事除掉他們，我就送你們一些盔甲。」

崔成和崔強從慶封那裡得到一些盔甲，半夜裡帶領家丁埋伏在崔杼家附近。東郭偃和棠無咎每天都要來拜見崔杼，等他們兩人進門之後，埋伏的人突然衝了出來，把東郭偃和棠無咎殺死了。崔杼大吃一驚，連忙跑了出來，一路來到慶封家，對慶封說了這件事。慶封假裝不知道，說：「崔和慶雖然是兩個姓氏，但實際上是一體的關係。這兩個孩子這麼叛逆，你如果要討伐他們，我願意幫你。」崔杼信以為真，拜謝了慶封。

慶封讓盧蒲嫳帶人去誘殺了崔成和崔強，並抄了崔杼的家，大門都給打爛了。棠姜非常害怕，在屋子裡上吊自殺了。當時崔明在外面沒有受到牽連。盧蒲嫳把崔成和崔強的頭掛在車上回來，崔杼又生氣又悲傷，問盧蒲嫳：「有沒有驚動我妻子？」盧蒲嫳說：「夫人在屋子裡還沒有起床。」崔杼很高興，就回去了。回到家一看，家裡已經空了，棠姜的屍體還在繩子上掛著。崔杼放聲大哭，說：「我被慶封出賣了啊，連家都沒有了，我還活著幹什麼？」說完就上吊自殺了。

崔明回來之後，半夜裡把崔杼和棠姜的屍體偷了出來放在棺材裡，帶出去埋在了一個不為人知的地方。做完這些事之後，崔明逃奔到了魯國。崔杼死後，慶封就獨自掌管了朝政。

慶封非常好色，一次去盧蒲嫳家喝酒的時候，看上了盧蒲嫳的妻子，不久兩人就開始私通。慶封把政事都交給兒子慶舍處理，自己則帶著妻妾和財物到盧蒲嫳家居住。慶封和盧蒲嫳的妻子一起住，盧蒲嫳也和慶封的妻妾私通，兩邊都沒有忌諱。有時候兩家人還在一起玩樂，連下人們都看不慣了，慶封和盧蒲嫳卻滿不在乎。

盧蒲嫳請求慶封把盧蒲癸召回來，慶封同意了。盧蒲癸回來以後，慶封讓他跟著兒子慶舍做事。慶舍是個力大無窮的人，盧蒲癸也很勇猛，而且擅長說好話，所以慶舍很喜歡盧蒲癸，把自己的女兒慶姜嫁給了他。

盧蒲癸想要替莊公報仇，但是自己勢單力薄，於是就向慶舍推薦王何，慶舍把王何也召了回來。慶舍一直怕遭人暗算，所以身邊總有武士護衛，因為信任盧蒲癸和王何，就讓他們兩人作為自己的近身衛士，別的人都不能靠近。

當時齊景公喜歡吃雞，於是大臣們

慶封非常好色，一次去盧蒲嫳家喝酒的時候，看上了盧蒲嫳的妻子

也效仿，致使雞的價格上漲。御廚用以前的錢買不到足量的雞了，就去慶舍那裡請求加錢。盧蒲嫳想讓慶舍不得人心，於是勸慶舍不要給，對御廚說：「吃什麼都是聽你的，為什麼一定要用雞呢？」御廚沒辦法只好用鴨子代替。僕人們以為鴨子不是給齊景公吃的，又私下偷吃了一些鴨肉。

這一天，高蠆、欒灶等大臣陪景公一起吃飯，看食物裡沒有雞只有鴨骨頭，非常生氣，說：「慶家人太刻薄了，竟然這樣縮減主公的飲食！」高蠆想去責備慶封，欒灶把他勸住了。有人把這件事告訴了慶封，慶封問盧蒲嫳該怎麼辦，盧蒲嫳說：「殺了他們就可以了，怕他們幹什麼？」盧蒲嫳把這件事告訴了盧蒲癸，盧蒲癸跟王何商量：「高蠆、欒灶跟慶封有矛盾了，我們可以利用他們。」王何半夜去見高蠆，假稱慶封要攻擊高蠆和欒灶兩人。高蠆很生氣就跟欒灶商量乘機除掉慶封。

到了秋天，慶封帶著族人慶嗣、慶遺等出去打獵，讓大臣陳無宇一起去。陳無宇回家跟父親陳須無告別，陳須無說：「慶家要有大禍了，你去恐怕會和他一起遇難，不如推辭掉吧。」陳無宇說：「我如果推辭他會懷疑我的，你可以找藉口召我回來，這樣我就可以離開了。」

慶封等人走了之後，盧蒲癸打算趁祭祀的時候發動政變。陳須無知道後，怕兒子陳無宇和慶封一起遇難，就假稱妻子有病，讓人去召陳無宇回來。慶嗣看陳無宇上車要走，就問他：「你要去哪裡？」陳無宇說：「我的母親病了，不得不回去。」說完就駕車離開了。慶嗣對慶封說：「陳無宇說母親生病肯定是假的，國家可能會有變故，我們要快點回去。」慶封說：「有我兒子在呢，怕什麼？」

盧蒲癸忙著部署士兵，臉上有征伐的神色，他的妻子慶姜說：「你有事不跟我說，肯定不會成功的。」盧蒲癸笑著說：「你是個女人，能為我做什麼？」慶姜說：「你沒聽說過嗎，聰明的女人勝過男子，我怎麼就不能幫你？」盧蒲癸說：「當初鄭國大夫雍糾把鄭國君主的計畫跟妻子雍姬說了，結果導致計畫失敗，我也害怕會這樣。」慶姜說：「女人把丈夫當作天，丈夫說什麼妻子就該做什麼。」盧蒲癸說：「如果你處在雍姬的位置上，你該怎麼辦？」慶姜說：「能幫就幫忙，如果不能，也不會把事情洩露出去。」盧蒲癸說：「現在齊景公恨慶封把持朝政，跟欒灶和高蠆商量驅逐慶家，所以我要做準備，你不要洩漏出去。」慶姜說：「相國剛剛出去打獵，正是好時機。」盧蒲癸說：「我們打算在祭祀那天行動。」慶姜說：「慶舍不一定會出來，我去激他一下吧。」

慶姜去跟慶舍說：「聽說高蠆和欒灶要趁祭祀的時候行刺你，這次你不可以出去啊。」慶舍憤怒地說：「就算他們兩個要行刺我，我也不怕他們。」慶姜回去告訴盧蒲癸，讓他趕快做好準備。

到了這一天，齊景公到太廟祭祀，大臣們都去了，慶舍也跟隨著。慶舍讓士兵守住太廟，盧蒲癸和王何拿著兵器站在慶舍旁邊。陳無宇和大臣鮑國故意讓人在外面的大街上唱戲表演，守太廟的士兵都過去看戲了。欒灶、高蠆、陳無宇、鮑國四家的家丁都聚集在了太廟門外。盧蒲癸藉口要小便，出來跟他們約好，然後回到太廟。回到慶舍身後，盧蒲癸把戟倒著拿在手裡，高蠆得到暗示，讓人敲了三下門，門外的家丁們一起衝了進來。慶舍大吃一驚，還沒有站起來，盧蒲癸就從後面刺了他一戟，王何打折了他的左肩。慶舍看著王何說：「原來是你作亂！」用右手拿起放祭品的壺砸向王何，王何當時就被砸死了。盧蒲癸讓家丁們圍了過來，慶舍受傷太重，大叫一聲便死了。

盧蒲癸帶人滅了慶氏一族，然後派人防守各個城門防止慶封回來。慶封打獵回來，半路上遇到了逃出來的慶舍家丁。慶封聽說兒子被殺非常生氣，於是帶兵回來攻擊城西門。因為防守嚴密沒辦法攻下，慶封手下的士兵漸漸都逃走了。慶封很害怕，就逃到了魯國。齊景公讓魯國把慶封抓起來，慶封聽到消息後又逃到了吳國。吳王對他很好，給他很高的俸祿。

齊國的大臣們瓜分了崔家和慶家的財產，因為慶封的財物都在盧蒲嫳家裡，他們就以淫亂的罪名把盧蒲嫳驅逐了，盧蒲癸也跟著盧蒲嫳走了。大臣們都從中得到了好處，只有陳無宇什麼都沒有拿。大家商量了一下，把慶家的一百多車木材給了陳無宇。陳無宇把這些木材都送給了百姓，百姓們都稱讚陳無宇的品德。

第三十九回　楚靈王滅陳、蔡

楚國的公子圍是楚共王的庶子，在共王的所有兒子裡是年齡最大的。共王的兒子楚康王去世後，公子熊麇（ㄑㄩㄣˊ）即位，公子圍成為令尹。但是公子圍生性桀驁不馴，不願被人驅使，經常不服從楚王。他仗著自己的才能，一直密謀篡奪王位，私底下結交大臣，時刻準備發動政變。有一次熊麇生病了，公子圍假裝去問候，把宮人都趕出去然後殺了熊麇。不服從他的大臣也都被他殺了。之後他改名為熊虔，即位為君，稱楚靈王。

楚靈王即位之後越來越驕縱，總想征伐其他國家。有一次他去征討吳國，結果失敗而歸。楚靈王面子上過不去，讓人建了一座富麗堂皇的章華宮用來向諸侯炫耀。宮殿建成之後，楚靈王邀請諸侯前來參觀，結果只有魯國國君一個人來了，其他諸侯都沒有來。後來晉平公聽說楚靈王建章華宮，讓人也建了一座相似的宮殿，諸侯全都去恭賀。

楚靈王聽說諸侯全都去恭賀晉平公，心裡很不高興，打算起兵攻打中原諸侯國。他跟大臣伍舉商量這件事，伍舉說：「大王如果以信義召集諸侯，諸侯不來，這是諸侯的罪過。現

在大王以宮殿召集諸侯，卻責備諸侯不來，怎麼能讓人信服呢？如果真想用兵征討中原，一定要選擇有罪的國家，這樣出兵才有藉口。」靈王問：「現在哪個國家有罪呢？」伍舉說：「蔡國的公子般殺了他的父親，到現在已經九年了。蔡國和楚國離得很近，如果討伐蔡國，佔有蔡國土地，這既是義舉，又能得到好處。」

兩人正商量著，有人來報告，說陳哀公去世了，公子留即位為君。伍舉說：「諸侯認同的陳國世子是偃師，現在公子留即位，肯定是陳國發生了政變。」

陳哀公有三個兒子，大兒子叫偃師，二兒子叫留，三兒子叫勝。陳哀公很寵愛二兒子留，但是偃師已經被立為世子，沒有辦法廢掉。於是陳哀公讓司徒公子招做留的太傅，讓公子過做少傅，並囑咐他們將來偃師死後要把君位傳給子留。後來陳哀公病危，公子招對公子過說：「偃師的兒子吳已經長大了，將來偃師肯定會立吳為世子，怎麼會把君位傳給留？那樣我們就有負主公所託啊。不如趁現在殺了偃師，立留為君，這樣我們就算守信了。」公子過覺得很對，於是跟大夫陳孔奐商量這件事。陳孔奐趁偃師去探望陳哀公的時候派人刺殺了他。陳哀公聽說偃師被殺死，一氣之下上吊自殺了。

公子招和公子過立留為君，讓大夫于徵師到楚國去稟報。伍舉和楚靈王聽說公子留被立為君主，正不知道怎麼回事，公子勝就帶著偃師的兒子公孫吳趕來了。公子勝向楚靈王說了事情的經過，靈王去責問于徵師，于徵師開始還抵賴，後來被公子勝指證，說不出話來。靈王說：「你就是公子招和公子過的同黨。」命人殺了于徵師。

伍舉勸楚靈王說：「我們現在去討伐陳國正好名正言順。等攻佔了陳國，然後再攻打蔡國，那您的功績就可以蓋過莊王了。」靈王於是率領大軍討伐陳國。公子留聽說于徵師被殺了，不願再做君主，就逃奔到了鄭國。有人勸公子招一起逃跑，公子招說：「如果楚軍來了，我自然有辦法讓他們撤軍。」

楚靈王領兵來到陳國，陳國的百姓因為憐憫偃師，所以很支持楚軍。公子招見事情緊急，就把公子過請來商量。公子過問公子招：「之前你說有辦法讓楚國撤軍，到底是什麼辦法？」公子招說：「要讓楚軍撤退，只要一樣東西就可以辦到，不過要向你借。」公子過問：「什麼東西？」公子招說：「你的頭。」公子過大吃一驚，還沒等反應過來，就被旁邊的人殺死了。

公子招帶著公子過的頭來到楚軍大營，對楚靈王說：「殺偃師、立子留都是公子過做的，現在我把他殺了，希望大王能赦免我沒能保護君主的罪過。」靈王聽公子招說話謙卑就有些喜歡他。公子招又跪著來到靈王旁邊，小聲說：「當初莊王平定陳國的動亂，已經把陳國改為一個縣了，後來又恢復了陳國。現在公子留逃亡了，陳國沒有君主，希望大王能收陳國為楚國的郡縣，不要落到別人手裡。」靈王說：「你的話正合我心意，我放你回去，你打掃宮廷等著我去。」

公子勝聽說靈王放公子招回去了，來向靈王哭訴，說這一切都是公子招謀劃的。靈王安慰了他一下，說：「我知道該怎麼辦。」第二天，楚王來到陳國都城，陳國官員都來參拜。楚靈王叫出陳孔奐，讓人把他殺了，然後對公子招說：「我本來不想追究你的罪過，但是大家不允許，我現在不殺你，你逃遠一些吧。」然後就把公子招流放了。

處理完這些事，楚靈王對公孫吳說：「我本來想立你為君，但怕公子招的黨羽會對你不利，你就暫時跟我回楚國吧。」然後讓人毀了陳國的宗廟，把陳國改為楚國的郡縣。陳國的百姓都對楚靈王很失望。

楚靈王回去休息了一年之後開始討伐蔡國。伍舉勸靈王誘殺蔡國國君般，靈王於是派人帶著禮物請般到申地相會。蔡侯般正要啟程去申地，大夫公孫歸生說：「楚靈王為人狡詐，現在送我們這麼多禮物，說話還那麼謙卑，肯定有陰謀，您不可以去。」般說：「如果我不去，他派兵來攻打，誰能抵抗呢？」公孫歸生說：「那就請立了世子再去。」於是蔡侯般把子有立為世子。

蔡侯般來見楚靈王，靈王設宴款待蔡侯般。般不知不覺喝多了，伍舉讓人把般綁了起來。靈公讓人對蔡國的隨行人員說：「般殺了自己的父親，我替上天討伐他，隨從的人沒有罪過，投降的人有賞賜，不願意投降的人可以離開。」蔡侯般平時對人很好，隨從的人都不願投降。楚靈王下令把隨從的人都抓了起來。蔡侯般酒醒以後發現自己被綁住了，問楚靈王：「我犯了什麼罪？」楚靈王說：「你殺了自己的父親，違背天理，現在殺你已經很晚了。」楚靈王讓人把蔡侯般殺死，隨從蔡侯的十七個人也全都被殺了。然後楚靈王命令公子棄疾攻打蔡國。

蔡國世子有聽說蔡侯般被殺，楚軍馬上就要來攻打，連忙集結軍隊準備抵抗。楚軍來到之後，把城池圍了起來。公孫歸生建議讓人去晉國求援，於是世子有徵募能出使晉國的人。蔡洧（ㄨㄟˇ）的父親蔡略是被楚靈王殺死的十七個人中的一個，蔡洧很想為父親報仇，於是應徵出使晉國。

蔡洧來到晉國向晉昭公哭訴這件事，請求晉昭公派兵支援。晉昭公覺得晉國的兵力無法與楚國抗衡，於是召集諸侯，打算一起出兵。諸侯聽說要對抗楚國都不說話了，沒有人肯出兵。晉國使者韓起

靈王看完之後笑著說：「蔡國很快就可以攻下了，你們想用幾句話就讓我撤退，把我當三歲小孩子嗎？」

責備諸侯不講信義，宋國大臣華亥建議派一名使者去為蔡國求情。韓起知道諸侯都害怕，沒辦法讓他們出兵，只好寫了一封書信，讓宋、齊等國的大臣都署上名，派大夫狐父帶著書信去向楚靈王求情。

狐父見了楚靈王，把書信呈上去。靈王看完之後笑著說：「蔡國很快就可以攻下了，你們想用幾句話就讓我撤退，把我當三歲小孩子嗎？你回去告訴你們君主，陳國和蔡國是楚國的附屬國，跟北方的諸侯國沒有關係。」狐父沒有辦法只好回去了。晉昭公和大臣們雖然氣憤，但也毫無辦法。

世子有不願向楚國投降，於是帶人堅守城池。公子棄疾率軍攻打了半年，城裡的糧食已經吃光了，多半的人都餓死了。守衛城池的人沒有力氣再戰鬥，楚軍從城牆爬上去，攻陷了城池。公子棄疾進入城裡讓人安撫百姓，把世子有關進囚車押到了楚靈王那裡。當時公孫歸生積勞成疾，已經臥病在床了。

楚靈王回到楚國後，夢到了九岡山的山神，於是去祭祀九岡山，在祭祀儀式上殺了世子有。蔡洧見世子有被殺連哭了三天，楚靈王覺得他很忠誠，就讓他在楚國做了官。蔡洧為了替父親報仇，就竭力取得楚靈王的信任。在蔡洧的建議下，楚靈王重新修築了陳、蔡兩個地方的城池，又在楚國的東西兩面各修築了一座城池，據守楚國的要塞。從此之後，楚靈王自認為天下沒有比楚國更強的，自己很快就可以得到天下了。

第四十回　楚平王弒兄即位

當初楚共王一共有五個兒子，大兒子叫熊昭，也就是楚康王；二兒子叫圍，也就是楚靈王；三兒子叫比，字子干；四兒子叫黑肱，字子晰；小兒子就是公子棄疾。楚共王曾用埋玉璧的辦法選擇世子。他讓人在宗廟的院子裡埋了一塊玉璧，然後讓幾個兒子去叩拜祖先。康王先進去，從玉璧上邁了過去；靈王叩拜的時候，手臂放在了埋玉璧的地方；子干和子晰都離玉璧很遠；公子棄疾年紀太小，讓奶媽抱著叩拜，正好站在玉璧上。楚共王去世的時候，公子棄疾年紀還小，所以立康王為君。但是大臣們都知道，該做君王的是公子棄疾。

楚靈王滅了陳國和蔡國之後，又滅了周圍的六個小國。當地的百姓們流離失所，都很怨恨楚靈王。楚靈王自以為很快就能得到天下了，於是想派人去周朝索要九鼎。大臣鄭丹說：「現在齊國和晉國還很強大，吳國和越國也都沒有臣服，這樣做恐怕諸侯會不服氣啊。」楚靈王說：「我差點忘了，當初徐國答應跟我一起討伐吳國，結果又依附吳國。現在我先討伐徐國，再攻打吳國，那麼天下的一半就是楚國的了。」於是靈王率軍攻打徐國，讓蔡洧輔佐

世子祿留守。到了徐國，靈王讓人圍困徐國的都城，自己則帶兵駐紮在乾溪作為後援。

當時公孫歸生的兒子朝吳正在輔佐公子棄疾，每天都想著恢復蔡國。朝吳的下人觀從說：「楚王現在帶兵在外，這麼久都沒回來，國內空虛，國外怨恨，這正是大好的機會啊。如果錯過了，以後恐怕就沒機會恢復蔡國了。」朝吳說：「那現在該怎麼辦呢？」觀從說：「三位公子對靈王都很不服氣，只是沒有能力反抗。如果假傳公子棄疾的命令，把子干和子晰召回來，然後攻擊都城，就可以得到楚國，到時候靈王必死無疑。等新君即位，蔡國就可以恢復了。」

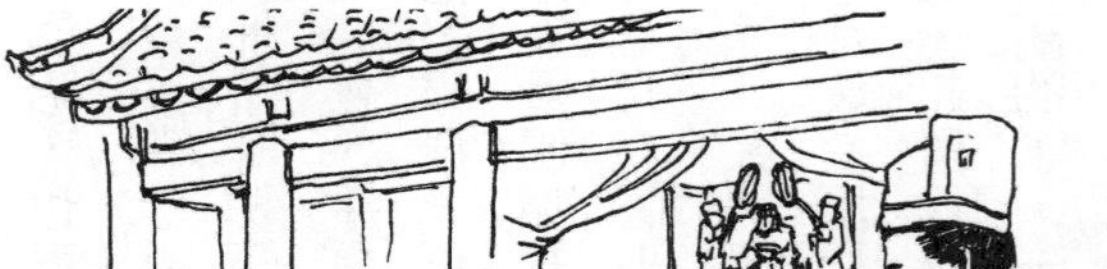

楚靈王自以為很快就能得到天下了，於是想派人去周朝索要九鼎。

朝吳假傳公子棄疾的命令讓觀從把子干和子晰迎接回來。朝吳見到兩位公子後，說：「其實公子棄疾並沒有下令，但是我們可以逼他順從。」子干和子晰有些害怕，朝吳說：

「大王出征不回來，國家現在很空虛。而且蔡洧時常想著報殺父之仇，總盼望出現動亂。鬬成然把守都城周邊，與公子棄疾關係很好，公子棄疾如果有行動，他肯定會做內應的。穿封戌雖然掌管陳地，但是與楚王並不和睦，如果公子棄疾召見，他肯定會來的。以陳、蔡兩個地方的人襲擊空虛的楚國，那不是很容易嗎？」經過朝吳的分析，子干和子晰這才放心。

公子棄疾正在吃飯，突然看到子干和子晰來了非常吃驚，想要逃開。朝吳過來拉住他，說：「事情已經這樣了，公子還想去哪裡？」公子棄疾沒辦法，只好跟他們一起發動叛亂。朝吳來到集市上對百姓們說：「楚王滅了我們蔡國，現在公子棄疾答應恢復蔡國。你們都是蔡國的百姓，怎麼忍心看著蔡國滅亡？大家一起跟隨公子棄疾去攻打楚國吧。」蔡國的百姓聽了都拿起兵器追隨公子棄疾。

蔡國人出動之後，朝吳讓觀從去陳地說服穿封戌一起行動。觀從半路上遇到了陳國人夏齧（ㄋㄧˋㄝ），夏齧與觀從認識，了解了觀從的意圖後，說：「我在穿封戌手底下做事，也想著恢復陳國。現在穿封戌臥病在床，你不用去見他了。你先回去吧，我會帶陳國人去的。」觀從回去報告公子棄疾，朝吳又寫了封信送給蔡洧讓他做內應。

半路上蔡地兵馬和陳地兵馬會合了，夏齧說：「穿封戌已經死了，我說動陳國人前來幫忙。」公子棄疾很高興，帶著兩隊人馬連夜往楚國都城進發。蔡洧聽說公子棄疾到了，先派人打好了招呼，鬬成然在郊外迎接公子棄疾的到來。令尹薳（ㄨㄟˇ）罷正要帶兵防守，蔡洧已經把城門打開了。先進城的人大聲呼喊：「楚王已經被公子棄疾殺死，大軍已經到了城下了。」楚國的百姓本來就對楚靈王不滿，都很願意擁護公子棄疾，沒有人肯抵抗。薳罷想帶著世子祿逃走，結果王宮已經被包圍了。薳罷進不去，回家以後自殺了。

進入王宮之後，公子棄疾把世子祿等人都殺了，然後擁立子干為王。朝吳私底下對公子棄疾說：「是您帶兵起事的，為什麼把王位讓給別人呢？」公子棄疾說：「靈王還在乾溪，國家現在還不安定，況且越過兩個兄長自立為王，我怕別人會議論我啊。」朝吳明白了他的意思，說：「靈王的軍隊在外面很長時間了，一定非常想回來。如果派人去說明情況，軍隊肯定會崩潰的，然後我們可以派兵抓住靈王。」

觀從奉公子棄疾之命來到乾溪，對靈王的軍隊說：「公子棄疾已經佔據楚國，殺了靈王的兒子，把子干立為新君了。新君有令：先回去的人還給田地，晚回去的人就把鼻子割掉，有跟隨靈王的就滅三族，有給靈王食物的也是同樣的罪過。」士兵們聽了之後頓時跑了一大半。

當時靈王喝醉了，鄭丹進來報告，靈王聽說兒子被殺了，從床上滾了下來放聲大哭。鄭丹說：「軍心已經散了，大王應該趕快回去。」靈王說：「別人也像我這樣愛自己的孩子嗎？」鄭丹說：「鳥獸都知道愛孩子，何況是人呢？」靈王說：「我殺了那麼多人的孩子，別人殺我的孩子也不奇怪。」這時有人來報告，說：「新君派公子棄疾為大將，和鬬成然一起帶領大軍殺過來了。」靈王大怒，說：「我對成然那麼好，他竟然敢背叛我。我就是戰死也不能等著被捉。」於是靈王帶兵往回趕，一路上不斷有人逃跑，靈王親自殺了幾個人也不能阻止。等到了訾（ㄗ）梁的時候，只剩下一百人左右了。

靈王說：「沒辦法了。」鄭丹說：「大王不如先到郊外，查探一下百姓們支持誰。」靈王說：「整個國家的人都背叛了，還用察看嗎？」鄭丹說：「如果不行，那就逃奔到其他國家，請別人派兵幫助自己。」靈王說：「諸侯誰肯幫我啊？去了也是被欺辱。」鄭丹見靈王不聽從自己的意見，怕自己有禍患，就私自逃回了楚國。

靈王找不到鄭丹了，也不知道該怎麼辦。身邊的人都跑了，只剩他一個人。不知不覺靈王肚子餓了，想到村莊去找吃的，又不認識路。有路過的人知道這是楚王，但是聽說新君王的命令很嚴，所以都不敢幫靈王。

靈王一連三天沒有吃東西，餓得倒在了地上。有人乘車從這裡路過看到了靈王，於是下車叩拜靈王，問：「大王怎麼變成這樣了？」靈王問他：「你是什麼人？」那人說：「我叫申亥，是申無宇的兒子。我父親曾經兩次得罪您，您卻沒有殺他。我父親臨終時叮囑我，將來如果您有困難，我一定要盡力幫助。最近聽說國都被攻破了，我連夜出來找您，一直找到了這裡，幸好碰到了您。現在到處都是公子棄疾的人，您不能到別的地方去了，我家離這裡不遠，先到我家去吧。」

申亥給靈王吃了些東西之後，把靈王帶到了自己的家。他對靈王照顧得非常周到，還讓自己的兩個女兒服侍靈王。但是靈王一直悲傷啼哭，到了第二天早上，兩個女兒告訴申亥靈王已經上吊自殺了。申亥非常悲痛，親自收殮了靈王的屍體。

公子棄疾帶人出來尋找靈王，很久都沒有找到，朝吳說：「靈王現在已經不值得擔憂了，我們該擔心子干，他現在施行仁政，收買人心，王位很快就要穩固了啊。」公子棄疾說：「那該怎麼辦呢？」朝吳說：「百姓還不知道靈王的下落，趁現在人心不穩，讓幾十個士兵回去假稱靈王率大軍到了，然後再讓鬬成然回去報告。子干和子晰都是膽小的人，聽到這個消息肯定會因害怕而自盡的。」公子棄疾於是讓觀從帶著幾十個人回都城散布謠言，百姓們都相信了，非常害怕。不久鬬成然也回去跟子干說靈王回來了。子干和子晰非常害怕，一起拔劍自殺了。

鬬成然收拾好王宮，把公子棄疾迎接進城。公子棄疾改名熊居，即位為王，稱楚平王。當時百姓們還不知道靈王已經死了，所以人心不穩。楚平王讓人給一具死屍穿上靈王的衣服假稱是靈王，人們這才安定下來。

第四十一回　晏嬰二桃殺三士

齊景公是個很有抱負的人，當時晉國雖然強大，但是晉昭公沒有遠大志向，於是齊景公就想稱霸諸侯。他對相國晏嬰說：「晉國稱霸西北，我稱霸東南，你看能不能做到？」晏嬰說：「晉國大興建築，勞民傷財，所以失去了諸侯的心。主公如果想要稱霸，最好的辦法就是體恤百姓。」景公說：「怎麼體恤百姓？」晏嬰說：「簡化刑罰，人們就不會有怨恨；降低賦稅，人們就會知道朝廷的恩典。」於是景公廢除了煩瑣的刑罰，開放糧倉賑濟貧窮的人，百姓們都很高興。

國力強盛之後，齊景公開始籠絡東方的諸侯。徐國不遵從齊國，景公讓大將田開疆帶兵征討。田開疆殺了徐國大將嬴爽，活捉了對方士兵五百多人。徐國君主非常害怕，向齊景公求和，答應依附齊國。之後又有幾個國家依附了齊國，晉國雖然知道這些事，但也不敢過問。齊國越來越強大，和晉國共同稱霸諸侯。

當時景公手下有兩個非常勇猛的人，一個是田開疆，另一個叫古治子，兩個人都得到了

景公的重用。後來田開疆又向景公推薦了公孫捷，公孫捷的臉是靛藍色的，眼睛凸出來，能舉起千斤的重物。景公覺得很驚奇，就讓公孫捷跟自己一起去打獵。突然山裡面竄出來一隻老虎，直接向景公撲了過去。公孫捷從車上跳下來用雙手抓住老虎，一頓拳頭把老虎打死了。景公很欣賞公孫捷的勇猛，讓他與田開疆、古冶子享受相同的待遇。

後來公孫捷和田開疆、古冶子結拜為兄弟，自稱為「齊邦三傑」。他們仗著自己的功績和勇猛，總是說大話，對其他大臣很傲慢。就連在景公面前，他們也總是用「你」、「我」的稱呼，根本不講禮節。景公因為愛惜他們的英勇就容忍了他們。

當時朝廷裡有個奸臣叫梁邱據，非常善於阿諛奉承，深得景公寵愛。梁邱據對內向景公邀寵，對外結交三傑以擴大自己的黨羽。而且當時陳無宇因為懂得收買人心，已經有了謀反的兆頭。田開疆和陳無宇是一族的❶，將來如果相互呼應，肯定會為國家帶來災難。晏嬰為此非常憂慮，總想除掉他們，但是怕景公不同意反而得罪了三傑。

突然有一天，魯昭公因為與晉國產生矛盾而想結交齊國，親自前來朝拜，景公設宴款待魯昭公。宴席上，魯國由叔孫婼（ㄖㄨㄛˋ）執掌禮儀，齊國由晏嬰執掌禮儀。三傑帶著劍站在臺階下，臉上充滿傲氣。

兩位君主酒喝到一半，晏嬰說：「現在園子裡的金桃已經熟了，可以摘來讓兩位君主品嘗。」景公同意了，讓管理園子的人去摘金桃來。晏嬰說：「金桃這麼難得的東西，應該讓我親自去摘。」晏嬰拿著鑰匙摘桃子去了。

齊景公對魯昭公說：「先王在世的時候，有一個東海人進獻了一些桃核，說這種桃子叫『萬壽金桃』，產自海外度索山，也叫『蟠桃』。到現在已經種了三十年了，以前枝葉雖然茂盛，但是只開花不結果。今年突然結了幾顆桃子，我非常愛惜，所以讓人鎖上了園門。今天您光臨我們國家，我不敢獨自享受，所以拿出來跟各位共用。」魯昭公連忙表達謝意。

過了一會兒，晏嬰摘來了六個如碗般大小的桃子，顏色紅得像火炭，散發出很濃的香氣，果然是非常奇異的果實。景公問：「只有這六個桃子嗎？」晏嬰說：「還有三四個沒熟，所以只摘了這六個。」景公於是讓晏嬰去斟酒。晏嬰去為魯昭公斟酒，獻上了金桃。魯昭公喝了一杯酒，然後拿了一個桃子嘗了一下，味道果然非常甜美，於是讚不絕口。景公也喝了一杯酒，拿了一個桃子吃了。景公說：「這種金桃是很難得的東西，叔孫大夫在各國都有賢德的名聲，今天又主持禮儀，應該吃一個桃子。」叔孫婼跪著說：「我的賢德比不上晏相國的賢德，相國對內修明政治，對外聯合諸侯，功勞不小。這桃子應該讓晏相國吃。」景

❶齊國的田氏家族和陳氏家族有著共同的祖宗——陳完。陳完是陳厲公的兒子，後來陳國發生內亂，陳完爲了避禍逃到齊國，改姓爲田。陳完的後代有的沿用了田姓，有的則恢復了陳姓，所以齊國的田氏和陳氏實際上是同一個宗族。

公說：「既然叔孫大夫讓給相國，那就你們兩個每人喝一杯酒，吃一個桃子。」晏嬰和叔孫婼跪下謝恩，每人吃了一個桃子。

吃完後，晏嬰說：「盤子裡還有兩個桃子，主公可以讓下面的大臣們說明自己的功勞，功勞大的就可以吃一個桃子，用來表示嘉獎。」景公說：「這個主意很好。」於是讓人傳令，有覺得自己功勞比較大的可以過來說明，由晏嬰按功勞賞賜。公孫捷首先過來，說道：「當初主公出去打獵遇到了一隻猛虎，我徒手殺了猛虎，這功勞怎麼樣？」晏嬰說：「保護主公，沒有比這功勞更大的了。可以吃一個桃子，喝一杯酒。」

古冶子看公孫捷說了自己的功勞，也上來說：「殺老虎也沒什麼稀奇的。我曾經在黃河裡殺了一隻大黿（ㄩㄢˊ），讓主公轉危為安，這功勞怎麼樣？」景公說：「當時波濤洶湧，如果不是將軍殺了大黿，我們的船肯定要翻了。這是蓋世的功勞，應該喝酒吃桃子。」晏嬰連忙把酒和桃子遞給古冶子。

這時田開疆也上來了，說：「我曾經奉命討伐徐國，殺了他們的名將，俘虜了士兵五百多人，徐國國君因為害怕而依附我國，其他國家也畏懼我們的威嚴而尊主公為盟主。這樣的功勞可以吃桃子嗎？」晏嬰說：「田開疆的功勞比其他兩位將軍的功勞大十倍啊，但是已經沒有桃子了，就賜給將軍一杯酒，等明年再賞賜桃子吧。」景公說：「你的功勞最大，但是說得晚了些。」

田開疆拔出佩劍，說：「殺老虎和大黿只是小事情，我在千里之外征戰反倒不能吃桃子，讓兩國的君臣嘲笑，還有什麼臉面站在這裡。」說完就自殺了。公孫捷大吃一驚，也把劍拔出來，說：「我們那麼小的功勞都吃了桃子，田將軍那麼大的功勞反倒不能吃桃子。我不知道謙讓桃子不算廉明；看田將軍死不能追隨就不算勇敢。」說完之後也自殺了。古冶子大聲喊：「我們三個人和親生兄弟一樣發誓要同生共死。他們兩個人死了，我怎麼能一個人活著？」說完，古冶子也自殺了。景公讓人去阻擋，結果沒有來得及。

魯昭公從座位上站起來，說：「我聽說這三位將軍都是天下罕見的勇猛之人，可惜一天之內全都死了。」景公有些不高興，晏嬰說：「這都是我們國家空有一身力氣的人，雖然有些功勞，但是還不用放在心上。」魯昭公說：「貴國還有幾個像他們這麼勇猛的將軍？」晏嬰說：「能出謀劃策，展示大國威嚴，有將相之才的人有幾十個。像這樣

「保護主公，沒有比這功勞更大的了。可以吃一個桃子，喝一杯酒。」

只有一身力氣的人不過是我們君主用來支使的，他們死了對齊國沒有什麼損失。」景公聽了之後這才有些釋懷。晏嬰又給兩位君主斟酒，齊景公和魯昭公都喝得很開心。

魯昭公走了之後，齊景公問晏嬰：「你在席上說得那麼誇張，雖然保存了齊國的臉面，但是只怕三傑死了以後沒有能用的人啊，這該怎麼辦？」晏嬰說：「臣推舉一個人，足能抵得上三傑。」景公問：「什麼人？」晏嬰說：「有一個叫田穰苴（ㄖㄤˊ ㄐㄩ）的，文能夠讓眾人信服，武能夠震懾敵人，是個大將之才。」景公說：「是不是和田開疆一族的？」晏嬰說：「這個人雖然是田開疆一族的，但是地位卑微，不受田開疆的尊敬，因此隱居在東海邊上。主公如果想選擇大將，只有他最合適。」景公說：「你既然知道他賢明，為什麼不早跟我說呢？」晏嬰說：「擅長做官的人，不但要選擇君主，還要選擇朋友。像田開疆、古冶子那些人，田穰苴怎麼肯與他們同朝為官？」景公雖然覺得很對，但還是顧慮田氏與陳無宇是同族，遲遲不能做出決定。

突然有一天有人來報告，說：「晉國知道三傑都死了，領兵來侵犯。燕國也趁機攻打我國北部。」景公非常害怕，讓晏嬰去請田穰苴。田穰苴來見了景公，和景公討論兵法，景公非常滿意，把田穰苴封為將軍，讓他率領大軍去抵抗燕國和晉國。田穰苴說：「我原本身分低微，如果突然領兵，恐怕人們不能信服，請君王讓一個您寵信的人去監軍。」景公於是讓寵信的大臣莊賈去做監軍。

田穰苴和莊賈約好了第二天中午出發，叮囑莊賈不要遲到。到了第二天，田穰苴派人去催莊賈，結果莊賈仗著景公寵信自己根本不理會。都已經到下午了，莊賈才醉醺醺地來到軍隊集結的地方。田穰苴為了嚴明法紀，就讓人把莊賈斬首。有人把消息告訴了景公，景公連忙派梁邱據傳令赦免莊賈。等梁邱據趕到的時候，莊賈已經被斬首。由於梁邱據是駕車去的，軍法規定軍隊裡不能駕車，田穰苴也要把梁邱據斬首。梁邱據連忙說：「我是奉主公的命令來的，不關我的事。」田穰苴說：「既然有君主的命令，那不能殺，但是軍法也不能廢。」於是讓人毀了梁邱據的車。軍士們見田穰苴執法這麼嚴，全都不敢違反命令。

田穰苴的軍隊還沒出郊外，晉國的軍隊聽到消息後就撤回去了，燕國也撤軍了。田穰苴率兵追擊大敗燕國，燕國只好求和。回來之後，景公把田穰苴封為大司馬，專門執掌兵權。

第四十二回　伍子胥過昭關

楚平王手下有個大臣叫費無極，他與太子建不合，想要離間太子和楚平王的關係。有一天，費無極突然想到了一個辦法，他建議楚平王為太子婚配，並建議和秦國聯姻。楚平王派人去秦國求婚，秦國答應了聯姻的請求，把秦哀公的妹妹孟嬴嫁了過來。

楚平王見孟嬴長得非常漂亮就想佔為己有。在費無極的慫恿下，楚平王把孟嬴接到了自己的王宮，而把一個齊國的女子嫁給了太子。後來孟嬴生了一個兒子，取名叫珍。楚平王想廢了太子建，把珍立為太子。費無極猜透了楚平王的心思，說：「太子和伍奢早就陰謀造反了。」伍奢是伍舉的兒子，當時是楚國的太子太傅。楚平王聽信了費無極的話把伍奢抓了起來，太子聽到消息後就逃到宋國去了。

楚平王打算殺了伍奢，費無極說：「伍奢還有兩個兒子，大兒子叫伍尚，小兒子叫伍員，兩個人都是非常出色的人物。如果讓他們逃到其他國家，肯定會成為楚國的禍患。不如讓伍奢把他們召來，然後一起殺掉。」平王讓伍奢給自己的兒子寫信，伍奢不敢違抗。平王派大臣鄢（ㄧㄢ）將師拿著書信去召見伍尚和伍員。

伍尚接到書信後很高興，立刻去找弟弟伍員，想和伍員一起入朝。伍員字子胥，是個非常有謀略的人。他見書信上寫著赦免了伍奢，還給了兩兄弟封地，就對哥哥伍尚說：「父親能夠不死已經是很幸運的了。我們有什麼功勞能給我們封地？這是引誘我們前去呢，去了一定會被殺死的。」伍尚說：「這裡有父親的親筆信，怎麼會是假的？」伍員說：「父親對國家一片忠心，知道我們將來會報仇，所以要讓我們死在楚國，以免我們將來對楚國不利。」伍尚還是不相信，堅持要去。伍員說：「和父親一起被殺對事情有什麼幫助呢？如果你一定要去，那我們就從此告別了。」伍尚跟隨鄢將師去見楚平王，伍員則獨自逃走了。

平王見伍尚一個人前來，擔心伍員逃走，派大夫武城黑去追伍員。武城黑在一處荒野追上了伍員，伍員射死了駕車的人之後打算射武城黑，武城黑很害怕，下車想要逃跑。伍員說：「我本來應該殺了你，現在留你一條命，你回去告訴楚王，如果想要延續楚國的命脈，就留下我父親和哥哥的性命。如果殺了他們，我一定要滅掉楚國，親手砍下楚王的腦袋。」武城黑回去把伍員的話告訴了楚平王，平王很生氣，讓人把伍奢和伍尚都殺了。

平王怕伍員逃掉，又派人去追。伍員來到一條大江旁邊，把衣服和鞋子都扔在了江岸上。追蹤的人看到衣服和鞋子，就回去報告伍員不見了。平王下令通告全國：不管什麼人，只要能抓到伍員就給予重賞，封為上大夫；有收留或者放走伍員的就全家處斬。楚國的各個關口接到通告後都盤查得十分嚴格。

伍員想逃往吳國，但路途遙遠，後來他突然想到太子建逃到了宋國，打算去宋國投奔太子建。當時宋國正在內亂，太子建來了以後也沒見過宋國國君，伍員就和太子建一起來到鄭國。鄭國國君認為自己的國力不足以幫他們攻打楚國，就建議太子建去求晉國幫忙。晉國一直都有滅掉鄭國的想法，於是跟太子建約定，由太子建做內應，晉國發兵滅掉鄭國。太子建回到鄭國把這件事跟伍員說了，伍員建議他不要這麼做，會失掉信義，太子建不聽。後來鄭國國君知道了這件事，殺了太子建，伍員連忙帶著太子建的兒子公子勝逃走了。

伍員思考了一番，覺得現在只有吳國可以投奔了，於是連夜趕路，既怕鄭國追來，又要躲避楚國的圍捕。這一天，伍員帶著公子勝來到了昭關，過了昭關之後就是通往吳國的水路。伍員見昭關盤查得很嚴，沒辦法通過，就躲在一旁的小樹林裡想辦法。突然一個老人拄著拐杖來到林子裡見到了伍員。老人問伍員：「你是不是伍家的人？」伍員大吃一驚，說：「你為什麼這麼問？」老人說：「我是扁鵲的弟子東皐公，從小就周遊列國給人看病。現在年紀大了在這裡隱居。幾天以前薳將軍生病了，我去給他看病，看到關口懸掛著伍子胥的圖像，跟你非常像，所以問你一下。你不用對我隱瞞，我家就在山後面，有什麼話可以到我家去商量。」伍員知道這個老人不是普通人，帶著公子勝來到老人家裡。

老人問伍員帶著的是什麼人，伍員說：「這是太子建的兒子，名叫勝。我確實是伍子胥，因為您是長者，所以我不敢隱瞞。我身負血海深仇，發誓將來要報仇，希望您不要洩漏出去。」東皋公說：「我只有救人的技術，哪有殺人的想法？你就算在這裡住一年半載也不會有人知道的。但是昭關的守衛很嚴，你一定要想個安全的辦法過關。」伍員跪下說：「您如果有辦法能幫我逃過這次劫難，將來我必定重謝。」東皋公說：「這裡比較偏僻，公子先在這裡住下吧，等我想個辦法送你們兩人出關。」

伍員謝過東皋公，在這裡住了七天。東皋公每天都用酒宴款待他們，但並不提過關的事。伍員對東皋公說：「我有深仇在身，現在度日如年，一直待在這裡跟死人差不多了。您高風亮節，就可憐可憐我吧！」東皋公說：「辦法我已經想好了，只不過要等一個人來。」伍員不明白他的意思，一晚上輾轉反側，無法入睡。他想繼續趕路，但是怕過不了關反而被人發現；想繼續住下去，又不知道還要等多久，而且不知道要等的人是誰。就這樣伍員想了整整一宿，不知道該怎麼辦，心裡如同針紮一樣難受。他實在躺不住了，就起來繞著屋子轉，不知不覺天亮了。

東皋公推門進來，見到伍員以後大吃一驚，說：「你的頭髮和鬍子為什麼突然變了顏色，難道是因為發愁嗎？」伍員不信，拿鏡子來照，發現自己的頭髮和鬍子都已經變得蒼白。伍員把鏡子扔在地上，放聲大哭，說道：「我什麼事都沒做成就已經兩鬢斑白了，這難道是天意嗎？」東皋公說：「你不要傷心，這是好兆頭啊。」伍員擦著眼淚問：「什麼好兆頭？」東皐公說：「你原來的樣貌很容易辨認，現在頭髮鬍子都白了就不好認了，可以蒙混過關。況且我的朋友已經來了，我的辦法可以實行了。」伍員問：「什麼辦法？」東皐公說：「我有個朋友皇甫訥（ㄋㄜˋ）在西南方向七十里的龍洞山居住。這個人的相貌和你有些相似，讓他扮成你的樣子，你扮成僕人。如果他被守門的人抓了，你就可以趁亂通過昭關。」伍員說：「您的辦法雖然好，但是連累了您的朋友，我於心不忍啊。」東皐公說：「這個你不用擔心，我自然有辦法救他。」

東皐公把自己的朋友皇甫訥請了進來，伍員一看果然和自己長得很像。東皐公用湯藥給伍員洗臉，改變了伍員臉的顏色。到了黃昏時分，東皐公讓皇甫訥穿上伍員的衣服，讓伍員扮成了一個僕人。伍員帶著公子勝，跟隨皇甫訥連夜來到昭關，到達的時候天已經亮了，正好趕上開關。

守門的官員是將軍薳越，他下令嚴格盤查每一個過關的人。皇甫訥來到關口，檢查的士兵看他的樣貌和畫上非常相似就把他扣下，讓人報告薳越。薳越連忙趕到關門口，把皇甫訥誤認成了伍子胥，讓人把皇甫訥抓起來。皇甫訥假裝不知道怎麼回事，請求把他放了。守關的士兵和前後的百姓們聽說抓到了伍員都圍過來觀看。

伍員見機會來了，就混在人群裡帶著公子勝出了關。守門的人都把注意力放在了皇甫訥身上，根本沒人留意伍員。薳越正打算把皇甫訥押到楚國都城去，突然有人報告東皐公來拜見。薳越把東皋公請進來，東皋公說：「我聽說將軍抓到了伍子胥，特地來恭喜。」薳越說：「抓到的人很像伍子胥，但他卻不肯承認。」東皋公說：「我曾經見過伍子胥，可以幫將軍辨認一下。」

薳越讓人把皇甫訥押上來，皇甫訥見到東皋公就說：「你為什麼不早點兒來？害我被抓了。」東皋公笑著跟薳越說：「將軍抓錯了，這是我的朋友皇甫訥，和我約好一起遊玩的。將軍如果不信，我可以把過關證明給您看一下。」說完，東皋公從袖子裡拿出過關證明。薳越這才相信自己抓的不是伍員，於是向皇甫訥和東皋公道歉。兩人離開以後，薳越讓守關的士兵仍然像以前那樣盤查。

第四十三回　專諸刺王僚

伍員帶著公子勝來到一個叫吳趨的地方，見到兩個壯漢正在打架，人們都沒辦法勸住兩人。一旁有一個女人喊道：「專諸不要打架。」其中一個聽到之後看上去好像有些害怕，立刻就住手回家了。伍員感到奇怪，問旁邊的人：「這麼強壯的漢子還怕女人嗎？」那人告訴他：「他叫專諸，是我們鄉里的勇士，非常勇猛，而且很講義氣，看到有不平的事情就出手幫忙。剛才在門裡喊他的是他的母親。專諸非常孝順，從來不違背母親的意思，就算是非常憤怒的時候，聽到母親喊他就會立刻回去。」聽完那人的話，伍員就對專諸深感佩服。

第二天，伍員去拜訪專諸，互相說了姓名，伍員把自己所受的冤屈告訴了專諸。專諸聽後很同情伍員，願意與他結交，於是兩個人結拜為兄弟。伍員對專諸說：「我打算到都城去找機會求見吳王。」專諸說：「吳王為人傲慢，不如公子光謙遜賢明，你不如去追隨公子光。」伍員答應之後帶著公子勝啟程了。

公子光是吳王諸樊的兒子，吳王僚是吳王夷昧的兒子。當初吳王壽夢共有四個兒子，分別為諸樊、餘祭、夷昧、季札，其中四兒子季札最賢德。壽夢一直想把王位傳給季札，幾位哥哥也都很擁戴他，但是季札以自己排在最末為藉口，就是不願做君主，諸樊、餘祭、夷昧只好依次繼承王位。夷昧死後，季札還是把君主的位置推掉了，按道理應該是諸樊的兒子公子光即位，但是夷昧的兒子僚貪心，竟然自立為王。公子光對僚非常嫉恨，總想殺了他，只不過滿朝都是他的黨羽，公子光暫時沒有辦法。

為了增加自己的實力，公子光就讓一個叫被離的人做都城集市的長官，暗中尋訪出色的人物，召來輔佐公子光。被離非常善於看人，能從外貌看到人的性格。有一天，伍員在吳國集市上吹簫，被離聽到之後就來見伍員，吃驚地說：「我看過很多人，從來沒有看到你這樣的相貌。」被離知道伍員是個豪傑，想把他請到公子光那裡。

吳王僚的一個手下把這件事告訴了王僚，王僚就讓被離把伍員引薦給自己。被離沒辦法，只好帶著伍員去見王僚，同時暗地裡通知公子光。見到王僚後，伍員說明了自己的情況，表示要報仇雪恨。王僚很欣賞他的志氣，把他封為大夫，答應出兵幫他報仇。

公子光早就聽說伍員是個難得的人才，怕他被王僚重用，於是去見王僚。公子光聽吳王僚說非常賞識伍員，還答應幫伍員報仇，就說：「一個大國的君主不應該為了一個人就興師動眾。現在吳國與楚國已經交戰很久了，也沒有取得什麼重大的勝利。如果為了伍子胥而發兵，那就是個人的仇恨超過了國家的恥辱。如果我們取勝，不過是幫他報了仇；如果我們敗了，吃虧的是我們自己啊。」王僚覺得很對就決定不出兵了。伍員聽說吳王不出兵了，就辭掉了大夫的職位。公子光又對王僚說：「因為大王不出兵，伍子胥心裡懷有怨恨，您不能再用他了。」王僚於是賜給伍員一些土地，讓他離開了。

公子光私下裡來見伍員，送給他很多禮物，問他：「你走過這麼多地方，有沒有遇到過像你這樣有才能的人？」伍員說：「我哪有什麼才能，專諸才是真的勇士。」公子光聽說後就讓伍員帶自己去見專諸。公子光親自拜訪了專諸，送上很多禮物，再加上伍員的勸說，專諸決定追隨公子光。

公子光每天讓人給專諸送來食物和衣服，還經常派人問候專諸的母親，這讓專諸很感動。有一天，專諸對公子光說：「公子對我這麼好，我也沒有什麼可以報答的，如果有什麼用得到我的地方，請公子儘管開口。」公子光於是對他說了要刺殺王僚的事。專諸說：「只是我的老母親還在，我不敢輕易以死相報啊。」公子光說：「我也知道你有年邁的母親和年幼的孩子，但是除了你，我找不到別人去做這件事。如果真的成功了，你的母親和孩子就是我的母親和孩子，我會盡力撫養他們，不敢有負於你。」

專諸想了很久，說：「我們不能貿然行動，一定要想個萬全之策。要想刺殺王僚一定要用他的愛好引誘他，這樣才能接近他。不知道王僚喜歡什麼？」公子光說：「他最喜歡吃烤魚。」專諸說：「那我先去學烤魚，這樣才能接近王僚。」於是專諸來到太湖專門學烤魚。

學了三個月，專諸的手藝已經非常高明，吃過他烤的魚的人都說好吃。專諸回來後藏在了公子光的府上。

公子光跟伍員商量：「專諸已經學會烤魚了，怎麼才能接近吳王？」伍員說：「大雁之所以沒辦法抓到，是因為它的翅膀在，要想制服大雁一定要先去除它的翅膀。我聽說王僚的兒子公子慶忌非常勇猛，時刻跟在王僚身邊，而且王僚的弟弟掩余、燭庸手握兵權，有他們三個在，我們怎麼能成功？要想除掉王僚，一定要先除掉這三個人。否則就算僥倖成功了，公子的王位也坐不安穩。」公子光覺得伍員的話很正確，於是決定暫且按兵不動，等待時機的到來。

周敬王四年，楚平王病逝。伍員聽到消息後放聲大哭。公子光問他：「你的仇人死了，你應該高興啊，怎麼反而哭了呢？」伍員說：「我不是哭楚王，我是恨自己不能親手殺了他啊。」一連三天，伍員都沒有睡好覺。後來他突然想到一個辦法，對公子光說：「現在楚王剛剛去世，公子可以上奏吳王，趁亂討伐楚國。等吳王發兵，我們就可以趁機奪取王位了。」公子光說：「如果吳王派遣我去怎麼辦？」伍員說：「公子假裝從車上掉下來，把腳摔傷了，吳王肯定不會派你去。然後你推薦掩余、燭庸，再建議讓公子慶忌去聯合鄭國和衛國，這樣一下就可以把吳王的三個羽翼去掉了。」公子光說：「季札還在朝中，他肯定不會允許我篡位的。」伍員說：「可以讓季札出使晉國查探中原的動靜，吳王肯定不會懷疑的。

等他回來，我們的位置就已經坐穩了。」

第二天，公子光向吳王建議討伐楚國，並假稱自己腳受了傷不能出征。王僚覺得公子光的建議很好，於是就把掩余、燭庸、季札都派了出去，只有慶忌沒有派遣。後來掩余、燭庸出兵遇到困難，王僚沒有辦法，只好派慶忌去聯合鄭國和衛國。見這四個人都走了，伍員對公子光說：「時機到了，不知道有沒有找到鋒利的匕首？」公子光說：「找到了，當初越王讓歐冶子❶鑄造了五把寶劍，其中三把獻給了吳國。這三把劍分別叫『湛盧』、『磐郢（ㄆㄢˊ ㄧㄥˇ）』、『魚腸』，其中魚腸是一把匕首，非常鋒利，削鐵如泥。先王賜給了我，我一直珍藏著，現在正好用來殺王僚。」

專諸跪在王僚面前，把魚端給王僚……

公子光把魚腸交給了專諸。專諸回到家裡把刺殺王僚的事情說了一遍，專諸的母親為了讓他了無牽掛，回到屋裡就上吊自殺了。公子光聽說專諸的母親自盡了，心裡很過意不去，安慰了專諸一番，接著幾個人開始討論殺王僚的計策。

第二天，公子光請王僚到府上吃烤魚。王僚的母親覺得有陰謀，讓王僚小心些，於是王僚從宮門口開始設置衛兵，一直排到了公子光的家門口。來到公子光家裡，王僚的衛士依然守護在王僚身旁，各處都檢查得很嚴。公子光請王僚坐下之後，突然裝作腳痛，對王僚說：「我的腳痛又發作了，一定要用布纏緊了才能止痛，請大王稍坐一會兒，臣用布裹好腳就出來。」王僚同意之後，公子光就一瘸一拐地到後面去了。

不一會兒，專諸聲稱要進獻烤魚。王僚的衛士搜遍了專諸的身上，沒有發現兵器。專諸跪在王僚面前，把魚端給王僚，突然從魚肚子裡抽出深藏的匕首，直接刺中了王僚的胸口。王僚大叫一聲，當場就氣絕身亡了。王僚左右的衛兵圍上來把專諸砍成了肉泥。

公子光在後面知道王僚已經死了，派出事先埋伏好的士兵，殺退了王僚的衛兵。然後公子光和伍員一起來到朝堂，宣稱自己只是暫時攝政，等季札回來之後還要奉季札為君。公子光怕慶忌將來是個禍患，就派人去追殺慶忌，結果慶忌逃走了。掩余和燭庸聽說王僚被殺也

---

❶【歐冶子】春秋時期的鑄劍大師，中國古代的鑄劍鼻祖。據說歷史上第一把鐵劍——龍泉寶劍，就是由他鑄造的。後來的鑄劍名匠干將是他的徒弟。

逃走了，掩余逃到了徐國，燭庸逃到了鐘吾。

季札回國之後也沒為難公子光。公子光想把王位讓給季札，季札拒不接受。公子光不能勉強他，於是自立為吳王，自號闔閭（ㄏㄜˊ ㄌㄩˊ）。季札不願再參與國事，於是回到自己的封地，終身不再進入吳國。

第四十四回　要離貪名刺慶忌

公子慶忌逃走之後來到了艾城。為了向吳王闔閭報仇，他結交周圍的國家，招納了大批勇士，打算找機會打回吳國。

闔閭聽說了慶忌的陰謀，與伍員商量：「當初專諸刺殺王僚全仰仗你出的主意。現在慶忌對吳國有圖謀，我寢食難安，你再幫我出個主意吧。」伍員說：「我先是幫大王殺了王僚，現在又去殺他的兒子，恐怕上天也不會同意啊。」闔閭說：「當初武王伐紂，又殺了武庚❶，周朝人也沒有說他不對啊。而且如果慶忌不死，就相當於王僚還活著。你再幫我找一個像專諸那樣的勇士吧。」伍員說：「我認識一個地位低下的人，或許他可以做成這件事。」闔閭說：「慶忌非常勇猛，一個地位低下的人怎麼能殺死他？」伍員說：「他雖然地位低下，但是他的勇氣非常令人佩服。」

---

❶【武庚】商紂王的兒子。商朝滅亡後，武庚被周武王監視，後來武庚叛亂，兵敗被殺。

這個人名叫要離，是吳國人，曾經羞辱過椒丘欣。椒丘欣是東海人，他的一個朋友在吳國做官的時候去世了，於是來吳國奔喪。椒丘欣路過淮津的時候要用河水飲馬，有人跟他說：「水裡面有水神，見了馬之後就會吃掉，不要在這裡飲馬。」椒丘欣說：「有壯士在這裡，什麼神敢放肆？」於是讓僕人去飲馬。馬在河邊喝水，果然落到了河裡，椒丘欣很生氣，拿著劍就衝到水裡要跟水神決戰。過了三天三夜之後，椒丘欣從水裡上來，一隻眼睛受傷了。

來到吳國參加喪禮的時候，椒丘欣仗著自己曾與水神決戰，不把別人放在眼裡，顯得非常傲慢。要離當時也參加了喪禮，坐在椒丘欣對面，他對椒丘欣說：「你態度這麼傲慢，是不是覺得自己是個勇士呢？我聽說勇士和太陽決鬥不會移動自己的影子，和鬼神決鬥不會後退半步，和人決鬥敢於相互怒吼，就算死也不會受到侮辱。你跟水神決鬥，不但沒能把馬追回來，還傷了一隻眼睛，如此無用之人，還敢這樣傲慢？」椒丘欣被說得啞口無言，慚愧地走了。

要離回到家以後，對妻子說：「我羞辱了勇士椒丘欣，今天晚上他一定會來殺我。我就躺在屋子裡等著他來，你不要關門。」他的妻子按他說的做了。到了半夜，椒丘欣果然提著寶劍來了。他看大門開著，直接來到要離的屋子，發現要離在窗戶旁邊躺著。要離見椒丘欣來了一動也不動，毫不畏懼。椒丘欣把劍放在要離的脖子上，說：「你有三條該死的罪狀。第一條，你在喪禮上羞辱我；第二條，你回來卻不把門關上；第三條，你見我來了還不起來躲避。這是你自己找死，不要怨我。」要離說：「我沒有三條該死的罪狀，你卻有三種不好的品行。第一種，我在那麼多人面前羞辱你，你卻不敢反抗；第二種，你進來不出聲音，有偷襲的嫌疑；第三種，把劍放在我脖子上才敢說這種大話。你有這三種不好的品行，還反過來責備我，豈不是很卑鄙嗎？」椒丘欣把劍收起來，說：「我自以為天下沒有比我更強的勇士了，誰知道要離才是天下真正的勇士。我如果殺了你，人們肯定會笑話我；如果不殺你，也很難被稱作是勇士。」說完，椒丘欣把劍扔在地上，一頭撞在門上自盡了。

伍員說：「我也參加了那場喪禮，對這件事很清楚。」闔閭說：「那就請你幫我把他召來吧。」伍員以闔閭的名義把要離召來，闔閭本來以為要離是個非常偉岸的人，沒想到眼前的要離非常矮小，相貌醜陋，心中不免有些失望。伍員知道闔閭的心意，於是說：「好馬不在於形體是不是高大，而要看能不能擔負重任。要離雖然樣貌醜陋，但只有他能辦成這件事情。」闔閭這才對要離表現得尊敬了一些。

要離說：「大王擔心的是不是王僚的兒子公子慶忌？臣能殺了他。」闔閭笑著說：「慶忌那麼勇猛，你不是他的對手。」要離說：「擅長殺人的人，靠的是智慧而不是力氣，我能接近慶忌，殺他就像殺一隻雞一樣。」闔閭說：「慶忌是個聰明人，怎麼會輕易相信吳國的人，你要怎麼接近他？」要離說：「我假裝犯罪逃出去，希望大王能斬斷我的右臂，殺了我的妻子，這樣慶忌一定會相信我的，然後我就能殺他了。」闔閭說：「你並沒有罪過，我怎麼忍心這麼對待你呢？」要離說：「享受家庭的樂趣而不盡心幫君主做事，就是不忠；沉湎於家庭的安寧而不能替君王排除憂慮，就是不義。我這麼做可以得到忠義的名聲，就算全家都死了，我也是心甘情願的。」伍員也說要宣揚要離的名聲，闔閭這才答應。

第二天，伍員帶要離上朝，推薦他為將軍，請求派兵討伐楚國。闔閭不同意出兵，還罵要離不如小孩子。要離頂撞了幾句，於是闔閭讓人砍斷要離的右臂並把他關在牢裡，同時讓人把要離的妻子抓了。大臣們並不知道這是伍員幾個人的計謀。過了幾天，伍員秘密叮囑獄卒，對要離的看管寬鬆些。要離趁機逃出了監獄，闔閭就命人殺了要離的妻子。

要離逃出吳國之後，一路上見人就訴說自己的冤屈。後來得知慶忌在衛國，於是到衛國去求見慶忌。慶忌對他有所懷疑，要離把衣服脫了，慶忌見他的右臂果然被砍斷了，這才有些相信他。慶忌問要離：「吳王抓了你的妻子，砍了你的胳膊，你來找我幹什麼？」要離說：「我聽說吳王殺了公子的父親，奪走了王位，現在公子聯合諸侯打算回去報仇，所以我來投奔公子。我知道吳國的情況，可以為公子做嚮導。」慶忌還是沒有深信。

沒過多久，有人報告要離的妻子被吳王殺了，還在集市上焚燒屍體，慶忌這才對要離不加懷疑。慶忌問要離：「我聽說吳王重用伍子胥，國家治理得很好。我這麼點兵力怎麼才能報仇呢？」要離說：「伍子胥確實有勇有謀，但是現在他和吳王已經產生了矛盾。」慶忌說：「伍子胥是吳王的恩人，怎麼會有矛盾呢？」要離說：「伍子胥之所以盡心幫助闔閭，是想要闔閭發兵幫他攻打楚國。闔閭即位之後卻沒有發兵的想法。我幫伍子胥說話惹惱了吳王，吳王才對我用刑。伍子胥已經很怨恨吳王了，我也是仗著他的照顧，才能從監牢裡逃出來。伍子胥讓我來找公子，如果公子攻打吳國，他願意做內應。」慶忌相信了要離的話，於是跟要離一起訓練士兵，整頓軍事。

三個月之後，慶忌帶著士兵從江上順流而下，打算攻打吳國。慶忌和要離同坐一條船，來到江中心的時候，要離說：「公子可以坐到船頭去，親自調度船夫。」慶忌來到船頭坐下，要離拿著一隻短矛站在旁邊。突然江上颳起了一陣風，要離站在上風，藉著風勢，用矛刺穿了慶忌的身體。慶忌倒提起要離，把要離的頭泡在水裡，再提上來，這樣泡了三次，然後抱著要離，放在自己的腿上，笑著說：「天下竟然有這樣的勇士，敢刺殺我！」旁邊的人想上來殺了要離，慶忌搖著手說：「這是天下間的勇士，怎麼能一天之內死兩個呢？」然後告誡手下：「不要殺要離，放他回吳國，以表彰他的忠誠。」說完，慶忌把要離從腿上推下去，自己用手把短矛從身體裡拔出來，很快就流血過多而死了。

有了慶忌的告誡，船上的將士們打算放了要離，要離不肯走，說：「我有三個不能苟活於世的理由。第一，我為了幫君王做事而殺了自己的妻子，這是不仁；第二，我為了新君王而殺了舊君王的兒子，這是不義；第三，我為了辦成別人的事情而毀了自己的家庭和身體，這是不理智。有這三條，我還有什麼臉面活在這世上？」說完，要離就跳到了江裡。船上的人看要離跳下去，又把他撈了上來。要離說：「你們為什麼撈我上來？」船上的人說：「你回去以後，肯定會得到重賞的，為什麼不回去呢？」要離笑著說：「我連家室和性命都不要了，還會對賞賜感興趣嗎？」說完，要離奪過那人的佩劍，自刎❷而死。

船上的將士們帶著慶忌和要離的屍體來投奔吳王闔閭，闔閭很高興，重賞了他們，厚葬了要離，為專諸和要離建了一座廟，又以公子的禮節，把慶忌葬在了王僚的墳墓旁邊。

穩定了王位之後，闔閭決定發兵攻打楚國，幫伍員報仇。伍員向闔閭推薦孫武為元帥，在孫武的指揮下，吳軍攻陷了楚國。當時楚平王和費無極已經死了，但是伍員的仇恨實在太深，他找到埋葬楚平王的地方，把他的屍體拖出來打了三百鞭子才解了自己的心頭之恨。

---

❷【自刎】用刀劍等兵器割自己的脖子，是古代常見的一種自殺方式。

第四十五回　夫差伐越國

吳王闔閭打敗楚國之後，吳國安定了一段時間。突然有一天，闔閭聽說齊國和楚國通好，非常生氣，打算發兵討伐齊國。伍子胥建議不要出兵，可以先用求婚來試探一下齊國，於是闔閭派人去齊國求婚。當時齊景公已經老了，田穰苴和晏嬰先後去世，齊國沒有賢良的臣子。景公怕拒絕之後吳國會發兵討伐，只好答應了求婚，把自己的小女兒少姜嫁給了吳國的太子波。

少姜嫁到吳國之後一直思念家鄉，不久就病逝了。太子波非常喜歡少姜，少姜去世以後，太子波也因為過分思念而去世了。闔閭想在太子波的公子中立一個當太子，於是和伍子胥商量。太子波有個兒子叫夫差，當時已經二十六歲了。他聽說闔閭要選立太子，就去求伍子胥為自己說話，伍子胥答應了。見到吳王闔閭之後，伍子胥說：「立嫡子為太子才不會發生禍亂。現在太子雖然早逝了，但是嫡孫夫差還在。」闔閭說：「夫差愚笨且缺乏仁義，恐怕不是太子的合適人選。」伍子胥說：「夫差對人很仁愛，而且很懂禮義，父親死了，兒

子繼承王位，這還有什麼好疑慮的呢？」闔閭說：「好吧，我聽你的，你一定要盡心輔佐他。」於是闔閭把夫差立為太孫。

後來闔閭脾氣越來越暴躁，聽說越王允常去世、勾踐即位的消息後，他不顧伍子胥的勸阻堅決出兵討伐越國。結果吳軍被越軍打敗，闔閭腳受了傷，在回國的路上去世了。夫差安葬了闔閭，即位為君。即位之後，夫差讓十個侍從站在院子裡，每當自己經過的時候，那十個侍從就會喊：「夫差，你忘了越王殺死你祖父的仇恨了嗎？」夫差哭著回答：「不敢忘記。」夫差用這種方式提醒自己為祖父報仇。

周敬王二十六年春天，吳王夫差以伍子胥為大將，太宰伯嚭（ㄆㄧˇ）為副將，從太湖攻打越國。越王勾踐召集大臣商量對策，大夫范蠡（ㄌㄧˊ）說：「吳國以闔閭身亡為恥辱發誓要報仇，到現在已經三年了。他們這次來勢洶洶，我們不能出兵抵抗，應該堅守城池。」大夫文種說：「以臣的意見，不如向吳國請罪求和，等他們退兵之後再作打算。」勾踐說：「你們一個說要堅守，一個說要求和，這都不是好的計策。吳國和我們是世代的仇人，他們討伐而我們不出戰，他們會以為我不能統帥軍隊。」

勾踐不聽范蠡和文種的勸告帶著三萬士兵前去迎戰，兩邊在太湖上擺開陣勢。夫差站在船頭，親自擊鼓鼓舞士氣。忽然太湖上颳起了北風，伍子胥和伯嚭率兵乘著風勢順流而下，用弓箭攻擊越軍。越軍處於逆風無法戰鬥，被吳軍殺得大敗。

勾踐逃到夫椒山上的固城堅守城池，吳軍把固城包圍起來，斷絕了固城的水源。夫差說：「不出十天，越國士兵就都會被渴死的。」誰知道山頂上有一眼泉水，泉水裡還有魚。勾踐讓人從泉水裡撈出來幾百條魚送給了吳王夫差，夫差很吃驚。勾踐留下范蠡守城，自己帶著兵將找機會逃到了會稽山。

吳軍對固城的攻勢越來越猛烈，范蠡不斷向勾踐告急。勾踐非常恐慌，文種說：「事情已經很緊急了，如果現在求和，或許還可以成功。」勾踐說：「如果吳國不答應呢？」文種說：「吳國的太宰伯嚭是個貪財好色的人，雖然和伍子胥同朝為官，但是他嫉妒伍子胥的賢能，兩人並不和睦。吳王害怕伍子胥而對伯嚭很親近，如果能私下拜見伯嚭，討得他的歡心，讓他去求和，吳王肯定會聽從，到時候就算伍子胥想阻攔也來不及了。」勾踐說：「要用什麼禮物去賄賂太宰伯嚭呢？」文種說：「軍隊裡缺的就是女人。如果能向伯嚭進獻美女，他應該會答應。」

勾踐派人連夜回到越國都城，讓夫人從宮裡挑選八名美貌的女子，用華麗的衣服裝扮好。文種帶著八名女子和大量財物，半夜來到太宰伯嚭的大營求見伯嚭。伯嚭本來想要拒絕，後來讓人去查看，知道帶了禮物來，就讓人召文種進來。文種對伯嚭說：「我們的君主勾踐年幼無知，不能妥善地處理國家大事，所以得罪了貴國。現在我們的君主已經後悔了，願意帶領全國臣服於吳國。因為怕吳王不同意，所以君主派文種先來叩見太宰，希望太宰能在吳王面前說幾句話。吳王如果能接受我們的誠意，那今後我們將源源不斷地送上禮物。」說完，文種把禮單呈給了伯嚭。

伯嚭假裝嚴肅地說：「越國很快就要被攻破了，只要是越國的東西都會歸吳國所有，憑什麼用這些東西讓我們住手？」文種說：「越軍雖然失敗了，但是還有五千名精良的士兵保衛會稽，足能決一死戰。如果不能戰勝，我們會燒掉國庫裡儲藏的東西，逃到其他國家，將來再圖謀復國。就算越國的東西都歸吳國所有了，大半的東西也是歸於王宮，太宰只不過能分到其中很少的一部分。如果太宰能促成越國的求和，那我們國君臣服的並不是吳王而是太宰，貢獻的東西也都會送到太宰這裡。」

「軍隊裡缺的就是女人。如果能向伯嚭進獻美女，他應該會答應。」

文種一席話說動了伯嚭，伯嚭不覺點頭微笑。文種又指著禮單上所列的美女，對伯嚭

說：「這八個人都出自越王王宮，如果民間有比這八個人更美的，我們的君王會全力為太宰尋找。」伯嚭站起來說：「大夫不去見伍子胥而來見我，是因為我沒有趁人之危的想法。我明天就帶你去見我們大王商量這件事。」伯嚭把禮物都收下，把文種留在了營裡。

第二天一早，伯嚭帶著文種來見夫差。伯嚭先和夫差說明了越王勾踐想要求和的意思。夫差勃然大怒，說：「越國與吳國有不共戴天之仇，怎麼能允許他們求和呢？」伯嚭說：「越國雖然得罪了吳國，但現在已經表現得很卑微了。越王請求做吳國的臣子，越王的妻子請求做吳國的妾，越國的寶物也都歸吳國所有，所要向大王請求的只是留下一點血脈而已。接受了越國的投降，我們可以得到好處；赦免了越國的罪過，我們可以得到名聲。好處和名聲都得到了，吳國就可以稱霸諸侯了。如果一定要用武力攻破越國，勾踐會焚毀宗廟，殺死妻子，把寶物都沉到江裡，帶領五千精兵拼命抵抗，到時候大王的手下會沒有損傷嗎？殺一個人與得到一個國家，哪個更好些？」夫差問：「文種在哪裡？」伯嚭說：「在外面等著召見呢。」

夫差把文種召進來，文種跪著來到夫差面前又說了一遍求和的話，態度更加謙卑。夫差說：「你們君主說對我俯首稱臣，能跟我去吳國嗎？」文種說：「既然是大王的臣子了，是生是死都聽大王的，何況跟隨大王去吳國呢？」伯嚭說：「勾踐夫婦願意來吳國，名義上是吳國赦免了越國，實際上已經得到了越國，大王還有什麼好奢求的？」於是夫差允許了越國的求和。

伍子胥聽說了這件事，怒氣沖沖地來見夫差，問：「大王已經答應越國的求和了嗎？」夫差說：「已經答應了。」伍子胥連忙說：「不可啊。」當時伯嚭和文種還在旁邊，文種嚇得連退了幾步。伍子胥說：「越國和吳國是鄰國，兩國勢不兩立。我們滅了越國，可以佔領他們的土地，使用他們的船舶，這對國家是有好處的。而且先王與越國有大仇，如果不滅了越國，怎麼對得起當初立下的誓言？」

夫差被說得沒辦法回答，只能看著伯嚭。伯嚭說：「相國的話錯了。當初封國的時候，水上和陸地上的國家都有，如果水上的國家不能共存，那麼秦、晉、齊、魯這些陸上的國家也不能共存了。如果說因為先王的大仇而不能赦免越國，那相國和楚國的仇恨更深，為什麼不滅了楚國呢？相國不滅楚國而讓大王滅越國，這是讓大王落下刻薄的名聲啊。」夫差聽了很高興，說：「太宰說得很對，相國先退下吧，將來越國獻上了禮物，我會分給你一部分。」伍子胥雖然很氣憤，但是也沒有辦法，只好退下。

夫差與文種約好了越王夫婦去吳國的日期，派人押著文種來到越國，催促越王夫婦啟程。然後夫差命令太宰伯嚭帶領一千兵馬駐紮在吳山，如果越王夫婦過期不來，就把越國滅掉。吳王夫差自己則帶兵回到吳國。

第四十六回　勾踐滅吳

夫差回國後不久，勾踐夫婦來到吳國，文種等大臣則留守越國。勾踐夫婦來到朝堂叩見夫差，伍子胥建議殺了勾踐，吳王夫差說：「我聽說殺投降的人會讓自己的三代都有禍患，不是我可憐越國，是我怕遭到上天的報應啊。」夫差命人在闔閭的墳墓旁邊建了一間石屋，讓勾踐夫婦在裡面居住，並讓他們換上骯髒的衣服負責養馬。每次吳王駕車出遊的時候，勾踐都會在前面牽著馬走，一旁的吳國人看到都說：「這就是越王啊。」

開始的幾個月裡，夫差時常讓人暗中窺探勾踐夫婦和范蠡，發現三個人沒有絲毫怨恨的神色，晚上也沒有發出歎息聲，夫差就認為勾踐君臣沒有回到越國的想法了。

一天，夫差遠遠望見勾踐夫婦端坐在馬糞旁邊，范蠡站在勾踐的左邊，君臣之禮和夫妻之禮都做得很好。夫差對太宰伯嚭說：「越王不過是一個小國的君王，范蠡不過是一個普通的大臣，但在這種地方還不失禮數，我很敬佩他們。」伯嚭收了勾踐的賄賂，總幫著勾踐說好話。他對吳王說：「他們不僅可敬，還很可憐啊。」夫差說：「我不忍心看他們這樣，如

果他們能改過自新，可以放他們回國嗎？」伯嚭說：「大王對越國這麼仁慈，越國怎麼能不回報大王呢？」夫差很高興，就說：「讓太史選個好日子，放越王回國吧。」

伍子胥聽說吳王要放了勾踐，連忙來見吳王，說：「當初紂王囚禁文王卻沒有把他殺掉，最後商朝被周朝所滅。如果大王放越王回去就會像紂王那樣，禍患也就不遠了啊。」夫差聽了之後也有了殺越王勾踐的念頭，讓人把越王召來。越王來到王宮，等了三天也沒有等到吳王的召見。太宰伯嚭從宮裡出來對勾踐說：「大王聽信了伍子胥的話想要殺你，所以召你來。正好大王得病了，我趁機勸他等病好了以後再說，大王答應了，讓你先回到石屋。」

過了三個月，吳王的病還沒好。勾踐為了表現自己的忠心並消除吳王的懷疑，於是進宮求見，說要為吳王診斷疾病。他親口嘗了吳王的糞便，說吳王的病很快就可以好了。吳王很高興，說：「就算兒子孝順父親，臣子侍奉君王，也達不到這種程度啊。」當時伯嚭在旁邊，夫差問他：「你能做到嗎？」伯嚭說：「我雖然很關心大王，但這種事我還是做不出來的。」夫差於是對勾踐說：「等我病好了就放你回國。」

過了一段時間，吳王的病果然痊癒了，吳王就設宴邀請勾踐。吳王讓人幫勾踐沐浴，給他換上了乾淨衣服。勾踐向夫差叩謝，夫差把他扶起來，說：「越王是仁德的人，怎麼能長久地受這種罪呢！我打算放了你，讓你回到越國，今天特意為你設宴餞行。」伍子胥看夫差忘記了勾踐的敵人身分非常氣憤，甩袖離開了。

三天後，吳王夫差把越王勾踐放回了越國。勾踐回到越國後，日夜想著報仇。他讓文種主持國政，讓范蠡訓練軍隊，招納賢才，休養生息，努力恢復越國的實力。為了激勵自己的志氣，鍛鍊自己的意志，他冬天經常抱著冰塊，用涼水洗腳，夏天則經常坐在火爐旁邊。睡覺的時候他也不睡床，而是睡在一堆木柴上，並在屋子裡掛了一顆苦膽，時常嘗一下苦膽的滋味，以提醒自己不要忘了吳國的仇恨。為了消除吳王的疑心，勾踐時常命人給吳國獻上貢品，於是夫差真的相信越國沒有反叛的意思了。

一天，夫差對伯嚭說：「現在吳國四下都太平了，我想修建宮殿，你看怎麼樣？」伯嚭為了迎合夫差，勸他建一座巨大的宮殿。夫差於是派人到處去求購好木材。文種聽說這件事後，對勾踐說：「臣有七個方法可以讓吳國滅亡：第一是

「越王是仁德的人，怎麼能長久地受這種罪呢！我打算放了你，讓你回到越國，今天特意為你設宴餞行。」

用禮物取悅吳國君臣；第二是高價買進吳國的糧食，讓他們的儲藏空虛；第三是送給吳王美女，懈怠他的心志；第四是送給吳國巧匠和材料，讓他們建造宮殿，消耗財力；第五是派擅長奉承的臣子去擾亂他們的計畫；第六是離間他們的忠臣和君王之間的關係；第七是積累財富、訓練士兵，等對方露出破綻。」勾踐說：「那現在該用哪一條呢？」文種說：「吳王正要建造宮殿，我們可以選擇上好的木材送去。」於是勾踐讓人找來一些上好的木料送給了吳王。

吳王的宮殿建好之後，勾踐對文種說：「讓吳國建宮殿，消耗財力的計畫已經做到了。現在吳王一定需求美色，你幫我找一些美女來吧。」文種讓人到民間尋訪，挑選了兩個絕色女子，一個名為西施，一個名為鄭旦，送給了夫差。夫差見到兩人後非常高興，對她們寵愛有加。西施善於取悅吳王，得到了更多的寵幸，鄭旦因此心生嫉妒，不久就死了。

勾踐聽說吳王寵幸西施，就和文種商量接下來的對策。文種說：「今年越國糧食歉收，可以向吳國借糧食，讓吳國糧食減少。」勾踐於是派文種向吳國借糧食。伍子胥聽說越國來借糧食，勸夫差不要借給越國。夫差不聽，借了很多糧食給越國。到了第二年，越國的糧食獲得大豐收，吳國的莊稼卻歉收了。勾踐和文種商量：「我們如果不還吳國糧食，那就失去信義了；但如果還給他們，對吳國又會有利。這怎麼辦？」文種說：「可以把好的糧食煮熟了送給吳國，他們肯定會用這些糧食做種子，到時候他們就又會歉收。」勾踐聽從了文種的建議，把煮熟的糧食給吳國送去。吳王見越國送來糧食非常高興，又見這些糧食顆粒飽滿，於是讓百姓們用這些糧食做種子。結果這一年吳國顆粒無收，吳國發生了大饑荒。

後來魯國與齊國發生了戰爭，魯國向吳國求救，吳國發兵幫助魯國，越王勾踐也派兵幫助吳國。魯國、吳國、越國聯合打敗了齊國，夫差很高興，賞給勾踐很多土地。伍子胥當初就反對出兵攻打齊國，現在見吳王賞賜土地給越國，就勸吳王要防備越國。吳王見伍子胥總是和自己對著幹，對他越來越反感，罷免了他的職位，命他終生不能上朝。伯嚭本來就嫉妒伍子胥，這次趁機在吳王面前誣陷伍子胥私通齊國。吳王夫差賜給伍子胥一把劍，伍子胥明白夫差的意思，自刎身亡了。

伍子胥死後，夫差把伯嚭封為相國，整天只知道與西施遊樂，絲毫不關心百姓疾苦。後來他覺得吳國地位很高了，就去和晉國爭奪諸侯的霸主地位。越王勾踐見夫差帶兵離開了吳國，決定趁機攻打吳國。當時夫差帶出去的士兵都是久經戰場的老兵，而留在吳國的都是沒經歷過戰爭的新兵。越國經過這幾年的訓練兵強馬壯，很快就打敗了吳軍。

夫差聽說吳國遭到越國的進攻連忙回兵救援，但已經來不及了。夫差沒有辦法只好效仿當年的勾踐向越國求和。范蠡對勾踐說：「吳國現在的實力還比較強，還沒有到滅掉吳國的時候。不如暫時同意吳國的求和，吳王回去之後肯定會繼續沉迷酒色，到時候我們再滅吳國。」勾踐採納了范蠡的建議，同意了吳王的求和。

夫差回到吳國果然和范蠡預測的一樣，並沒有復興吳國的想法，而是繼續寵幸西施，沉迷於酒色。由於夫差疏於管理，吳國遇到了連年饑荒，民不聊生。越王勾踐見時機到了，於是發兵攻打吳國。吳國士兵由於平時缺乏訓練，很快就被越國的軍隊擊敗。夫差沒辦法，只好又向越國求和。越王知道留下夫差會是個禍患，於是拒絕了夫差的求和。

夫差絕望了，對手下的人說：「我如果地下有知，有什麼面目去見伍子胥啊？你們一定要把我的臉蓋起來。」說完，夫差就拔劍自刎了。吳國大臣王孫駱用衣服蓋好夫差的臉，自己也上吊自殺了。越王佔據了吳國的王宮，吳國的大臣都來朝見，伯嚭也在其中。因為當初保護過越王，伯嚭的臉上很得意。勾踐對伯嚭說：「你是吳國的太宰，我怎麼敢委屈你呢？你不如追隨你的君王吧。」伯嚭慚愧地離開了，勾踐命人把他殺了，對大臣們說：「這是為了報答伍子胥的忠心。」

越王勾踐滅掉吳國之後把吳國的土地分給各個諸侯。諸侯都感念越王的恩德和威望，把越王尊為霸主。

第四十七回　三家分晉

晉出公在位的時候，晉國的大權已經落入了大臣的手中，君主成為了傀儡。當時晉國掌權的有四個大臣，分別為：智伯智瑤、韓康子韓虎、魏桓子魏駒、趙襄子趙無恤。這四大家族的勢力都很強，晉出公想除掉這四個家族，於是秘密派人向齊國和魯國借兵。誰知齊國的田氏和魯國的大臣把晉出公的計謀告訴了智伯，於是四家聯合起來把晉出公趕出了晉國。晉出公逃到齊國，智伯立晉昭公的曾孫驕為國君，稱晉哀公。從此之後晉國的大權掌握在智瑤手裡。

智瑤想取代晉國君主的位置，於是和手下商議。謀士絺疵（ㄔㄘ）說：「現在四位大臣勢均力敵，一家有所動作，另外三家一定會聯合抵抗。如果想奪得君位，一定要先削弱其他三家的勢力。」智瑤問：「怎麼削弱呢？」絺疵說：「現在越國剛剛強大起來，晉國失去了盟主的位置。主公可以以君主的名義假稱討伐越國，讓韓、趙、魏三家各獻出一百里的土地，以此支持軍事開支。這三家如果同意割地，我們就白白增加了三百里土地；如果有不

同意的，就假借君王的名義去討伐，把他滅掉。」智瑤說：「這個辦法很好，從哪家開始呢？」絺疵說：「智家和韓、魏兩家關係比較好，和趙家有矛盾，應該先從韓家開始，然後是魏家。如果這兩家順從了，趙家也不會獨自反抗。」

智瑤於是派智開到韓虎府上索要土地，韓虎和手下商量：「智瑤想借君主的名義削弱我們三家，所以讓我們割讓土地。我想先發兵滅掉他，你們認為怎麼樣？」謀士段規說：「智伯貪得無厭，以君主的名義來剝奪我們的土地，如果發兵就是違抗君令，那樣他就會把罪責歸在我們頭上。如果我們把土地割給他，他肯定會讓趙、魏兩家割地，兩家如果不同意，肯定會互相攻打，到時候我們就可以從中得利了。」韓虎於是割給了智瑤一百里土地。

第二天，智瑤又派智開向魏駒索要土地。魏駒本來想拒絕，他手下的謀士任章說：「智家得到土地後就會驕傲，驕傲就會輕敵，智家離滅亡也就不遠了。」於是魏駒也把一百里土地給了智家。

只剩下趙家了，智瑤派兄長智宵向趙無恤索要土地。趙無恤憤怒地說：「土地是祖先傳下來的，怎麼能隨便丟棄？韓、魏兩家割地是他們自己願意，我不能用土地來討好別人。」智瑤得知後非常生氣，聯合韓虎和魏駒一起帶兵攻打趙家。韓虎、魏駒一是懼怕智瑤，二是想瓜分趙家的土地，所以都願意出兵。

趙無恤的父親去世前曾經告訴過他，晉國如果發生動亂，晉陽是最容易守衛的。當初趙家的家臣董安于和尹鐸先後治理過晉陽，董安于在晉陽建了一座宮殿，宮殿的牆壁和柱子都是做兵器的材料，尹鐸在治理晉陽的時候很得民心。趙無恤於是帶著士兵逃到晉陽，見晉陽的城池堅固，糧食很充足，百姓也很支持，這才有些安心。

檢閱軍隊時，趙無恤發現兵器十分缺乏，問謀士張孟談該怎麼辦。張孟談說：「我聽說當初董安于治理晉陽的時候，在宮殿的牆壁裡藏了很多製造弓箭的材料，主公不如鑿開牆壁看看是真是假。」趙無恤讓人挖開宮殿牆壁，果然發現了很多製作弓箭的材料。無恤說：「箭是足夠了，但沒有金屬鑄造其他兵器啊。」張孟談說：「聽說董安于在建造宮殿時，柱子都是用銅做的，可以用柱子來做兵器。」趙無恤過去查看，發現宮殿的柱子果然都是用精銅製成，於是讓人把柱子砸碎，用這些銅鑄造出很多兵器。趙無恤歎息說：「董安于和尹鐸果然是治國的良臣。」

智、韓、魏三家發兵把晉陽圍了起來，趙無恤則堅守不出，三家軍隊圍困晉陽一年多也沒有攻破城池。智瑤乘車在城外正為攻城的事發愁，突然看到旁邊山上有很多泉水，於是想到一個辦法。智瑤回去和韓虎、魏駒商量說：「旁邊山上有很多泉水，我們可以在高處挖一個大蓄水池，在裡面蓄滿水。等春雨季節到來的時候，山上肯定會發大水，到時候我們就掘開水堤，用大水淹晉陽城，晉陽就會不攻自破了。」韓虎和魏駒沒什麼意見，於是三家開始派人挖掘蓄水池。

過了一個月，果然下起了春雨，山上的水突然增多。智瑤讓人掘開水堤，大水從山上下來淹了晉陽城。晉陽被大水圍困，幸好城牆厚實，淹很久也沒有被水泡塌。但過了幾天，水越來越多，漸漸灌到了城裡，城裡的房屋不是倒塌就是被淹。趙無恤和張孟談經常划著竹筏四處巡視，發現百姓們依然堅守著。趙無恤說：「我現在才知道尹鐸的功德啊！」同時他又很擔心，對張孟談說：「民心雖然安穩，但如果水再漲就要淹沒晉陽城了，該怎麼辦呢？」張孟談說：「韓虎和魏駒雖然獻出了土地，但心裡未必服氣，他們發兵也只是迫於形勢。我今天晚上就出城去遊說兩家，讓他們反過來攻擊智伯。」

「我並不是智家的士兵，是趙家的謀臣張孟談。我們被圍困這麼長時間，很快就要滅亡了，但有些話要對將軍說。」

到了半夜，張孟談假扮成智家的士兵來到韓虎的大營，假稱有要事稟報。見到韓虎之後，張孟談說：「我並不是智家的士兵，是趙家的謀臣張孟談。我們被圍困這麼長時間，很快就要滅亡了，但有些話要對將軍說。將軍如果讓我說，我就開口，如果不讓我說，就請殺了我吧。」韓虎說：「你說得有道理，我自然會聽的。」張孟談說：「智伯無緣無故索要土地，因為土地是祖先留下的，我們主公不忍心割讓，並沒有得罪智伯。但智伯仗著自己實力強大，聯合韓、魏兩家攻打趙家。如果趙家滅亡了，禍患很快就會降臨到韓、魏兩家的。就算現在三家瓜分了趙家的土地，誰能保證將來智瑤不會再索取韓、魏兩家的土地？請將軍慎重考慮。」

韓虎說：「那你說該怎麼辦呢？」張孟談說：「按照我的建議，不如與我們主公私下裡聯合，反過來攻打智伯，平分了他的土地。智伯的土地比趙家多好幾倍，同時還能除掉將來的禍患。」韓虎說：「你說得有道理，等我和魏家商量一下。你先回去吧，三天以後聽我答覆。」張孟談說：「我好不容易才來到這裡，我如果回去難保不會被人發現。希望能在您的大營停留三天。」韓虎於是把張孟談留在大營。

到了第二天，韓虎派段規和魏駒商量這件事。魏駒拿不準主意，說要再考慮一下。過了一天，智瑤邀請韓虎和魏駒一起去觀看水勢。智瑤邊喝酒邊說：「我今天才知道水也能滅亡一個國家啊。」魏駒悄悄用胳膊碰了韓虎一下，兩人對視一眼，臉上都有害怕的神色。過了一會兩人就告辭離開了。

絺疵對智瑤說：「韓、魏兩家肯定會背叛主公的。」智瑤說：「你怎麼知道的？」絺疵說：「現在趙家很快就要被滅了，他們可以分到土地，但臉上沒有一點高興的神情，反而非常憂慮。這說明他們肯定要謀反。」智瑤覺得絺疵多心了，就沒把這件事放在心上。第二天，韓虎和魏駒帶著酒來到智瑤軍營回請智瑤。智瑤問他們：「昨天有人說兩位要反叛，不知道是不是真的？」韓虎和魏駒連忙解釋，說自己肯定不會反叛，智瑤也沒有懷疑。絺疵隨後來見智瑤，說：「主公為什麼把我的話告訴他們兩個？」智瑤說：「你怎麼知道的？」絺疵說：「剛才我看到他們，他們兩個看了我一眼就趕快離開了，因為我知道了他們心事，所以他們害怕我。」智瑤還是不相信，絺疵覺得智瑤肯定會失敗，於是逃到秦國去了。

韓虎和魏駒回去之後與張孟談約定好了反攻智瑤的日期。到了那天，韓虎、魏駒讓人偷偷殺了守衛堤壩的士兵，掘開堤壩，讓水反灌智瑤的軍隊。智瑤的軍隊頓時大亂，智瑤從夢中驚醒，還沒搞清楚是怎麼回事，韓虎和魏駒就帶兵殺了過來。智瑤想要逃到秦國去，結果被趙無恤猜中心思，在半路上被趙無恤攔下斬首。

趙、韓、魏三家回到晉國都城滅了智氏一族，平分了智家的土地。從此之後，趙無恤、韓虎、魏駒三人掌握了晉國的政權。後來晉哀公去世，晉幽公即位，趙、韓、魏三家又趁機瓜分了公家的土地，從此這三家稱為「三晉」。

第四十八回　衛鞅變法

趙、韓、魏三家瓜分晉國之後不久便請求周王封他們為諸侯。周王看他們勢力強大，只好答應了他們的請求，分別封他們為趙侯、韓侯、魏侯。當時齊國的君主位置已經被田氏取代，田氏見吳國和越國的君主都稱王，於是也自號為王，稱齊王。後來魏侯也自號為王，稱魏王。

當時諸侯國中有七個比較強大的國家，分別是齊、楚、魏、趙、韓、燕、秦。越國的實力已經大不如前，其他的諸侯國則比較衰弱。後來齊威王稱霸諸侯，楚、魏、韓、趙、燕五國推舉齊威王為盟主。只有秦國因為地處偏遠，與中原諸侯國都沒有來往，不參與結盟。秦孝公即位之後，以不被諸侯重視為恥，決心增強秦國實力。他下令招納賢才，誰能增強秦國實力就大加封賞。

衛國有個人叫公孫鞅，人稱衛鞅。這個人很有志向，覺得衛國太衰弱，不足以施展自己的才能，於是去了魏國。當時魏國的相國是公叔痤（ㄘㄨㄛˊ），他見衛鞅很有才能，重用了

衛鞅。後來公叔痤病危，對魏惠王說：「衛鞅很有才能，希望大王重用他。」見魏惠王不說話，公叔痤又說：「如果大王不用他就請殺了他，不要讓他出魏國，否則他一定會被其他國家重用的。」魏惠王答應之後就出去了，公叔痤把衛鞅叫過來，對他說：「我剛才讓大王重用你，他沒有答應；我又說如果不用就把你殺了。我的原則是先君後臣，所以我先告訴君主，然後才告訴你。你趕快跑吧，不然就大難臨頭了。」衛鞅說：「君王既然不聽你的話重用我，又怎麼會聽你話殺我呢？」後來魏惠王果然沒有殺衛鞅。

聽到秦孝公招納天下賢才的消息後，衛鞅來到秦國，先拜見了秦孝公的寵臣景監。景監通過談話知道衛鞅很有才能，於是向秦孝公推薦衛鞅。秦孝公把衛鞅召來，衛鞅大談治國的道理，列舉了遠古帝王治國的思想。結果還沒有說完，秦孝公已經睡著了。第二天，景監去見秦孝公，孝公責備他：「你推薦的是個只會說大話的人，那些東西根本就沒有用。」景監回來後跟衛鞅說：「我把你推薦給君主，你為什麼說那些沒用的大話呢？」衛鞅說：「我本來想向君主講解為帝的道理，但是君主不能領會，我想再見一次君主。」景監說：「君主現在很不高興，五天以後才能再跟他說。」

過了五天，景監又跟秦孝公說：「我推薦的人還有話沒說完，想再見一見主公，希望您能答應。」孝公於是又把衛鞅召來，衛鞅大談夏商周那些明君的治國之道。孝公說：「你的確見識廣博，記憶力好，但是古時候和現在的情況不一樣，你說的那些不一定適用於現在。」然後就讓衛鞅出去了。景監見衛鞅出來，問他怎麼樣。衛鞅說：「我這次向君王解說王道，還是不合君王的意。」景監有些生氣，說：「君王招納賢才是希望能很快得到好處，怎麼能捨棄眼前要學習的，反而去效仿遠古的帝王呢？」衛鞅說：「我之前沒有弄明白君主的心意，怕君主志向高遠，而我的建議卑微，所以試探了一下。現在我知道該怎麼辦了。如果讓我再見一次君主，不愁君主不用我。」景監說：「你兩次進言，兩次不合君主的意思，我怎麼還敢去惹君主生氣？」

第二天，景監進朝覲見孝公，不敢再提衛鞅的事。回去之後，衛鞅問景監：「你有向君主提起我了嗎？」景監說：「沒有。」衛鞅說：「可惜啊！君主白白頒布了求賢的命令，卻不能任用賢才，我要走了。」景監問：「你要到哪裡去？」衛鞅說：「還有六位君王可以求見呢，怎麼會沒有比秦君更珍惜賢才的？就算沒有，我也可以找到更願意推薦我的人。」景監說：「你再等等吧，再等五天，我會再推薦你的。」

又過了五天，景監去服侍孝公。孝公正在喝酒，突然見到一隻大雁飛過，孝公便歎息起來。景監問：「主公為什麼看到大雁就歎氣啊？」孝公說：「當初齊桓公說過：『我得到仲父，就好像大雁有了翅膀一樣。』我下令求賢已經幾個月了，卻沒有一個賢才能來。就好像大雁空有沖天的志向，卻沒有有力的翅膀，所以才歎氣。」景監說：「我推薦的那位衛鞅，說自己有帝、王、伯[1]三種學問，之前跟主公講的是帝王的學問，主公覺得不合用。現在還有一種『伯術』要獻給主公，希望主公能抽出時間來聽一下。」「伯術」兩個字正合孝公的心意，於是孝公讓景監把衛鞅召來。

衛鞅來了之後，孝公問：「聽說你有伯術，為什麼不早對我說呢？」衛鞅說：「並非是我不想說，只是伯術與帝王之術不一樣。帝王的學問在於順應民意；伯術的學問在於違背民意。」孝公很生氣，說：「伯術的學問怎麼就要違背民意呢？」衛鞅說：「琴的聲音如果不對了就要更換琴弦，政令如果不能施行了就要改革政令。普通百姓安於目前的穩定，不顧長遠的利益，很難讓他們改變。當初仲父治理齊國，嚴明政令，把齊國原有的傳統全都改變了，這哪是普通百姓所希望的？等到齊國稱霸諸侯，君主有了名望，百姓也得到了利益，人們才知道仲父是天下的奇才。」

孝公說：「如果你真有仲父那樣的本領，我怎麼會不把國家交給你治理？只是具體該怎麼做呢？」衛鞅說：「國家不富裕就不能讓軍隊強大；軍隊不夠強大就不能戰勝敵人。要想國家富裕就要發展農事；要想讓軍隊變強就要讓人們願意戰鬥。用重賞來讓百姓知道該做什麼，用重罰讓百姓知道不該做什麼。政令嚴明之後國家肯定會富強起來的。」孝公說：「不錯，這件事情我能做到。」衛鞅說：「要想國家富強就要用對人，還要專心委任，不能聽別人的誹謗蠱惑。」孝公點了點頭，衛鞅接著請求退下。孝公說：「我正要向你請教呢，為什麼突然要退下去？」衛鞅說：「請主公仔細考慮三天，等拿定了主意，我才敢都說出來。」

衛鞅出來後，景監責備他說：「好不容易君主對你滿意了，不趁著機會把自己的學問展示出來，反而讓君主考慮三天，你是想要脅君主嗎？」衛鞅說：「君主的意志還不夠堅決，不這樣做我怕中間會有變故。」到了第二天，孝公讓人來召衛鞅，衛鞅說：「我和君主都已經說好了，不到三天不會相見的。」景監勸衛鞅不要推辭，衛鞅說：「我和君主說好了，如果失信，以後還怎麼讓君主相信我？」景監頓時對他很佩服。

到了第三天，孝公讓人駕車來迎接衛鞅。來到宮裡，孝公讓衛鞅坐下，很誠懇地向衛鞅請教，於是衛鞅把自己的學問全都展示出來。兩個人連著談了三天三夜，孝公一點疲倦的神色都沒有。談完之後，孝公封衛鞅為左庶長，然後向群臣下令：「以後國家的政令都要聽左庶長的，有違抗的就如同違抗我的旨意。」

衛鞅把變法的條款列出來呈給孝公，兩個人商議了一下。但是他們怕百姓不信任朝廷，所以沒有立即施行。衛鞅讓人在都城南門豎了一根三丈高的木頭讓士兵把守，然後宣稱：「有能把這根木頭搬到北門去的，賞十兩黃金。」百姓們圍觀的很多，但是心裡都很懷疑，沒有敢搬的。衛鞅看沒人搬，說：「百姓們都不肯搬，難道是嫌賞賜少嗎？」於是把賞賜的數額提高到五十兩黃金。百姓們更加懷疑了，這時候有一個人站出來說：「秦國的法律中向

❶【伯】即霸主的意思。

來沒有重賞，現在突然出現這條命令，一定有什麼內幕。就算得不到五十兩黃金，難道一點小小的賞賜也沒有嗎？」說完，這個人把木頭搬到了北門。看守木頭的士兵把消息告訴衛鞅，衛鞅把那人召了過來對他說：「你能聽從我的命令，真是個好百姓。」說完就給了那人五十兩黃金，說：「我不會對百姓失信的。」這件事在百姓們中間流傳開來，大家都說左庶長言出必行。

第二天，新政令頒布下來，百姓們看了都很吃驚。新的政令對土地、賦稅、職業、軍事等各個方面都進行了規定，並嚴格了賞罰制度。剛開始有些人不遵從，都被官府懲治了。有一項命令太子不願遵從，由於不能對太子用刑罰，於是衛鞅就懲罰了太子的老師。人們見太子都不能例外，都不敢違抗了。

沒過多久，秦國通過變法成為諸侯國中最強大的一個國家，周王把秦孝公冊封為方伯。後來秦君把商地賜給了衛鞅，人們就把衛鞅稱為商鞅。

第四十九回　孫臏敗龐涓

在陽城[1]附近有一個叫鬼谷的地方，谷中居住著一位隱士，他精通很多學問，人們都稱他為鬼谷先生。鬼谷先生有很多徒弟，其中四個比較有名，分別是孫臏、龐涓、張儀、蘇秦。孫臏為齊國人，是名將孫武的後代，龐涓和張儀是魏國人，蘇秦是洛陽人。這四個人向鬼谷先生學的東西也不一樣，孫臏和龐涓學的是兵法，張儀和蘇秦學的是遊說的學問。

一天，龐涓在路上聽說魏國正在重金招納賢才，他覺得自己的學問已經差不多了，想到魏國去，但是他怕鬼谷先生不同意，所以沒敢說。鬼谷先生看出了他的心意，主動提了出來。龐涓很高興，出山來到了魏國。魏惠王看他精通兵法，任命他為魏國元帥兼軍師，統領軍馬。

龐涓走後，鬼谷先生偷偷給了孫臏一本書，對他說：「這是你的祖上孫武撰寫的《兵

---

[1]【陽城】周朝時的城邑名，在現在的河南登封市東南。

法》十三篇，我因為跟他有交情，所以要了一本，並在上面加了注解。這本書我從來沒有傳授給別人，我看你為人忠厚，就把這本書傳給你了。」孫臏把書拿回去後連續看了三天三夜。三天之後，鬼谷先生又把書要了回去，向孫臏查問書裡的內容，孫臏對答如流。

當時有個叫墨翟❷的人和鬼谷先生的關係很好，有一次他來探望鬼谷先生，與孫臏聊了一會兒，發現孫臏很有才能，就對孫臏說：「你的學問已經學成了，為什麼不出去建功立業呢？」孫臏說：「龐涓走的時候說如果他能做官，就向魏王引薦我。」墨翟說：「龐涓已經做了魏國的元帥了，我幫你去魏國查探一下情況吧。」

墨翟來到魏國向魏惠王推薦孫臏，並說孫臏已經學到了孫武的兵法，世間沒有他的對手。魏惠王於是讓龐涓把孫臏請來，龐涓擔心孫臏來了之後搶了自己的位置，但是魏王的命令又不能違抗，於是他就計畫等孫臏來了之後暗中加害他。龐涓寫了一封信，派人帶著書信去請孫臏。孫臏看到書信後很高興，來和鬼谷先生告別。鬼谷先生知道龐涓心胸狹窄，肯定會對孫臏不利，於是給了孫臏一個錦囊，並告訴他：「到了危急關頭可以打開看。」

孫臏來到魏國之後，魏惠王想把孫臏封為副軍師。龐涓說：「孫臏是我的師兄，怎麼能讓師兄做副手呢？不如先讓他做個客卿，等將來有了功勞，我願意把我的位置讓給師兄。」客卿實際上就是賓客，不能掌握兵權，龐涓怕孫臏分了自己的兵權，所以才向魏王建議這樣做。魏惠王同意了龐涓的意見，讓孫臏做了客卿。

後來魏惠王讓孫臏和龐涓分別展示自己的兵法。由於兩人是師兄弟，龐涓擺的陣孫臏全都認識，而且知道怎麼破；但是當孫臏擺出了孫武創的陣法時，龐涓卻不認識，更不知道如何破。從此之後，龐涓更加嫉妒孫臏。為了除掉孫臏，龐涓命人假扮成齊國人去勸孫臏為齊國效勞。孫臏不知道是陰謀，雖然推辭了，但是寫了一封回信。龐涓照著孫臏的字跡偽造了一封信，去魏王那裡誣告孫臏私通齊國。為了讓魏王相信，他還慫恿孫臏向魏王請假探親。魏王先是聽了龐涓的讒言，又見孫臏來請假，就相信了孫臏私通齊國的事。在龐涓的建議下，魏王命人削去了孫臏的膝蓋，並在他臉上刺了「私通外國」四個字。

孫臏被削掉膝蓋後不能行走，龐涓每天派人伺候孫臏，給孫臏送來飲食。後來龐涓請求孫臏把孫武的兵法傳給自己，孫臏很慷慨地答應了。有個服侍孫臏的下人叫誠兒，心地很善良，非常同情孫臏。有一次龐涓跟誠兒說了實話，說等孫臏寫完孫武的兵書就把孫臏殺了。誠兒擔心孫臏遇害，就把這件事告訴了孫臏。孫臏這才知道自己遭到了龐涓的陷害。

孫臏不能行走，無法從龐涓手中逃脫，心裡非常著急。突然他想到了師父給自己的錦囊，於是打開錦囊看，見裡面寫著三個字：「詐瘋魔」，也就是裝瘋的意思。當天晚上，孫臏就開始裝瘋，把床上的東西都打爛了，把之前寫好的兵書也都燒了。龐涓見孫臏這樣，心

❷【墨翟】戰國時期著名思想家、教育家、軍事家，墨家學派創始人，也就是後世所稱的墨子。

裡有些懷疑，讓人把孫臏拖到豬圈裡，想試探一下孫臏是不是真的瘋了。龐涓讓人給孫臏端來酒菜，孫臏卻把酒菜都打翻了，說有人要毒害自己，然後撿起豬圈裡的泥土和屎吃起來。龐涓說：「看來他是真瘋了。」就讓孫臏待在豬圈裡，也不派人看管。附近的人知道豬圈裡的是孫臏，都很可憐他，經常給他送來食物，孫臏有時候吃，有時候不吃，滿嘴胡言亂語。雖然這樣，龐涓心裡還是有所顧慮，每天都派人來查看孫臏的情況。

後來墨翟來到齊國，聽徒弟禽滑說了孫臏的事，便決定營救孫臏。他向齊國大臣田忌推薦了孫臏，說了孫臏的遭遇，田忌又把情況告訴了齊威王。齊威王也很想得到孫臏這樣的人才，於是派客卿淳于髡[3]協助禽滑把孫臏救出來。淳于髡以進獻茶葉為名來魏國覲見魏惠王，禽滑則扮作他的僕人。禽滑暗地裡跟孫臏取得了聯繫，讓一名下人穿上孫臏的衣服，扮成孫臏的模樣，待在孫臏經常出現的地方，然後禽滑偷偷把孫臏帶了出來。淳于髡向魏惠王告辭，然後和禽滑帶著孫臏回到了齊國。沒過幾天，那名假扮孫臏的下人也回到了齊國，孫臏原來待的地方只剩下了幾件髒衣服。龐涓找不到孫臏，以為他掉到井裡淹死了，也沒有多加懷疑。

來到齊國後，孫臏怕龐涓加害自己，請求齊威王先隱瞞自己被救到齊國的事情。齊威王答應了，讓孫臏暫時住在田忌的家裡，還經常賞賜給他一些東西。

不久，魏國發兵攻打趙國，龐涓帶兵圍困趙國都城邯鄲。趙國向齊國求救，齊威王派田忌為大將、孫臏為軍師前去營救趙國。田忌想進軍邯鄲，解除魏國的圍困。孫臏說：「趙國將領不是龐涓的對手，等我們到時邯鄲已經被龐涓攻克了。我們不如揚言攻打魏國的襄陵，龐涓肯定會回兵救援，到時候我們就可以打敗他了。」

龐涓聽說齊軍要攻打襄陵，果然立刻回兵解救襄陵。來到半路，魏軍和齊軍相遇，齊軍已經擺好了陣勢。龐涓一看，認出是孫武所創的陣。但龐涓並沒有想到孫臏到了齊國，還在懷疑齊國怎麼有人會擺這種陣。這時田忌向龐涓挑戰，讓龐涓破陣。龐涓雖然不知道這個陣該怎麼破，但是也不能丟了面子，率兵衝進陣裡。結果陣形突然變化，把魏軍困在了陣裡。龐涓正不知所措，見齊軍中豎起了「孫」字大旗，才知道孫臏到了齊國。後來龐涓被人拼死救了出來，連夜逃回魏國去了。

田忌和孫臏戰勝魏軍後得到了齊威王的重用。齊國相國鄒（ㄗㄡ）忌怕田忌威脅到自己的位置，於是讓人嫁禍田忌，說田忌陰謀造反。齊威王也不懷疑，罷免了田忌和孫臏的職務。到了第二年，齊威王去世了，齊宣王即位。龐涓聽說齊國罷免了田忌和孫臏，就勸魏王攻打韓國。魏王同意後，龐涓率兵長驅直進，圍困了韓國國都，韓國連忙向齊國求救。

接到韓國的求救後，孫臏建議等韓國和魏國打得差不多了之後再去救援。齊宣王覺得這

---

❸【淳于髡（ㄎㄨㄣ）】戰國時期著名思想家、政治家，對齊國的發展有很大貢獻。

個主意很好，等韓國和魏國交戰五六次之後，齊宣王重新起用田忌和孫臏，讓他們帶兵救援韓國。這次孫臏依然使用上次的計策，不去直接救援韓國而是攻打魏國。龐涓聽到消息後又回兵來救。

在行軍的過程中，孫臏每天都讓人把灶的數量減少。龐涓一路上見齊軍灶的數量不斷減少，以為齊軍不斷有士兵逃跑，於是開始輕敵，帶軍隊加速前進。孫臏計算好兩軍的行軍速度和日期，打算在馬陵伏擊魏軍。馬陵地區的道路夾在群山中間，非常適合伏擊。孫臏讓人把道路旁邊的樹木都砍倒堵在道路上，只留下一棵粗壯的大樹。然後他讓人把那棵樹的一部分樹皮砍掉，在上面用黑煤寫下了「龐涓死於樹下」幾個字。

龐涓帶領軍隊來到馬陵，見道路上堆滿了樹木，還以為是齊軍怕他追擊。後來見到了旁邊樹上寫的字，才知道自己中了孫臏的計。龐涓急忙讓軍隊撤退，這時兩邊的齊軍都開始向中間射箭，魏軍死傷慘重。龐涓身受重傷，知道自己跑不掉，於是拔劍自刎了。

田忌和孫臏得勝回國後，鄒忌對當初陷害田忌的事很愧疚，於是辭掉了相國的職位。齊宣王封田忌為相國，讓孫臏依然做軍師。

第五十回　蘇秦掛六國相印

龐涓和孫臏出山之後，張儀和蘇秦非常羡慕，也想尋求富貴，建立一番功業。鬼谷先生看他們意志堅定也沒有強留，只告誡他們要互相幫助，並給了他們每人一本書，告訴他們：「如果不能施展抱負，就讀一讀這本書，會有好處的。」兩人一看，原來是姜尚注解的《陰符篇》❶。

蘇秦和張儀下山之後，張儀回到了魏國老家，蘇秦回到了洛陽老家。幾天之後，蘇秦想要出遊列國，讓家人資助自己，結果遭到家人的反對。蘇秦的母親、妻子、嫂子都勸蘇秦務農，他的弟弟蘇代、蘇厲則勸他去輔佐周王。蘇秦聽從了弟弟的建議去求見周顯王。顯王雖然留下了他，但並沒有對他委以重任。顯王身邊的大臣看蘇秦出身低微，覺得他沒什麼本

❶【《陰符篇》】也叫《黃帝陰符經》或《陰符經》，傳說是黃帝撰寫的，後來有姜尚、范蠡、鬼谷子等人爲其做過注解。多數認爲書中內容是道教修養的理論。

事，也不肯向顯王保舉。這樣過了一年多，蘇秦也沒有得到機會。一氣之下，蘇秦回到家裡變賣了自己的全部財產，做了一件黑貂裘❷，置辦了車馬和僕人，周遊列國去了，訪查山川河流、風土民情。過了幾年，蘇秦已經掌握了天下的情況，但是仍沒有得到好的機會。

蘇秦聽說秦孝公愛慕賢才，重用了商鞅，他也想輔佐秦孝公，於是來到秦都咸陽。但是當他到了以後，秦孝公已經去世了，商鞅也死了。當時秦國的國君是秦惠文王，當初秦惠文王是反對商鞅變法的，所以秦孝公一死，惠文王就處死了商鞅。而由於商鞅的影響，惠文王對遊說的人很反感，沒有任用蘇秦。蘇秦寫了一本十萬多字的書，詳細闡述了古代帝王的攻伐思想。蘇秦把書獻給秦王，秦王只是看了一眼，仍不打算啟用蘇秦。蘇秦去拜見秦國相國公孫衍，公孫衍嫉妒他的才能，也不願為他引薦。

蘇秦在秦國待了一年多，錢都花光了，以前置辦的東西也都壞了。蘇秦沒辦法，只好把車馬僕人賣掉，一個人回了家。回家之後，他的家人都不給他好臉色看，父母罵他，妻子不肯見他，嫂子也不肯給他做飯吃。蘇秦很傷心，覺得這都是自己的過錯。突然有一天，他無意中看到了師父交給自己的那本《陰符篇》，想起師父交代給自己的話，於是開始認真研讀這本書。

蘇秦邊讀書邊揣摩天下的形勢，這樣過了一年，他覺得自己已經可以得到卿相的位置了。蘇秦向兩個弟弟說了自己的想法，把《陰符篇》傳授給他們，他們從中也領悟了不少東西，於是決定出錢資助蘇秦。

蘇秦這次沒有去秦國，而是來到趙國。當時趙肅侯在位，相國是趙肅侯的弟弟公子成，號奉陽君。蘇秦先拜見了奉陽君，奉陽君對他的學說並不感興趣。蘇秦又來到燕國求見燕文公，但沒人肯替他引薦。過了一年多，蘇秦身上的錢已經花光了，正在沒有辦法的時候，恰好趕上燕文公出遊，於是蘇秦在半路上拜見了燕文公。燕文公聽說他是蘇秦，非常高興，說：「我聽說當初先生向秦王獻上了十萬多字的書，非常羨慕，現在先生能來是燕國的榮幸啊。」

回到朝堂，蘇秦對燕文公說：「大王擁有兩千里的土地，幾十萬士兵，六百多輛兵車，六千多匹馬。相比於中原的諸侯國，這些還不到諸侯國的一半，但燕國很少有戰事發生，大王知道是什麼緣故嗎？」燕文公說：「不知道。」蘇秦說：「這是因為有趙國這個屏障。大王不如聯合趙國，進而聯合中原的諸侯國共同對抗秦國。」燕文公說：「先生能合縱❸諸侯國而保燕國安穩，我當然很高興，但怕諸侯不同意啊。」蘇秦說：「我願意拜見趙侯，定下合縱盟約。」燕文公很高興，於是給蘇秦配備車馬僕人，把蘇秦送到趙國。

當時奉陽君趙成已經去世了，趙肅侯聽說燕國的使者來了連忙去迎接。蘇秦對趙肅侯說：

---

❷【裘（ㄑㄧˊㄡ）】皮衣。

❸【合縱】古代以東西爲橫，南北爲縱。因爲秦國位於其他諸侯國的西面，所以這些國家的聯合就稱爲合縱，也就是南北聯合。

「我聽說天下的賢才都願意跟隨您，只是奉陽君嫉賢妒能，所以天下的人才都不敢來。現在奉陽君已經去世了，我才敢來奉獻我的忠誠。現在東方的這些諸侯國中，趙國是最強大的，秦國最怕的也是趙國。秦國之所以不敢攻打趙國，就是因為怕韓國和魏國趁機襲擊秦國，所以韓國和魏國相當於趙國的屏障。韓國和魏國並沒有什麼地理屏障，如果秦國攻打兩國，兩國投降，那麼禍患就離趙國不遠了。我曾經考察過，把諸侯國加起來，土地比秦國多一萬多里，兵力是秦國的十倍，如果六國聯合起來就不用再擔心秦國了。依臣的意見，不如把六國結成聯盟，共同對抗秦國，秦國雖然強大，但是怎麼能和諸侯的聯盟抗衡呢？」

趙肅侯很同意蘇秦的說法，於是把蘇秦拜為相國，讓蘇秦去遊說其他諸侯國。蘇秦正要出發，趙肅侯突然召見。原來秦國相國公孫衍帶兵攻打魏國，魏國割地求和，秦國又要來攻打趙國了。趙肅侯向蘇秦問計，蘇秦怕趙肅侯也向秦國求和，故意裝作很鎮定的樣子，說：

蘇秦邊讀書邊揣摩天下的形勢，這樣過了一年……

「臣認為秦國的士兵已經疲憊了，短時間到不了趙國。即使秦兵來了，我也有辦法讓他們退兵。」於是趙肅侯讓蘇秦暫時不要出使其他國家，等秦軍退了再說。

蘇秦回去之後想到了一個辦法。他讓一個手下假扮成商人，取名為賈舍人，去魏國見張儀。張儀自從回到魏國之後境遇也不好，沒有得到重用，反而被人誣陷為小偷，差點被打死。後來張儀聽說蘇秦被封為相國，想去投奔蘇秦，還沒等出發，就碰到賈舍人在自己家門口休息。賈舍人告訴張儀自己是趙國商人，正要回趙國去。張儀說自己要去投奔蘇秦，賈舍人於是邀請張儀一起回趙國。

來到趙國之後，賈舍人藉口有事離開了。張儀在旅店住下，寫了一張名帖送到蘇秦府上，蘇秦推脫公事繁忙，等有時間了再見。結果等了很長時間，張儀也沒有等到蘇秦的召見。後來張儀好不容易見到蘇秦，沒想到蘇秦對他非常怠慢，一點也沒有同學的樣子。張儀非常生氣，憤恨地離開了。回到旅店後，張儀發現賈舍人回來了，把事情的經過說了一遍，並說要到秦國遊說秦王。賈舍人又假稱自己要到秦國去探親，順便帶張儀去秦國。

來到秦國後，賈舍人為張儀置辦了衣服、僕人等，還花錢請人舉薦張儀。張儀去拜見秦王，秦王正在後悔沒留下蘇秦，聽說張儀是蘇秦的同學，非常高興地留下了張儀。後來張儀對賈舍人說：「我能得到秦王的任用，多虧了你啊。」賈舍人說：「這並不是我的功勞，而是蘇相國的功勞。」張儀覺得很奇怪，賈舍人說：「蘇相國怕秦國討伐趙國，影響他合縱的計畫，能操縱秦國權柄的只有先生，於是派我假扮商人把您帶來。蘇相國怕您安於小的成就，於是故意激怒您，讓您產生來秦國的想法，還叮囑我幫您得到秦王的任用。現在任務完成了，我也該回去了。」張儀這才明白自己一直被蒙在鼓裡。賈舍人走的時候，張儀對賈舍人說：「只要有我在，就不會讓秦國討伐趙國。」

解決了秦國的事情，蘇秦來到韓國，向韓宣惠公闡述自己合縱的想法。宣惠公覺得很好，於是也拜蘇秦為相國，答應與趙國聯合。蘇秦又來到魏國說了同樣的話，魏惠王也覺得自己向秦國割地求和的辦法不好，決定與趙國聯合，並且把蘇秦拜為相國。之後蘇秦先後來到齊國、楚國，勸齊王和楚王加入聯盟。齊王和楚王都同意了，也都拜蘇秦為相國。

蘇秦回到趙國，向趙肅侯稟明之後，約會齊、楚、魏、韓、燕五國的君主到洹水❹會盟。到了約定的日子，六國君主無一缺席。在排座次的時候，六國按照國家的大小來排，依次是楚、齊、魏、趙、燕、韓。因為楚、齊、魏三國的君主已經稱王，趙、燕、韓三國的君主還在稱侯，交談起來不方便，於是蘇秦建議六國的君主一概稱王。六位君王盟誓之後，趙王提議讓蘇秦做「縱約長」統轄六國，其他五位君主也都同意。從此之後蘇秦成為六國合縱的「縱約長」，兼有六國的相印。

---

❹【洹（ㄏㄨㄢˊ）水】古代河流名稱，在河南省境內，流經安陽市，現在名叫安陽河。

第五十一回　張儀破壞合縱

蘇秦締造了六國合縱之後，把六國的盟約抄了一份，讓人送去給秦王。秦王看到後非常驚慌，與相國公孫衍和張儀商量對策。公孫衍提議攻打趙國以瓦解合縱，張儀因為曾經答應過蘇秦會阻止秦國攻打趙國，於是對秦王說：「六國剛剛結成合縱，如果現在攻打趙國，其他國家一定會支援，到時候我們就很難取勝了。大王不如用重金與魏國結盟，然後與燕國聯姻，這樣就可以破解合縱聯盟了。」秦王同意了張儀的建議，先後與魏國和燕國結成聯盟。

趙王聽到消息後很生氣，蘇秦怕趙王怪罪自己，於是假稱出使來到了燕國。沒過多久，蘇秦與燕王之間也有了矛盾，又投奔了齊國。張儀見蘇秦離開了趙國，知道六國合縱並不牢固，於是出使魏國想說服魏王背叛合縱。魏王有些猶豫不決，張儀於是暗中讓秦國發兵攻打魏國，想逼迫魏國順從。沒想到魏王生氣了，更不肯依附秦國。

過了幾年，楚懷王與其他五國國君商量一起攻打秦國，五國國君也都同意。不過齊王擔心攻打秦國不能成功，反而破壞了自己和秦國的關係，於是讓軍隊放慢行進速度。其餘五國都按

時到了秦國邊境，但他們各懷心思，誰也不願意打頭陣。後來秦軍出奇兵斷絕了楚國的糧草，楚國大敗，另外四國見形勢不好一起撤軍了。而齊軍這時剛走到半路，聽說五國戰敗也撤兵了。之前齊王與大臣們商量出兵的時候，蘇秦力主攻打秦國，而齊王並沒有採納他的意見。一些和蘇秦有矛盾的人以為齊王不喜歡蘇秦，就派人刺殺了他。

當時合縱的六個諸侯國中，齊國和楚國的實力最為強大，而且兩國關係非常好。秦王對此很擔心，問張儀該怎麼辦。張儀說：「我願意出使楚國，離間楚國和齊國，並讓楚國和秦國結盟。」來到楚國之後，張儀知道楚國有個奸臣叫靳尚，很受楚懷王寵愛，於是先去結交靳尚，然後才去見楚懷王。

張儀說：「我願意出使楚國，離間楚國和齊國，並讓楚國和秦國結盟。」

見到楚懷王之後，張儀說：「在當今的七國之中，楚國、齊國、秦國是最強大的。秦國如果和齊國聯合，齊國就比楚國強大；秦國如果和楚國聯合，楚國就比齊國強大。不過我們君主比較偏向於結交楚國。如果大王能斷絕與齊國的聯繫而和秦國結交，秦國願意歸還當初佔領楚國的六百里土地。」楚懷王聽說秦國願意歸還土地，很高興地答應了。大部分大臣也都同意這個建議，只有一個叫陳軫的人反對說：「不能相信張儀。如果楚國與齊國絕交，而秦國不把土地還給楚國，楚國的損失就大了。臣建議先派人去秦國交接土地，然後再與齊國斷交。」靳尚在一旁說：「如果不與齊國斷交，秦國怎麼肯把土地還給我們？」楚懷王聽信了靳尚的話，下令和齊國斷交，派使者逢侯丑跟隨張儀去秦國交割土地。

回到秦國，張儀假裝從車上摔下來，藉口要養傷閉門不出。逢侯丑等了三個月沒見到張儀，於是上書秦王，說了張儀答應歸還土地的事。秦王回覆：「既然張儀答應歸還了，那我一定會照辦的。但我聽說楚國和齊國還有交往，我怕受到楚國的欺騙。這件事還是等張儀病好了再說吧。」逢侯丑把秦王的話通知楚懷王，楚懷王以為自己與齊國絕交不夠徹底，派人罵了齊王一頓。齊王非常生氣，決定和秦國結盟。

張儀聽說齊國和楚國徹底斷交，就宣稱病癒上朝去了。張儀在朝門外碰到了逢侯丑，就問他：「你怎麼還在這裡？」逢侯丑說：「秦王一定要等您病好了才肯歸還土地，希望您能早點向秦王說明這件事。」張儀說：「這件事還用跟秦王說嗎？我說的是我願意把自己的六里封地獻給楚王。」逢侯丑說：「我從我們君主那裡得到的命令是六百里土地，而不是六里。」張儀說：「難道是楚王聽錯了？秦國的土地都是通過征戰得到的，怎能隨便送給人，更何況是六百里這麼多？」

逢侯丑回去報告楚懷王，懷王大怒，決定發兵攻打秦國。秦國派兵迎戰，同時讓人通知齊國出兵。在秦國和齊國兩路大軍夾攻下，楚軍大敗。韓國和魏國聽說楚國戰敗，也想趁機攻打楚國。楚懷王非常害怕，連忙派人向齊國和秦國求和，同時答應割兩座城池給秦國。秦王說：「我想到得到黔中❶，願意用其他地方作為交換，如果楚國答應我就撤兵。」楚懷王對使者說：「我不願要土地，如果貴國能把張儀送到楚國來，我願意把黔中送給秦國。」

秦王不想把張儀送給楚國，張儀卻自己請求到楚國去。秦王說：「楚王這麼恨你，你肯定有去無回。」張儀說：「如果殺了我一個人能讓秦國得到黔中，那我就算死了也是值得的。況且我也未必會死。」秦王問他有什麼辦法脫身，張儀說：「我之前結交了楚國的大臣靳尚，楚王很聽他的話。如果能讓靳尚幫我，那我就不會死。同時大王讓軍隊做出攻擊楚國的姿態，楚王一定不敢殺我。」

張儀來到楚國後，楚王讓人把張儀抓起來，打算找個日子把張儀殺了。張儀暗中讓人買通了靳尚，靳尚於是去求見楚王的寵妾鄭袖。靳尚對鄭袖說：「秦國並不知道張儀得罪了楚國，所以派他來楚國出使。現在大王想要殺了張儀，秦國打算用土地交換張儀，同時把秦王的女兒嫁給大王。大王一向害怕秦國，如果秦王的女兒嫁過來一定會得到大王的寵幸，到時候您就會被大王冷落了。」鄭袖問：「那該怎麼辦呢？」靳尚說：「夫人如果能勸說大王放了張儀，張儀安全回到秦國之後，秦王就不會把女兒嫁過來了。」

鄭袖回去之後對楚王說：「大王用土地來交換張儀，現在土地還沒給秦國，張儀就已經來了，這是秦國講信義啊。秦國這麼強大，如果大王殺了張儀，秦國一定會派更多兵馬攻打楚國。我這些天一直為楚國的安危擔心。況且張儀在秦國做官，為秦國出謀劃策也是理所應當的。如果大王能好好對待張儀，張儀肯定也願意這麼對楚國的。」懷王說：「讓我考慮一下。」靳尚也乘機對懷王說：「殺了張儀對秦國來說並沒有什麼損失，但是楚國卻要失去幾百里土地。不如留下張儀，用來和秦國講和。」懷王也很捨不得黔中這塊土地，於是放了張儀。張儀說了與秦國結盟的好處，懷王於是送張儀回秦國，跟秦國結成了盟友。

楚國大臣屈平從齊國出使回來，聽說張儀被放走了，就對懷王說：「之前大王被張儀欺騙了，張儀來了楚國之後，我本以為大王肯定會殺了他，沒想到卻把他放了。一個普通百姓都不忘記報仇，更何況是君王呢？現在沒有得到秦國的歡心，反而惹惱了其他的諸侯國，我覺得這樣很不妥。」懷王聽了之後也非常後悔，於是讓人去追張儀，但是張儀已經連夜回到

---

❶【黔中】戰國時楚國郡名，在貴州、湖南、四川三省交界的地方。

秦國了。

回到秦國後，張儀對秦王說：「楚王雖然很害怕秦國，但是臣不能失信於楚國。希望大王能送一些土地給楚國，並和楚國聯姻。然後我就可以以楚國為例子去說服其他國家跟秦國聯合。」秦王答應了，於是割了五座城給楚國，把自己的女兒嫁給了楚懷王的兒子，懷王的女兒成為了秦國太子的妃子。懷王因此很高興，覺得張儀沒有欺騙他。秦王為了嘉獎張儀的功勞，把他封為武信君。

之後張儀到其他諸侯國遊說，以楚國為例勸那些諸侯與秦國聯合。結果那些諸侯都很認同張儀，先後與秦國結盟。到此為止，蘇秦一手締造的六國合縱徹底瓦解了，形成了六國和秦國連橫❷的局勢。

秦惠文王去世後，秦武王即位。秦武王生性直爽，非常討厭張儀這種狡詐之人。張儀怕秦武王將來會對付自己，就跑到魏國去了。魏哀王封張儀為相國，過了一年，張儀病死在魏國。

---

❷【連橫】古代把東西稱爲橫，因爲秦國在西部，其他諸侯國在東部，所以秦國和其他諸侯國的聯合叫做連橫。

第五十二回　孟嘗君偷過函谷關

齊國相國田嬰有四十多個兒子，其中一個名叫田文，號孟嘗君，是一名小妾所生。田文是在五月五日這天出生的，當時人們認為五月是毒月、五日是惡日，這一天出生的人長到和窗戶一樣高了之後會對父母不利，所以田嬰讓小妾把孩子扔掉。小妾不忍心，私下裡把田文養大了。田文長到五歲的時候，小妾帶田文去見田嬰，田嬰很生氣，責怪她不聽命令。田文問田嬰：「父親為什麼不要我？」田嬰說了五月五日出生的人長到和窗戶一樣高之後對父母不利的說法。田文說：「人的命是上天注定的，怎麼能由窗戶來決定？如果真的是窗戶決定的，為什麼不把窗戶增高呢？」田嬰回答不上來，但是覺得田文這個孩子與眾不同。

田文長到十歲的時候就已經能接待賓客了，賓客們也都願意和他交談。後來田文的名聲傳開了，諸侯的使者到了齊國之後都來求見田文。田嬰覺得田文很賢德，於是把田文立為世子，號孟嘗君。田嬰死後，孟嘗君繼承了田嬰的爵位，後來又成為齊國的相國。

繼承爵位之後，孟嘗君建起了大片屋舍用來招納天下賢才。只要是來投奔孟嘗君的，不管這人有沒有才能，孟嘗君都會收留，各國有罪逃亡的人聽說孟嘗君的賢明都來投奔他。孟嘗君雖然身分尊貴，但起居飲食都和賓客是一樣的。一天晚上，孟嘗君和賓客一起吃飯，有人把孟嘗君那裡的燈光擋了起來。一名賓客懷疑孟嘗君自己吃好的東西，於是把筷子一扔就要走。孟嘗君端著飯站起來，跟賓客的飯放在一起進行比較。賓客發現兩人的飯是一樣的，說：「孟嘗君對賓客這麼好，我卻懷疑他，真是個小人啊，我還有什麼面目站在這裡。」說完之後，那名賓客就拔刀自殺了。孟嘗君非常悲傷，厚葬了那名賓客。從此之後來投奔孟嘗君的人更多了，達到了幾千人。諸侯聽說孟嘗君的賢明，而且有這麼多賓客，都不敢侵犯齊國。

當時趙國的平原君趙勝也非常有名望，他的寵妾曾經取笑過一名賓客，為了挽留那名賓客，平原君就把自己的寵妾殺了。秦昭襄王聽說了平原君的事後，就向大臣向壽稱讚平原君的賢德。向壽說：「平原君不如齊國的孟嘗君。」秦王說：「孟嘗君怎麼樣？」向壽說：「田嬰還活著的時候，孟嘗君就開始主持家務、接待賓客了。賓客們都願意投奔他，諸侯很敬重他，請求田嬰把他立為世子。等到孟嘗君繼承了爵位，投奔他的人就更多了。他對待賓客很好，吃穿都和賓客一樣，也願意為賓客花費錢財。從齊國來的人沒有不說孟嘗君好的。平原君是看到賓客要離開才把自己的寵妾殺了，未免有點晚了。」

聽向壽這麼一說，秦王也想見見孟嘗君，向壽說：「大王如果想見他，為什麼不召他來呢？」秦王說：「他是齊國的相國，怎麼肯來秦國？」向壽說：「大王可以讓自己的親人去齊國做人質，然後請孟嘗君到秦國來。齊國害怕秦國，不敢不讓孟嘗君來的。孟嘗君來了之後，大王就把他封為相國，齊國肯定也會把您的親人封為相國。那樣秦國和齊國的關係就更加緊密了，到時候共同討伐諸侯也不是什麼問題。」

秦王很高興，於是讓弟弟涇（ㄐㄧㄥ）陽君悝（ㄌㄧˇ）到齊國去做人質，請孟嘗君到秦國來。賓客們聽說秦王召見都勸孟嘗君前去。當時蘇秦的弟弟蘇代代表燕國出使齊國，勸孟嘗君不要去秦國。孟嘗君於是想拒絕秦國的邀請。齊國大臣匡章對齊湣（ㄇㄧㄣˇ）王說：「秦王給齊國送來人質求見孟嘗君是想和齊國更親近。如果孟嘗君不去，秦王肯定不高興。就算孟嘗君去了，留下秦國的人質也是表明不信任秦國。大王不如把涇陽君送回秦國，然後讓孟嘗君帶禮物去秦國拜見。這樣秦王肯定會信任孟嘗君，對齊國也會更加親近。」湣王覺得很對，於是派人把涇陽君送回秦國，然後派孟嘗君去秦國出使。

孟嘗君帶著一千多名賓客、一百多輛車來到秦國拜見秦王，秦王對他很有禮貌，傾訴自己對他的仰慕之情。孟嘗君有一件白狐皮做成的皮衣，毛質非常好，顏色像雪一樣白，天下只有這一件。孟嘗君把這件皮衣當作禮物送給了秦王，秦王很高興，把這件皮衣放到了宮裡。回宮後，秦王向寵姬燕姬誇讚這件皮衣，燕姬說：「狐皮衣那麼常見，有什麼珍貴的？」秦王說：「這件可不一樣，它是採集狐狸腋下的一小片皮縫補而成的，顏色純白所以珍貴，是件無價之寶。」當時天氣還暖和，秦王就讓人把這件皮衣妥善保存起來。

不久秦王把孟嘗君封為丞相❶，秦國重臣樗（ㄕㄨ）里疾怕孟嘗君受到重用，影響自己的地位，於是讓賓客公孫奭（ㄕˋ）對秦王說：「孟嘗君是齊國人，現在在秦國做丞相肯定會優先考慮齊國的利益。以孟嘗君的才能再加上他的那些賓客，如果藉助秦國的力量來為齊國謀取利益，那麼秦國就危險了。」秦王把公孫奭的話對樗里疾說了，樗里疾說：「他說得很對。」秦王說：「那讓孟嘗君回齊國怎麼樣？」樗里疾說：「孟嘗君在秦國待了一個多月了，他的賓客有一千多人，早已經把秦國的各種情況都掌握了。如果讓他回到齊國肯定會對秦國不利，不如把他殺了。」秦王聽信了樗里疾的話，讓人把孟嘗君囚禁在驛館裡。

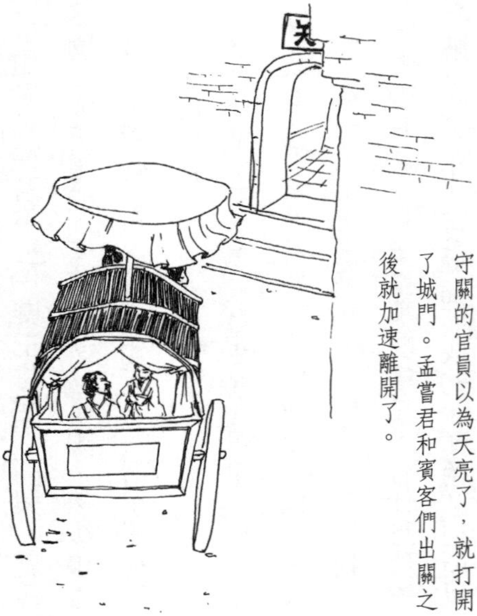

守關的官員以為天亮了，就打開了城門。孟嘗君和賓客們出關之後就加速離開了。

涇陽君當初在齊國的時候，孟嘗君對他很好，他聽說了秦王的打算之後就偷偷來告訴孟嘗君。孟嘗君問他該怎麼辦，涇陽君說：「大王還沒有最後下決定，後宮有一個燕姬，最受大王的寵愛，她說的話大王一定聽。我可以幫你賄賂燕姬，讓她幫你在秦王面前說好話，把你放回齊國。」孟嘗君於是把兩對白玉交給涇陽君，讓他去賄賂燕姬。燕姬見到涇陽君獻上來的禮物，對涇陽君說：「這對玉我不想要，我非常喜歡白狐皮衣，聽說齊國有這東西，如果能得到這件皮衣，我願意在大王面前說幾句好話。」

涇陽君回去把燕姬的話跟孟嘗君說了，孟嘗君說：「這皮衣只有一件，已經獻給秦王了，怎麼還能得到？」他問門下的賓客有沒有能拿到這件皮衣的，有一個人自告奮勇說自己能拿到。孟嘗君問他怎麼做，他說：「偷出來。」到了半夜，這名賓客扮成狗的樣子，從狗洞裡偷偷進入秦王宮。守衛的人聽到了動靜，這名賓客學了幾聲狗叫，守衛的人以為是狗也就沒有懷疑。等守衛的人睡下之後，賓客偷來鑰匙，取回了白狐皮衣。

孟嘗君把皮衣交給涇陽君，涇陽君又交給燕姬，燕姬非常高興。和秦王一起吃飯的時候，燕姬說：「我聽說齊國的孟嘗君非常賢明，在齊國的時候就是相國，本來不想來秦國，是被秦國請來的。既然來了，不用他也就算了，為什麼還要殺了他？把其他國家的相國請來隨便殺掉，恐怕會落個殺戮賢才的名聲，以後還有誰敢來秦國？」秦王覺得燕姬說得很對，於是讓人放孟嘗君回齊國。

---

❶【丞相】古代統領百官的官職，負責輔佐君王治理國家，秦武王時開始設置。

孟嘗君怕秦王反悔，連忙帶著賓客往齊國趕。來到函谷關的時候正值半夜，城門還沒有開。孟嘗君怕人追來，非常著急。城門的開閉都是定時的，人們入睡以後關城門，雞叫以後開城門。孟嘗君和賓客們正著急，突然從人群裡響起雞叫的聲音。孟嘗君仔細一看，原來是一名賓客在學雞叫。這個人學得非常像，周圍的公雞聽到之後也開始叫起來。守關的官員以為天亮了，就打開了城門，孟嘗君和賓客們出關之後就加速離開了。

樗里疾聽說秦王把孟嘗君放了，來見秦王，說：「大王就算不殺孟嘗君，也可以把他留在秦國當人質啊，為什麼要把他放了呢？」秦王也有些後悔，於是連忙派人去追。追趕的人來到函谷關之後向守關的人打聽，得知孟嘗君等人已經出關很久，再追也來不及了。後來秦王發現白狐皮衣不見了，又見到燕姬穿著那件皮衣，問明原委才知道是孟嘗君讓人偷去了。秦王說：「孟嘗君門下各種人才都有，我們秦國沒有這樣的人啊。」秦王把皮衣賜給了燕姬，也沒有責怪看守皮衣的人。

齊湣王把孟嘗君派到秦國以後，就好像失去了左右手一樣，生怕孟嘗君受到秦國重用。聽說孟嘗君回來，齊湣王非常高興，仍舊讓孟嘗君做相國。從此以後，投奔孟嘗君的人就更多了。

第五十三回　田單退燕

燕昭王即位之後一直記著當初齊國攻打燕國的仇恨，所以他努力發展燕國實力，招納賢才，打算報仇雪恨。一個叫樂毅的人來投奔燕昭王，經過一番交談，燕昭王知道他精通兵法，非常高興，於是任命他為中卿。當時齊國比較強大，燕昭王只能韜光養晦，暗中發展實力。後來燕昭王聽說齊湣王驅逐了孟嘗君，覺得機會來了，便決定發兵攻打齊國。

燕昭王與樂毅商量這件事，樂毅說：「齊國現在還很強大，士兵們都久經戰場，我們不能獨自去攻打，如果想要討伐齊國就要和其他的諸侯國聯合。現在和燕國最親近的國家是趙國，如果能聯合趙國，那韓國肯定會跟從。孟嘗君現在在魏國做相國，正對齊國懷恨在心，應該會同意攻打齊國。如果是這樣，就能打敗齊國了。」

燕昭王派樂毅出使趙國請求出兵，趙惠文王答應了。正好當時秦國的使者在趙國，於是樂毅勸秦國也一起出兵。秦國使者回報秦王後，秦王也同意出兵。燕昭王另派使者去魏國，孟嘗君果然答應出兵討伐齊國。韓國見其他國家都出兵了，也只好出兵跟隨。於是五國軍隊

一起向齊國進發。齊王率兵抵抗，被五國聯軍殺得大敗。齊王退守臨淄，秦、趙、魏、韓四國都趁機攻取周邊的城市，只有樂毅率燕國大軍直攻臨淄。齊王見臨淄守不住了，只好逃到其他國家。

臨淄城中有一個管理集市的官吏名叫田單，很有智謀。他精通兵法，但是沒有得到齊王的重用。燕軍攻打臨淄城的時候，城裡的人紛紛逃竄，一片混亂。田單和自己的族人逃到了安平❶，田單讓族人把車軸的頭都砍掉，然後把車軸用鐵皮包裹起來，讓車軸更堅固些。旁人見田單這麼做都笑他多此一舉。燕軍攻打安平的時候，安平的人爭相逃命，往來的車輛非常擁擠，很多車的車軸都被碰壞了無法前進，那些人做了燕軍的俘虜。而田單和族人們的車因為車軸被鐵皮包裹，擁擠中沒有被碰壞得以逃脫，來到了即墨城。

當時即墨城的守臣病死了，城裡沒有主事的人。大家想推舉一個懂軍事的人帶領大家守城。有人知道田單用鐵皮包裹車軸的事，覺得田單很有遠見和才能，於是人們推舉田單為即墨城守將。田單親自帶人修築城防，並把自己的族人全都編入了隊伍當中。即墨城的人見田單身先士卒，都很擁戴他。

齊湣王在逃亡的路上已經被人殺掉了，齊國大臣於是投奔身在莒州的王孫賈，然後一起找到世子法章，把法章立為齊王，稱齊襄王。齊襄王派人通知即墨，一起成犄角之勢❷抵抗燕軍。樂毅讓軍隊圍了莒州和即墨三年都沒有攻克，於是撤軍九里建起了營壘，並下令：

「有從城裡出來砍柴打獵的不許抓捕，如果遇到饑餓的人就給他食物，遇到寒冷的人就給他衣服。」

燕國有個大夫叫騎（ㄐㄧˊ）劫，非常勇猛，與燕國太子樂資關係很好。騎劫想要排擠樂毅奪得兵權，於是對太子說樂毅不攻打莒州和即墨是想自立為齊王。太子樂資把這些話告訴了燕昭王，燕昭王很生氣，打了樂資二十鞭子。不久後燕昭王去世，太子樂資即位為王，稱燕惠王。

田單讓人打聽燕國的事情，聽說了騎劫想要取代樂毅和太子樂資被鞭打的事情，於是讓人散播謠言說：「樂毅很早就想當齊王了，因為顧念燕昭王的恩情，所以暫時不攻擊兩座城池。現在新君主即位了，樂毅馬上就會和即墨講和。齊國人最怕的就是燕國換其他的將領來，那樣即墨肯定會被攻破。」燕惠王本來就懷疑樂毅，聽到這個傳言後就讓騎劫去代替樂毅，把樂毅召回燕國。樂毅怕會被殺掉，於是逃到了趙國。

騎劫代替樂毅成為將軍之後把樂毅之前下達的命令全部改了，士兵們很不服氣。三天之

---

❶【安平】古代城邑名，原本屬於紀國，後來被齊國佔領。位置在現在的山東益都西北。

❷【掎角之勢】原本指捕鹿時一面抓住鹿腿，一面抓住鹿角。後來比喻分成兩路夾擊敵人，這裡是指牽制敵人力量。

後，騎劫就帶兵去攻打即墨，把即墨城圍了好幾圈。田單早上起來對城裡的人說：「我昨晚夢到神仙告訴我齊國會復興、燕國會失敗，很快就會有神人來做我們的軍師，我們必定能打敗燕國。」有一個士兵理解了田單的意思，走到田單身邊，低聲說：「我可以做軍師嗎？」田單連忙拉住他對旁邊的人說：「我夢裡見到的神人就是他。」然後給士兵換上衣服，把他扶上了軍師的位置。

田單以「神人」的名義發號施令，每次下達命令都要先稟報「神人」。一次，田單對城裡的人說：「神人有令，凡是吃東西的人都要先去院子裡祭拜祖先，這樣才能得到祖先的庇佑。」城裡的人都聽從命令，把食物放在院子裡。天上的飛鳥見到院子裡的食物都飛下來吃，這樣的情景每天早晚各一次。燕軍見到之後覺得很奇怪，後來聽說即墨城來了位神人，覺得齊國有神人幫助是無法取勝的，於是就沒了作戰的心思。

田單又讓人傳播謠言說：「樂毅太仁慈了，抓到齊國人卻不殺，所以城裡的人不害怕。如果把抓到的齊國人的鼻子割掉，讓他們走在隊伍前面，即墨人肯定會很痛苦。」騎劫相信了這話，於是把抓到的齊國俘虜的鼻子都割掉了。即墨城裡的人見齊國俘虜的鼻子都被割掉感到非常害怕，生怕自己被燕軍抓到。

之後田單又讓人說：「城裡百姓家的墳墓都在城外，如果被燕國人挖了祖墳，那該怎麼辦啊？」騎劫於是又讓人去把城外的墳墓都挖了，把屍體拖上來曝晒焚燒。即墨人從城頭看到之後都大哭起來，把燕國人吃掉的心思都有了。

憤怒的即墨人都來到軍營請求出戰。田單知道士兵們可以出戰了，於是挑選了五千名強壯的士兵，讓他們藏在民宅裡，讓一些老人和婦女到城頭輪流守衛。然後派使者告訴騎劫：「城裡的糧食都吃光了，過幾天就出來投降。」騎劫對身邊的將軍們說：「我和樂毅相比，誰更強一些？」那些將軍都說：「您比樂毅強好多倍。」田單又從百姓那裡收集來很多錢財，讓一些富人賄賂燕國大將，請求在投降之後保全他們的家人。燕國將領非常高興，接受了他們的賄賂，讓他們在自己門上插上小旗。燕軍的所有人都沒做準備，只等著田單出來投降。

田單讓人從城裡找來一千多頭牛，然後找來很多深紅色的布匹，上面畫上各種圖案，披在了牛的身上。之後又把鋒利的刀子綁在牛角上，在牛尾巴上綁了灌了油的蘆葦。在約定的投降日期前一天，準備工作都做好了，不過人們都不明白田單這麼做是什麼意思。

到了黃昏的時候，田單讓那五千名士兵飽餐了一頓，然後讓他們在臉上塗滿各種顏色，手裡都拿好兵器。之後田單讓人把城牆鑿出幾十個洞穴，把牛從洞穴趕出來，點燃牛尾巴上的蘆葦。火燒到牛的尾巴後，牛因為疼痛而狂奔起來，衝向燕軍軍營。那五千名士兵則跟隨在後面，殺向燕軍大營。燕軍都以為第二天就要接受投降了，晚上都睡得很踏實。突然之間聽到牛奔跑的聲音，燕軍從夢裡驚醒，見到那麼多帶火的怪物來回奔跑都嚇得四處逃竄。牛角的利刃所及之人就算不死也是重傷。

即墨城的五千名士兵也見人就砍，雖然只有五千人，但是在那種慌亂的情況下就好像有幾萬人一樣。而且燕軍早聽說即墨城有神人，又見這些人臉上有各種色彩，不知道是什麼怪物，更加害怕了。田單親自率領百姓敲著鼓出城，所有人手裡都拿著東西敲，響聲震天。燕軍本來就害怕，這下更慌亂了。騎劫在慌亂中逃竄，結果正遇上田單，被田單殺死了。

這次戰勝後，田單整理隊伍乘勝追擊，人們聽說齊軍得勝了都歸順了齊軍，田單的兵力越來越強。田單一路追擊，最後把齊國丟失的七十多座城池全都收復了。有人建議田單自立為王，田單沒有同意，而是把法章迎接了回來。

燕惠王聽說騎劫失敗了，這才知道樂毅的才能，很後悔當初那麼做。於是他讓人給樂毅送去書信，想要召樂毅回燕國。樂毅不願回去，燕惠王於是重用了樂毅的兒子和弟弟，在樂毅的協調下，燕國和趙國結成聯盟，兩國都把樂毅拜為客卿，最後樂毅在趙國去世。

第五十四回　范雎詐死逃生

魏國有個人名叫范雎，非常有才能。他想輔佐魏王，但由於家貧無人為他引薦，所以就先在中大夫須賈門下做賓客。當初燕國聯合四國一起討伐齊國的時候，魏國也參與了。後來田單打敗燕軍，齊襄王即位，魏王怕齊國報復魏國，於是和相國魏齊商量了一下，派須賈出使齊國，想與齊國和好。

須賈帶著范雎來到齊國，齊襄王責備魏國反覆無常，須賈無言以對，范雎在旁邊說道：「當初我國先王和齊國一起討伐宋國，約定最後三分宋國，結果齊國把所有的土地都佔為己有，這是齊國對我國失信。這次攻打齊國，五個國家都參加了，也不是只有魏國出兵。而我們不敢跟隨燕國攻打臨淄，是因為我們對齊國有禮。大王您英明神武，能恢復之前的霸業，所以我們才敢來和好。但是大王如果只知道責備別人，卻不知道自己反省，恐怕當初湣王的禍患還會出現。」

齊襄王聽完范雎的話非常敬佩，站起來說：「這是我的過錯。」然後問須賈：「這是什

麼人？」須賈說：「這是我門下的賓客范雎。」齊王把須賈送回館舍，然後暗地裡派人對范雎說：「大王仰慕先生的才華，想把先生留在齊國，希望先生能答應。」范雎說：「我是跟使者一起來的，如果不一起回去，那就是我不講信義。沒有了信義還怎麼做人呢？」齊王聽到范雎說的這些話就更佩服范雎了，於是讓人給范雎送去十兩黃金和美酒。范雎不肯接受，齊王的使者再三推讓，范雎這才勉強接受了美酒，把黃金還了回去。

有人把這件事告訴了須賈，須賈問范雎為什麼齊國使者來找他，范雎說：「齊王派人送來黃金和美酒，我推辭不過，只好把酒留下了。」須賈問：「為什麼要送你東西呢？」范雎說：「我也不知道，可能是因為我跟隨大夫做事，而他們敬佩大夫，所以送東西給我。」須賈說：「沒有賞賜給我這個使者卻賞賜給你，肯定是你與齊國私下裡有來往。」范雎說：「齊王想要留我在齊國做事，被我拒絕了，我講究的是信義，怎麼會私下和齊國有來往呢？」須賈聽他這麼說反而更懷疑了。

回到魏國後，須賈把這件事告訴了相國魏齊。魏齊很生氣，就讓人把范雎抓來當堂審問。魏齊說：「你肯定是把什麼消息告訴齊國了，不然齊國為什麼要留你？」范雎說：「齊國確實留我了，但是被我拒絕了。」魏齊說：「那你為什麼接受黃金和美酒？」范雎說：「使者非要我收下，我沒有辦法，只把酒收下，把黃金退回去了。」魏齊大怒道：「賣國賊還敢狡辯？既然賞賜你，怎麼會沒有原因？」說完就讓人把范雎綁起來，打了他一百鞭子逼他招供。范睢說：「我真的沒有私通齊國，有什麼可招的？」魏齊更憤怒了，下令往死裡打。賓客們見相國這麼生氣，沒有一個敢勸阻。

魏齊邊喝酒邊讓手下鞭打范睢，直到把范睢打得遍體鱗傷暈死過去。下人報告魏齊，說范睢死了。魏齊親自過來查看，見范睢滿身傷痕，躺著一動也不動，也認為范睢死了，於是讓人用草席把范睢的屍體捲起來，扔到廁所裡，並讓人在他身上拉屎撒尿。

到了晚上，范睢竟然醒了過來，發現身邊只有一個士兵在看守，於是對那個士兵說：「我雖然醒過來，但是傷這麼重，肯定活不了了。如果你能讓我死在家裡，我願意用幾兩黃金酬謝你。」那名士兵貪圖黃金，於是讓范睢仍然裝死，然後跟魏齊說廁所的人太臭，應該扔出去。魏齊當時喝醉了，就讓他把范睢的屍體丟到野外去。那名士兵把范睢送回家，范睢給了他幾兩黃金，讓他把裹屍體的草席扔到了野外。

范睢對妻子說：「魏齊今天喝醉了，所以才同意把我丟出來。明天酒醒了之後肯定會到我們家裡來找。我有一個結拜兄弟叫鄭安平，你可以趁晚上把我送到他那裡。我走之後，你就當我死了一樣舉辦喪事。」

第二天，魏齊醒過來之後，果然懷疑范睢沒有死，於是讓人查看范睢的屍體。查探的人回報說只剩下草席了，屍體大概是被野狗叼走了。魏齊又讓人去范睢的家裡查看，發現范睢的家人在舉辦喪事，這才放下心來。

范睢在鄭安平家養傷養得差不多了，改名為張祿，來到秦國。當時秦國的宣太后掌握著政權，宣太后的弟弟魏冉為丞相，宣太后的親信華陽君、高陵君、涇陽君也手握大權，秦昭襄王完全被架空了。范睢見到秦王，幫秦王分析了當時的形勢，建議秦王結交齊國和楚國，攻打魏國和韓國，並幫助秦王從宣太后等人手裡奪回了政權。之後秦王封范睢為丞相，但是當時范睢用的是張祿這名字，秦國人只知道丞相張祿，沒人知道范睢。

當時魏昭王已經死了，安釐（ㄌㄧˊ）王即位。安釐王聽說秦國剛任命張祿為丞相，打算討伐魏國，連忙召集大臣商量對策。相國魏齊建議給秦國送去禮物，跟秦國講和，安釐王於是派須賈出使秦國。

范睢聽說須賈來了秦國，於是換上了破爛的衣服，假裝成落魄的樣子去求見須賈。須賈見到范睢之後很吃驚，沒想到他竟然還活著。看范睢如此落魄，須賈把范睢請進來，給他端來酒和食物。看范睢凍得發抖，須賈又把自己的衣服給范睢披上。范睢問須賈來秦國幹什麼，須賈說：「現在秦國剛剛封張祿為丞相，我們想和秦國交好，只是沒有門路。你在秦國這麼長時間了，有沒有認識的人能幫我引見一下張丞相？」范睢說：「我在一戶人家當下人，我家主人與丞相認識，我因為經常在丞相面前說話，所以丞相與我關係也很好。如果你想見丞相，我願意為你引見。」

范睢駕著車帶著須賈去丞相府，路上的人見是丞相在駕車都主動讓路。須賈不知道人們是在躲避范雎，還以為是敬重自己。來到丞相府門口，范雎說要先通報一聲就進去了。須賈在門口等了半天也沒見范雎出來，於是對守門的人說：「我朋友剛才進去向丞相通報，很久也沒出來，你能幫我叫他一下嗎？」守門的人問：「你說的人什麼時候進去的？」須賈說：「就是剛才為我駕車的人。」守門的人說：「那就是張丞相，他出門去看望朋友，所以穿著很普通。」須賈聽完之後就好像被雷電劈中一樣，心想：「我的死期到了。」但是既然來了，只能求見，於是須賈把外衣和鞋子脫掉，摘下帽子，請人進去通報說：「魏國罪人須賈在外面領死。」

過了很長時間，有人召須賈進去。須賈來到堂上，范雎問他：「你知道自己的罪過嗎？」須賈說：「知道。」范雎說：「你的罪過有幾條？」須賈說：「就算用我的頭髮數也數不過來啊。」范雎說：「你有三條罪：第一，我拒絕了齊國的邀請，你卻以為我私通齊國，告訴了魏齊；第二，魏齊鞭打我的時候，你沒有勸阻；第三，我在廁所裡昏迷的時候，你和那些賓客在我身上拉屎撒尿。有這三條罪，本來應該殺了你，但是看在你給我食物和衣服的份上，我就饒了你。」須賈叩頭謝恩，然後爬著出去了。

從此之後秦國人都知道了，原來丞相張祿就是魏國人范雎。第二天，范雎進朝見秦王，請秦王治自己的罪。秦王說：「你有什麼罪？」范雎說自己欺騙了秦王，自己並不是張祿，而是魏國人范雎，又把前因後果說了一遍。秦王並沒有怪罪他，還想殺了須賈為范雎報仇。

范雎說：「須賈這次是來出使的，況且是魏齊想要殺我，並不都是須賈的責任。」秦王說：「魏齊的仇我會為你報的。」

范雎雖然答應不殺須賈，但是還想出一口氣。他說要請須賈吃飯，然後大擺宴席，請來了很多諸侯國的使者和賓客。須賈本來還很高興，但是等了很久也不見人來叫自己入座。范雎和客人們吃到一半的時候，范雎才說：「我還有一個客人，剛才給忘了。」然後讓人把須賈叫進來，在最外邊的地方給他安排了一個小座位，上面只放著一些料豆❶。兩個犯人站在須賈前面，用手捧著料豆餵須賈，就好像餵馬一樣。須賈不敢違抗，只好把料豆都吃了。范雎把從前的事都說了，客人們這才明白范雎為什麼這樣對須賈。

須賈臨走的時候，范雎請他轉達魏王把魏齊的人頭送到秦國來，魏齊聽到消息後就逃跑了。為了替范雎報仇，魏齊去哪個國家，秦王就率兵攻打哪個國家，結果沒有人敢收留魏齊。魏齊自覺無路可走，只好自殺了。

---

❶【料豆】炒熟或煮熟的黑豆或黃豆等，大多用來餵牲口。

第五十五回　呂不韋結交異人

有個陽翟[1]人名叫呂不韋，他和他的父親都是商人，平時往來於各國之間販賣東西，家裡非常富有。有一次呂不韋在邯鄲做生意，一個路人引起了他的注意。此人面如敷粉，唇若塗朱，雖是平常人打扮，卻難掩其富貴之氣，呂不韋心中暗暗稱奇，於是向旁邊的小販打聽。小販回答說：「這是秦國太子安國君的兒子，名叫異人，在趙國做人質。他現在跟窮人沒什麼兩樣。」

異人是秦昭襄王的孫子，太子安國君的兒子。異人的母親叫夏姬，不受安國君寵愛，很早就去世了。安國君所寵愛的是楚妃，稱華陽夫人，不過華陽夫人沒有兒子。異人由於不受寵愛，被派來趙國做人質。秦國的人也不關心他，很長時間都沒有和他聯繫，而秦昭襄王更是不顧他的安危，屢次攻打趙國。趙王非常生氣，想把異人殺掉洩憤。在平原君的勸說下異

❶【陽翟】韓國都城，在現在的河南省禹州市。

人才保住了性命，但被囚禁起來，並由大夫公孫乾日夜看守。趙王不給他提供錢財，異人心中十分苦悶。

呂不韋知道了異人的身分後，覺得他有很大的利用價值，就回去跟父親商量這件事。呂不韋的父親也覺得這是個好機會，於是呂不韋拿出很多錢來結交公孫乾。一來二去之後，呂不韋和公孫乾就漸漸熟悉了。有一次，呂不韋見到了異人，他假裝不知道異人是誰，問公孫乾異人的來歷，公孫乾如實告訴他了。

過了幾天，公孫乾請呂不韋喝酒，呂不韋說：「這裡也沒有其他客人，既然秦國的王孫在這裡，不如請他來一起喝酒。」公孫乾於是把異人請來，和呂不韋相互介紹，然後一起喝酒。喝到一半的時候，公孫乾去上廁所，呂不韋低聲問異人：「秦王現在已經老了。太子最寵愛的是華陽夫人，而華陽夫人沒有兒子，如果您能回到秦國，請求做華陽夫人的兒子，那將來很有可能被立為世子啊。」異人說：「我也非常希望這樣，但是沒有辦法逃走啊。」呂不韋說：「我願意到秦國去，說服太子和華陽夫人輔佐您當上秦國國王，怎麼樣？」異人說：「如果真能這樣，將來我富貴了之後，一定和您共用。」剛說完，公孫乾回來了，問呂不韋在說什麼。呂不韋說：「我問王孫秦國玉石的價格，王孫說不知道。」公孫乾也沒有懷疑。

從此呂不韋經常來見異人，並偷偷給了他五百兩黃金，讓他買通身邊的下人，同時結交來往的賓客。公孫乾身邊的人都被收買了，而他對此絲毫不知情。之後呂不韋來到秦都咸陽，打聽到華陽夫人有個姐姐也嫁到了秦國。呂不韋通過賄賂讓人傳話給華陽夫人的姐姐，說：「異人現在趙國做人質，心裡非常思念華陽夫人，有些東西想孝敬華陽夫人，託我轉送，還有一些禮物是送給您的。」華陽夫人的姐姐聽說之後很高興，來見呂不韋，對呂不韋說：「有勞先生了，不知道王孫現在在趙國想不想念家鄉。」呂不韋說：「我和王孫住對面，他有什麼事全都跟我說，所以我很清楚他的心事。他因為母親去世得早，就把華陽夫人當作自己的親生母親，每天都思念著華陽夫人，盼

「秦王現在已經老了。太子最寵愛的是華陽夫人，而華陽夫人沒有兒子，如果您能回到秦國，請求做華陽夫人的兒子，那將來很有可能被立為世子啊。」

望有一天能回到秦國盡自己的孝心。」華陽夫人的姐姐問道：「王孫現在過得怎麼樣？」呂不韋說：「因為秦國經常攻打趙國，趙王很想殺了王孫。幸虧趙國的臣民求情，王孫才免於一死。」華陽的姐姐問：「趙國的臣民為什麼要為他求情？」呂不韋說：「趙國人都知道王孫非常孝順，每次到了太子和夫人的壽辰，王孫都要齋戒沐浴為太子和夫人祈禱。而且王孫喜歡結交朋友，各國的賓客他都會結交，天下都稱頌他的賢德，所以趙國人才為他求情。」說完，呂不韋拿出五百兩黃金，請求華陽夫人的姐姐轉送給華陽夫人。

華陽夫人收到禮物後，心裡非常高興，認為異人是真心孝順自己。華陽的姐姐回去見呂不韋的時候，呂不韋問：「華陽夫人有幾個兒子？」華陽的姐姐回答說：「沒有。」呂不韋說：「我聽說以美色得到寵幸的人，等美色消退了寵愛也就沒有了。現在夫人得到太子的寵愛，應該從太子的兒子當中選擇一個做自己的兒子，將來如果那個兒子做了大王，夫人就可以始終保持自己的地位了。異人向來賢德，又對夫人這麼孝順，不如讓夫人把異人認作自己的兒子。」

華陽的姐姐把呂不韋的話告訴了華陽夫人，華陽夫人覺得很對，於是趁著和安國君飲酒的時候說：「我有幸得到您的寵愛，但是沒有兒子。您的兒子當中只有異人最賢德，賓客們對他都讚不絕口。如果能讓他做世子，那我就有依靠了。」太子很爽快地答應了。但是當太子向秦王說這件事的時候，被秦王否決了。

呂不韋打聽到王后的弟弟陽泉君很受秦王的信任，於是賄賂了陽泉君的下人，去拜見陽泉君。呂不韋對陽泉君說：「您已經犯下死罪了，您知道嗎？」陽泉君非常吃驚，說：「我有什麼罪？」呂不韋說：「您門下的人都是高官厚祿，但是太子門下的人都沒有得到重用。將來太子繼位之後，他的門下肯定會怨恨您的，那您不就危險了嗎？」陽泉君說：「那該怎麼辦呢？」呂不韋說：「大王的年紀已經很大了，而太子又沒有嫡子。太子的兒子異人在諸侯之間很有賢德的名聲，卻在趙國做人質。如果您能讓秦王把異人救回來，讓太子立他為世子，將來太子和異人即位，您的位置就可以保住了。」

陽泉君聽從了呂不韋的建議，第二天就去向王后求情，王后又去向秦王求情，秦王說：「等趙國求和了，就把異人接回來。」為了能讓異人早點回來，太子和華陽夫人以及王后都給了呂不韋很多錢，請求他轉交給異人，讓異人結交賓客。呂不韋回到邯鄲，先回去見了父親，父親聽說後非常高興。第二天，呂不韋去見異人，異人把錢都給了呂不韋，讓呂不韋救自己出去。

呂不韋有一個姬妾稱為趙姬，是邯鄲人，長得非常漂亮，而且擅長歌舞。呂不韋知道她懷有兩個月的身孕，心裡就想：「異人將來回到秦國之後肯定會繼位為王。如果把趙姬獻給他，趙姬又正好生了個男孩，那將來秦國的王位就由呂家的人來接替了。」於是呂不韋在一次和異人喝酒的時候讓趙姬出來斟酒。異人果然看中了趙姬，請求呂不韋把趙姬嫁給自己，呂不韋就順勢把趙姬送給了異人。

過了十個月之後，趙姬果然生下了一個男孩。她本來已經懷孕兩個月了，應該過八個月就生了，但是她晚生了兩個月。異人以為這個孩子是自己的，非常高興，給這孩子取名為趙政，這就是日後統一六國的秦始皇。

趙政三歲的時候，秦國還在攻打邯鄲。呂不韋對異人說：「如果趙王又要殺您該怎麼辦？不如逃回秦國去吧。」呂不韋拿出大量錢財賄賂南城門的守將，假稱自己因為思念家鄉，讓守城的將軍放自己出城。守將見到這麼多錢財，很爽快地答應了。呂不韋又送給了公孫乾很多錢財，說了自己想回家鄉的念頭，請求公孫乾與南城門的守將通融一下。

當天，呂不韋宴請公孫乾，說自己在三天內就會出城，用這頓酒宴來跟公孫乾告別。公孫乾也不懷疑，結果被呂不韋灌醉了。到了半夜，異人換上僕人的衣服，跟隨呂不韋父子來到南門。南門的守將不知道異人也在裡面，於是開門放行了。呂不韋帶著異人來到秦軍大營，秦昭襄王見到異人非常高興，說：「太子一直記掛著你，這次你終於逃出來了，趕快回去和父母團聚吧。」異人辭別秦王，跟隨呂不韋父子回到了秦國。

因為華陽夫人是楚國人，為了取得華陽夫人的歡心，呂不韋勸異人換上楚國的衣服前去拜見。華陽夫人見異人穿著楚國的衣服來拜見自己非常驚訝。異人說：「我日夜思念母親，為了慰藉自己的思念之情，特地讓人做了一套楚國的衣服。」華陽夫人聽說之後非常開心，把異人認作自己的兒子，安國君於是給異人改名為子楚。

第五十六回　樊於期討伐秦王

秦昭襄王在位五十六年之後得病去世了，太子安國君即位為君，稱秦孝文王，子楚被立為太子。當時秦國越來越強大，秦昭襄王去世之後，各個國家都來憑弔。

守喪一年的日期過了之後，秦孝文王宴請群臣。宴席散了之後，孝文王回到宮中就去世了。人們都懷疑是呂不韋想要盡快讓子楚成為秦王，所以買通孝文王身邊的人在孝文王的酒裡下了毒，但是人們都害怕呂不韋的權勢，因此沒人敢說。之後呂不韋擁立子楚即位，稱秦莊襄王，華陽夫人為太后，趙姬被立為王后。趙姬的兒子趙政被立為太子，並把名字中的「趙」字去掉，單名為政。秦莊襄王封呂不韋為丞相，又加了文信侯的爵位。

秦莊襄王即位後不久，在呂不韋的建議下滅掉了周王室，周朝至此滅亡。周朝自從周武王稱王到最後被秦國滅掉，共經歷了八百七十三年。

秦莊襄王即位的第三年就生了病，呂不韋進宮去問候，偷偷讓人給王后趙姬送去一封信。王后還念著以前的情分，於是開始和呂不韋私通。呂不韋向秦莊襄王進獻藥物，過了一

個月，秦莊襄王就去世了。呂不韋擁立太子政即位，當時政才十三歲。之後秦王政尊母親趙姬為太后，封弟弟成嶠❶為長安君，奉呂不韋為尚父，國家大事都交給呂不韋掌管。從此之後呂不韋的權勢更加強盛，他的父親去世的時候，各個諸侯國的賓客都來憑弔，辦得比秦王的喪事都要隆重。

趙、韓、魏、楚、燕五國看秦國擴張迅速，就打算聯合起來攻打秦國。齊國因為依附於秦國，所以沒有與五國聯合。這五國因為並不齊心，最後無功而返。呂不韋知道是趙國首先倡議聯合攻打秦國的，於是讓大將蒙驁（ㄠˊ）和張唐帶兵攻打趙國。三天之後，呂不韋又讓長安君成嶠和大將樊於期帶領兵馬作為後援。有賓客對呂不韋說：「長安君年紀還小，恐怕不適合帶兵。」呂不韋笑著說：「有些事情你不知道。」

長安君出兵後駐紮在屯留❷。當時趙國相國龐煖（ㄋㄨㄢˇ）帶兵抵抗秦軍，蒙驁幾次進攻都沒能成功，於是秦軍派張唐去屯留催長安君進軍。

長安君當時只有十七歲，不熟悉軍事，有事情都和樊於期商量。樊於期知道呂不韋把有身孕的趙姬嫁給秦莊襄王的事情，對呂不韋非常痛恨。於是他對成嶠說：「現在的大王並不是先王的孩子，只有您才是嫡子。呂不韋現在給您兵權不是出於好意，而是怕將來他的陰謀敗露，您會為難現在的大王。所以他表面上是重用您，實際上是想讓您留在外面。呂不韋最怕的就是您，這次如果蒙驁攻打趙國不成功，就會怪罪到您頭上，到時候不是削去您的爵位就是把您殺掉。這一點您不得不考慮啊。」長安君說：「如果不是聽將軍所說，我還不知道這件事。現在該怎麼辦呢？」樊於期說：「現在蒙驁與趙國對峙，短時間內回不來。您現在手裡有這麼多兵馬，如果傳令討伐呂不韋的罪過，國人肯定願意追隨您。」成嶠說：「大丈夫死就死了，怎麼能委屈在一個商人的兒子手下？這件事就依靠將軍了。」

樊於期對張唐說：「我們很快就會前去增援，請蒙將軍做好準備。」張唐走後，樊於期寫了一篇討伐呂不韋和秦王政的文章到處傳播。秦國很多人都聽說秦王政是呂不韋的兒子，這次見到樊於期的文章才知道是真的。張唐聽說長安君謀反了，連夜跑到咸陽去通知秦王。秦王非常生氣，召呂不韋來商議對策。呂不韋說：「長安君年紀還小，做不出這種事來，這都是樊於期做的。樊於期雖然勇猛但是缺乏謀略，很容易就能抓住他，不用過於擔心。」於是秦王派大將王翦帶兵討伐長安君。

蒙驁等不到長安君的支援，正在懷疑的時候，突然收到了長安君謀反的消息。蒙驁大吃一驚，心想：「我和長安君一起出兵，現在沒有攻下趙國，長安君又謀反了，我如果不去平定叛亂，肯定會受到懲罰的。」於是蒙驁下令撤軍，結果在撤軍的時候中了趙軍的埋伏，蒙

❶【成嶠（ㄐㄧㄠˋ）】秦莊襄王和趙姬所生的兒子。

❷【屯留】戰國時趙國城邑名，地址在現在的山西省屯留縣南。

驚戰死。

張唐和王翦帶兵來攻打屯留，成嶠非常害怕。樊於期說：「您現在已經無法回頭了，只能跟他們一戰。況且我們手裡有這麼多兵力，勝負還不好說，有什麼好怕的？」王翦帶兵來到屯留城下，樊於期領兵出戰，由於樊於期太勇猛，王翦的兵馬損失慘重。兩邊收兵之後，王翦心想：「樊於期如此勇猛，短時間內無法戰勝他，一定要用計謀取勝。」於是王翦問自己的手下，有誰認識長安君。有一位名叫楊端和的小將，說：「我曾經是長安君門下的賓客。」王翦寫了一封信，讓楊端和交給長安君。然後王翦帶著兵馬攻打屯留，楊端和趁亂混進了城裡。

「現在的大王並不是先王的孩子，只有您才是嫡子。呂不韋現在給您兵權不是出於好意，而是怕將來他的陰謀敗露……」

王翦覺得時間差不多了，正要發兵攻打屯留，突然秦王的使者來了，傳來秦王的旨意：「一定要活捉樊於期，我要親手殺了他。」王翦領了旨意開始進攻屯留。他先讓一名將領前去挑戰，那名將領故意戰敗往回逃，樊於期在後面緊緊追趕，結果樊於期中了埋伏被殺得大敗。好不容易回到城裡，樊於期開始加強防守，王翦軍隊的攻勢則越來越猛。

楊端和見情勢緊急，找機會見到成嶠，說有機密的事情稟報。成嶠見是以前的賓客，於是把楊端和迎進屋裡。楊端和問成嶠：「秦國的強大是大家都知道的，六國的諸侯都不能抗衡，您想憑藉這麼一個小小城池跟秦國對抗嗎？」成嶠說：「這是樊於期的主意，並不是我想這麼做啊。」楊端和說：「樊於期不顧成敗讓您做這麼冒險的事情，那是害您啊。現在討伐秦王的文章傳遍了秦國，王翦將軍攻勢又這麼猛，如果城池被攻破了，您怎麼辦呢？」成嶠說：「我想投奔燕國或者趙國，然後聯合諸侯攻打秦國，你看怎麼樣？」楊端和說：「聯合諸侯攻打秦國的事很多人都做過，但是沒有一個成功的。六國誰不怕秦國，不管您去哪個國家，只要秦國派人去責備一番，那個國家肯定會把您獻出來的。」成嶠說：「那現在我該怎麼辦呢？」楊端和說：「王翦將軍有一封信要我交給您。」

成嶠拆開信一看，原來是要他殺了樊於期投降，這樣可以免於一死。成嶠看完之後流著淚說：「樊將軍是個忠義之人，我怎麼忍心殺他呢？」楊端和說：「如果您不同意，那我就只好告辭了。」成嶠說：「你先不要走，讓我想一想。」

第二天，樊於期來見成嶠，說：「秦軍攻勢太猛，我們快守不住這座城了。我願意跟隨您逃亡燕國或趙國，然後再作打算。」成嶠說：「我的族人都在秦國，其他的國家肯接納我嗎？」樊於期說：「各個國家都痛恨秦國，為什麼不接納？」正說著，有人來報告秦軍在外面挑戰。樊於期說：「如果現在不走，以後就走不了了。」催了幾次，成嶠還是猶豫不決。樊於期沒辦法，只好拿著刀出去迎戰。

楊端和見樊於期出城了，勸成嶠到城頭去觀戰。樊於期打了半天有些抵擋不住了，回到城門下大聲喊：「開門！」這時楊端和拔出劍，站在成嶠旁邊大聲說：「長安君已經投降了，有敢開門的就斬首。」楊端和從袖子裡拿出一面旗子，上面寫著一個「降」字。旁邊的人都是楊端和的親戚，也都舉起了投降的旗子。成嶠作不了主，只是在旁邊哭。樊於期見沒有希望了，只好奮力衝殺。因為之前有秦王的命令，秦軍都不敢殺死樊於期，結果樊於期衝了出去，逃到了燕國。

王翦佔領了屯留，派人向秦王報告消息。太后聽到消息後去為長安君求情，秦王生氣地說：「這樣的反賊如果不殺掉，將來他的後代也要謀反。」然後命令王翦把成嶠的頭砍了。成嶠聽說秦王沒有赦免自己，於是上吊自殺了，不過王翦還是遵從秦王的命令，把他的頭砍下來掛在了城門上。之前跟隨成嶠的人都被殺掉了，屯留的百姓也都逃走了，最後屯留成了一座空城。

第五十七回　荊軻刺秦王

秦國攻打趙國的時候，燕國太子丹正在秦國做人質。他見秦國不斷攻打趙國，知道將來一定會攻打燕國，於是暗地裡寫信給燕王，讓燕王事先做好準備。同時他還讓燕王假稱有病，請求秦王讓太子丹回燕國。秦王接到請求後說：「燕王去世以後，太子才能回去。」太子丹見秦王不肯放自己走，於是毀了自己的容貌，夾在僕人的隊伍裡逃出秦國回到了燕國。當時秦王正在想方設法攻打韓國和趙國，所以沒有追究太子丹的逃跑。

太子丹回國之後非常痛恨秦王，花費大量錢財結交賓客想要報仇。他到處尋訪勇士，凡是勇武有力的人都收留。燕國有個人名叫秦舞陽，剛剛十三歲，在鬧市上把仇人殺了，市民們很害怕都不敢接近他。太子聽說後赦免了他的罪過，讓他做自己的門客。秦國大將樊於期逃到燕國後躲在深山裡，聽說太子丹喜歡結交賓客也來投奔太子丹。太子丹對他很好，單獨給他建了一座住宅。

燕國太傅鞠武勸諫太子丹：「秦王貪得無厭，就算沒有矛盾，他也會主動攻擊其他國

家，更何況我們現在收留了他的仇人。希望太子能把樊於期趕出燕國，聯合另外五個諸侯國，這樣才能拯救燕國。」太子丹說：「太傅的辦法所需要的時間太長了，我現在急著報仇，不能再等了。況且樊將軍來投奔我，跟我是患難中的朋友，我怎麼能拋棄他？」鞠武說：「我的才智有限，不能為太子出謀劃策。我認識一個叫田光的人，很有謀略，而且認識很多奇人異士，我可以為太子把他請來。」

鞠武把田光請到了太子宮中，太子丹親自出來迎接。田光因為年紀大了，走路很不方便，旁邊的人看到都暗地裡偷笑。太子丹讓下人都出去，然後對田光說：「現在燕國和秦國有很深的仇恨，聽說先生足智多謀，希望先生能想辦法救一救燕國。」田光說：「太傅只知道我年輕時候的才能，我現在老了，才能不如以前了。」太子丹請求田光推薦一個才能和田光年輕時差不多的人，田光沒有推薦，而是觀察了一下太子丹的那些門客，發現那些人有什麼心思都表現在臉上。田光對太子丹說：「這些人都把心事表現在臉上，很容易讓人看透，沒辦法成事。我認識一個叫荊軻的，喜怒不形於色，或許可以為太子做些事。」

太子丹問荊軻是什麼人，田光說：「荊軻本來姓慶，是齊國大夫慶封的後人。他很喜歡喝酒，有個叫高漸離的燕國人和他關係很好，兩人經常一起喝酒，高漸離擊筑❶，荊軻唱歌，兩個人是很好的知己。荊軻很有謀略，我田光比不上他。」太子丹很高興，讓田光把荊軻請來。田光臨走的時候，太子丹囑咐田光不要把這件事洩露出去。

田光來到荊軻的住處，請荊軻為太子丹做事，荊軻答應了。田光說：「太子把國家大事告訴我又囑咐我不要洩露出去，是對我有所懷疑啊。我既然幫他做事就不能讓他懷疑。我現在以死來表明自己，你快去找太子吧。」說完田光就拔劍自刎了。荊軻非常傷心，這時太子派人來請荊軻，於是荊軻來到太子宮中。太子丹問荊軻：「田先生為什麼不一起來？」荊軻就把事情的經過說了一遍。太子丹聽後悲傷地說：「田先生為我而死，我對不起他啊。」

荊軻問太子丹需要他做什麼，太子丹把自己的擔憂和仇恨都告訴了荊軻。荊軻問太子丹打算怎麼辦，太子丹說：「諸侯懼怕秦國，所以都不肯和燕國聯合。我想派一名勇士假裝出使秦國，向秦王獻上厚重的禮物。等接近了秦王就劫持他，讓他把侵佔其他諸侯國的土地都還回去，如果他不聽從就殺了他。秦王死了之後，秦國肯定會大亂，到時候諸侯就可以聯合起來攻打秦國。」荊軻再三推辭，最後還是答應了。為了讓荊軻滿意，不管荊軻有什麼要求太子丹都會毫不吝嗇地答應他。荊軻看太子丹如此厚待自己，決定以死相報。

荊軻經常和別人討論劍術，很少認同別人，但非常佩服一個叫蓋聶的人。他與蓋聶關係很好，就想邀請蓋聶一起去劫持秦王。但是蓋聶行蹤不定，一時間找不到他。太子丹知道荊軻是有名的豪傑，不敢催他立刻動身。突然有一天，有人報告秦國大將王翦要攻打燕國。太子丹

❶【筑】古代的一種絃樂器，有十三根弦。演奏的時候左手按住琴弦一端，右手用竹尺敲擊琴弦發聲。

非常害怕，請求荊軻趕快實施刺殺秦王的計畫。荊軻說：「要想接近秦王就要獻上他喜歡的東西。樊於期得罪了秦王，秦王很想得到他的人頭；督亢❷土地肥沃，秦王很想得到這個地方。如果我帶著樊將軍的人頭和督亢的地圖，就能接近秦王了。」太子丹說：「樊將軍走投無路了才來投奔我，我怎麼忍心殺他。」

荊軻知道太子丹不忍心殺樊於期，於是私下裡來見樊於期，把自己的計畫告訴了他。樊於期聽說荊軻要刺殺秦王，說：「我每天都在思考怎麼能殺掉秦王，卻一直沒有辦法，今天我終於知道該怎做了。」說完就拔劍自刎了。荊軻把樊於期的頭割下來，然後讓人去報告太子丹。太子丹大哭一場，厚葬了樊於期。太子丹給了荊軻一把鋒利的匕首，上面塗滿了毒藥，催促荊軻盡快行動。荊軻見太子丹不願再等蓋聶，只好帶著秦舞陽

荊軻立刻拿出匕首，左手拉住秦王的袖子，右手刺向他的胸口。

來到秦國。

秦王聽說燕國使者帶來了樊於期的人頭和督亢的地圖，非常高興，馬上召荊軻進宮。荊軻把匕首藏在地圖裡，捧著樊於期的人頭，秦舞陽捧著督亢的地圖，一起來到秦王宮。秦舞陽覲見的時候臉色蒼白，好像非常害怕的樣子。侍衛問：「使者為什麼臉色都變了？」荊軻回頭看了看秦舞陽，笑著說：「他是一個粗人，沒見過天子，所以非常緊張。望大王寬恕他，讓他完成這次使命。」秦王下令只讓荊軻一個人上前，把秦舞陽留在殿下。

秦王見果然是樊於期的人頭，問荊軻：「為什麼不早點獻上他的人頭？」荊軻說：「樊於期得罪了天子，四處流竄。我們國君重金懸賞才找到他。本想活捉獻給大王，但怕中間有變故，就把他殺了。」荊軻說話的時候非常鎮靜，沒有一點慌亂的神色，秦王也沒有對他產生懷疑。

秦王對荊軻說：「把秦舞陽手裡的地圖拿過來給我看一下。」荊軻從秦舞陽手裡拿過地圖，親自呈給秦王。秦王展開地圖，剛要觀看，藏在地圖中的匕首已經露了出來。荊軻立刻拿出匕首，左手拉住秦王的袖子，右手刺向他的胸口。秦王大吃一驚，奮力掙脫，荊軻只割斷了秦王的一隻衣袖。秦王急忙躲到屏風後面，荊軻拿著匕首在後面緊緊追趕。秦王見無法

---

❷【督亢】戰國時燕國地名，在現在的河北省涿州市東南。

脫身，只好繞著柱子拼命躲避。

秦國法律規定，上殿的人不允許攜帶任何兵器，那些拿著兵器的侍衛都要守衛在殿外，沒有旨意不能私自進入宮殿。現在荊軻突然行刺秦王，群臣都空著手和荊軻搏鬥。荊軻揮舞著手中的匕首，只要是靠近他的人都被他刺倒在地。雖然大臣們抓不住荊軻，但是有他們阻擋，荊軻也不能刺殺秦王。

秦王腰裡配了一把寶劍名叫「鹿盧」，長約八尺，十分鋒利。他想拔劍抵擋荊軻，但劍太長不能脫鞘。旁邊的一個小內侍急忙說：「大王試試從背後拔劍。」秦王頓時醒悟過來，把劍推到後背，從前面把劍拔了出來。秦王得劍在手膽量倍增，上前來砍荊軻，一劍砍斷了荊軻的左腿。荊軻倒在柱子旁邊站不起來，於是把匕首扔向秦王。秦王一閃，匕首從秦王的耳邊飛過，直接刺進了後邊的銅柱。秦王再次用劍去砍荊軻，荊軻空手接劍，被砍掉了三根手指。

荊軻倚著柱子笑了起來，大罵道：「算你走運！我本來想要活捉了你，讓你返還侵佔諸侯的土地，不料被你逃脫，看來這是天意。但是你恃強凌弱，吞併諸侯，肯定不會長久的。」一說完，一旁的侍衛上去把他殺了。秦舞陽知道荊軻動手了也要前去幫忙，結果被那些侍衛殺了。秦王受到驚嚇，半天才緩過神來。

第五十八回　秦王政兼併六國

自從平定樊於期的叛亂之後，秦軍就開始集中力量攻打趙國。王翦和楊端和兩路兵馬先後攻陷了趙國很多城池，很快就要攻打到趙國都城邯鄲。秦王聽說王翦和楊端和一路凱歌，就另派一路兵馬攻打韓國。韓王安非常害怕，直接把所有的城池都獻出來了，請求臣服於秦國。秦王接受了韓王的投降，將韓國所轄的地方設為潁川郡。這時候，六國就只剩下五國了。

不久，秦軍圍困邯鄲，趙王非常害怕。趙國大臣郭開主張投降，公子嘉和大將顏聚則主張堅守城池。郭開想與秦軍取得聯繫獻出城池，但是公子嘉和顏聚守衛得很嚴，郭開無法和外面通信。後來王翦見攻城不下又缺少糧食，於是撤軍五十里打算運糧食過來。公子嘉和顏聚見秦軍撤退，防範就稍微鬆了一些。郭開趁機派人去給王翦送信，說如果秦王親自來，趙王肯定會投降的。王翦把消息告訴秦王，秦王親自帶兵前來攻打。趙王見秦王親自來了就更害怕了，於是讓郭開寫降書。郭開說：「如果寫降書，公子嘉肯定會阻攔。現在秦王在西門，不如大王假借巡城的名義直接到西門去投降。」趙王向來沒有主意，就聽從了郭開的建

議。公子嘉和顏聚見趙王投降了，便帶著幾百人逃到代郡，公子嘉自立為代王。秦王受降之後把趙國設置為巨鹿郡，封郭開為上卿。趙王這才知道是郭開出賣了趙國。

荊軻刺秦王失敗後，秦王很生氣，派王翦率兵攻打燕國。太子丹帶兵抵抗，結果大敗，只好帶著燕王喜退守遼東。不久，王翦積勞成疾不能出戰，秦王讓大將李信代替王翦追逐燕王父子。燕王喜寫信向代王嘉求救，代王嘉回信說：「秦國之所以急著攻打燕國都是因為太子丹。如果能把太子丹殺了獻給秦國，秦國肯定會放過燕國的。」燕王喜沒有辦法，只好設計把太子丹殺死，並將其頭顱送到李信那裡。當時正是夏天，卻突然下起了大雪，冷得好像冬天一樣。李信見士兵們不能抵擋嚴寒，向秦王請求撤兵。秦國大將尉繚也建議撤兵，先攻打魏國和楚國。秦王於是讓李信撤兵，派王翦之子王賁攻打魏國。

魏王假懼怕秦國，所以想和齊國聯合抵抗秦國。齊國相國后勝受了秦國的賄賂，勸齊王說：「秦國和齊國的關係一直很好，一定不會辜負齊國的。如果齊國與魏國聯合了，肯定會惹惱秦國。」齊王聽信了他，於是拒絕了魏國的請求。王賁很快就圍困了魏國都城大梁❶，當時正好是多雨的季節，王賁讓人挖掘溝渠，引黃河水灌大梁城，不久城牆就被水泡塌了好幾處。王賁帶兵乘勢進攻，俘虜了魏王假，魏國至此滅亡。

滅掉魏國之後，秦王打算攻打楚國，於是問將軍李信：「將軍覺得攻打楚國用多少兵馬合適？」李信說：「用二十萬人就足夠了。」秦王又去問王翦，王翦說：「李信用二十萬人去攻打楚國肯定會失敗的，依我看至少要六十萬人。」秦王覺得王翦膽子太小了，就任命李信為大將，帶領二十萬兵馬攻打楚國。

由於李信過分輕敵，被楚國大將項燕打敗。秦王聽到消息後非常生氣，罷免了李信的官職。這時候秦王才知道王翦有多明智，親自來找王翦，請求王翦帶兵出征。王翦說：「如果非要我出征，至少要六十萬人才可以。」秦王沒有辦法，只好把六十萬兵馬交給王翦。王翦臨走的時候，請求秦王賞賜給他多處宅院和田產，秦王笑著答應了。走到半路的時候，王翦又派人向秦王索要幾處園林。副將蒙武對王翦說：「將軍要的東西是不是太多了？」王翦說：「秦王生性多疑，現在把六十萬兵馬交給我，就是把全國的兵力都託付在我的手裡了。我索要這麼多田產和宅院是為了讓秦王放心。」蒙武這才恍然大悟，讚歎王翦高明。

聽說王翦攻打楚國，項燕帶兵抵抗。兩軍相遇之後，王翦安營紮寨，下令不許出戰。項燕每天都派人前來挑戰，但是秦軍一點反應都沒有。這樣僵持了一年多，項燕以為王翦名義上是攻打楚國，實際上是為了自保，對秦軍的防備就鬆懈了。突然有一天，王翦下令攻打楚軍。楚軍因為放鬆戒備，一片混亂，被秦軍殺得大敗。王翦乘勢進軍，攻下了楚國都城，俘虜了楚王負芻。項燕帶著楚王的弟弟昌平君渡過長江，逃到了蘭陵❷，擁立昌平君為楚王。

---

❶【大梁】現在的河南省開封市。

王翦命蒙武造船渡江，第二年，王翦圍攻蘭陵。昌平君在戰鬥中身亡，項燕見沒有希望，自刎而死。王翦攻下蘭陵，楚國至此滅亡。

王翦得勝回朝之後就告老還鄉了，秦王把王翦之子王賁封為大將，命其帶兵攻打燕王。秦王對王賁說：「將軍如果戰勝了燕王，就可以順路攻打代王，不用再次發兵了。」王賁帶兵攻破遼東，俘虜了燕王喜，然後乘勢攻打代王，代王嘉戰敗，在逃跑的時候被王賁抓到。代王嘉不願做秦國的俘虜於是自殺了。至此燕國和趙國滅亡。

六國已經被秦王滅了五國，只剩下齊國了。齊王因為聽信了相國后勝的話，不但不救援其他諸侯國，每當秦國滅掉一個國家，齊王還派使者前去恭賀。等到五國都被滅了之後，齊王才感到害怕，打算派兵防守邊境，但為時已晚。王賁帶兵攻入齊國，齊國人向來聽聞秦軍勇猛，以致不敢抵抗。王賁如入無人之境，很快來到了齊國國都臨淄。后勝沒有辦法，只好勸齊王投降。齊王獻出臨淄城，秦王下令把齊王安置在一個小城，然後讓王賁殺了后勝。至此齊國也滅亡了。

秦王政二十六年，秦國吞併六國，統一了天下。這種功業前所未有，所以秦王想給自己一個彰顯尊貴的稱號。「王」這種稱號六國都用過了，顯不出尊貴來；想改稱「帝」，但是當年已經有了東帝和西帝❸，也不能顯示自己的獨一無二。後來秦王想到，只有遠古時的三皇五帝的功德最高，於是兼用了皇和帝的稱號，稱自己為「皇帝」，又因為自己是第一人，於是又稱「始皇帝」，後世繼位的則稱二世、三世，一直到百千萬世。皇帝自稱「朕」，臣子都稱呼皇帝為「陛下」。

定好名號之後，秦始皇開始確定國家制度，問大臣們：「周朝分封諸侯的制度還能用嗎？」多數大臣都建議分封諸侯，不然那些偏遠地區無法管理。只有大臣李斯說：「周朝封了幾百個諸侯國，多半是同姓，但是他們的後代不停地自相殘殺。現在陛下統一了天下，應該在所有地方設置郡縣。就算有功勞的大臣也只能賞賜財物，而不賞賜任何土地。這樣才能杜絕戰爭的源頭，國家才能長治久安。」秦始皇覺得李斯說得很有道理，於是在全國設置了三十六個郡。

秦始皇統一了全國之後越來越驕傲自滿，開始大興土木，勞民傷財。到了秦二世時，人們忍受不了皇帝的殘暴，於是發動起義推翻了秦朝，秦王朝只經歷了兩世就滅亡了。

---

❷【蘭陵】戰國時楚國城邑名，在現在的山東省南部蒼山縣蘭陵鎮附近。據傳「蘭陵」是由楚國大夫屈原命名的，有「聖地」的意思。

❸【東帝和西帝】當初秦昭襄王和齊湣王爲了顯示自己比其他五國的地位高，相約一起稱帝，齊湣王爲東帝，秦昭襄王爲西帝。在蘇秦合縱六國後，齊王和秦王相繼取消了帝號。

巧讀東周列國志 /（明）馮夢龍原著；高欣改寫.
-- 一版.-- 臺北市：大地, 2020.12
面：　公分. --（巧讀經典：13）

ISBN 978-986-402-342-4（平裝）

857.451　　109018130

巧讀東周列國志

巧讀經典 013

作　　者	（明）馮夢龍原著、高欣改寫
發 行 人	吳錫清
主　　編	陳玟玟
出 版 者	大地出版社
社　　址	114台北市內湖區瑞光路358巷38弄36號4樓之2
劃撥帳號	50031946（戶名：大地出版社有限公司）
電　　話	02-26277749
傳　　眞	02-26270895
E - mail	support@vastplain.com.tw
網　　址	www.vastplain.com.tw
美術設計	成樺廣告印刷有限公司
印 刷 者	博客斯彩藝有限公司
一版一刷	2020年12月

大地

定　　價：280元